Episode1
それぞれの秘密
晴海とクランが入れ替わり!?
六畳間の侵略者!? 37

皇女と従者、思い出を語る——
Episode2
ティアとルースの旅路
皇位継承試練の軌跡を振り返る!

この身体《からだ》はすでに限界だ。アンドレアルフスに斬《き》られ、いつ寿命《じゅみょう》が尽きてもおかしくはない。ならば〈魔王の刻印〉が次なる継承者《けいしょうしゃ》を求め始めることもあろう。ちょうど、ここには極《きわ》めて優れた魔術師がいるのだから。

そして魔人族は夢魔《むま》の始祖とも呼ばれている。夢や記憶に干渉《かんしょう》する力を持っている可能性も否定できない。

いずれにしろ、シアカーンの記憶を彼女は見たのだ。

「興味深い、ものだ、な。その状態で、なぜ、いまも意識を保っていられる、のか。あまつさえ、我の記憶を、覗《のぞ》き見られた、のか」

その問いかけに、ゴメリは全てを理解しているように微笑んだ。

「これは〈魔王〉ともあろう者が異な事を言う。そなたが命を賭《と》してこのような事件を引き起こしたように、妾《わらわ》にも命より大事なことがある」

そして、《妖婦》は己の存在理由を説くかのようにこう宣言した。

「このゴメリ、気付けにこれほどの愛《め》で力を突き付けられ、おちおち眠《ねむ》っていられるほど惰弱《だじゃく》に生きてきたつもりはないのじゃ！」

ほう、と頷こうとして、できなかった。

「うん……？　愛、で…………え、なんて？」

「愛で力じゃ」

「……………………」

沈黙《ちんもく》。耳が痛くなるような静寂《せいじゃく》が広がった。

シアカーンが怒《いか》りに震《ふる》えたからではない。

――どうしよう。一手でも読み違えたら詰《つ》むのに、なに考えてるかわからない人が出てきた……。

思えば、これが全てを思いのままに進めてきた《虎の王》が、初めて遭遇《そうぐう》した予期し得ぬ事態だったのかもしれない。

◇

「――それまでの準備で勝敗が決まると言うのなら、この戦、勝ち目はないことになるな」

ザガンの言葉に、ラーファエルは失意を込めた表情で頷き、それから小さく笑った。

「……我《わ》が王よ。そう言うわりにはずいぶんと楽しそうだが？」

敗北宣言をしたザガンの顔には、この状況をおもしろがるような笑みが浮かんでいたのだった。

「む、いかんな。少し楽しくなってしまったらしい」

自分を戒《いまし》めるように咳払《せきばら》いをして、ザガンはラーファエルに向き直る。

「ビフロンスを悪《あ》し様《ざま》に言えんな。〈魔王〉同士の出し抜き合いというのは、なかなかにおもしろい。配下どもの命が懸《か》かっていなければ、夢中になって興じていたかもしれん」

勝ち目がないことを確認した上で、ザガンは微塵も己の敗北を意識していなかった。

ラーファエルはそんな主君を心地《ここち》よさそうに眺《なが》め、問いかけてくる。

「では、一万の軍を打倒《だとう》する術があると？」

シアカーンの軍勢は一万の雑兵《ぞうひょう》ではない。

一万の英雄たちである。

――〝ネフテロス〟との戦いで姿を見せたふたりは、聖騎士長《シャステイル》くらいには力があった。アスラとバトーと言っただろうか。アルシエラの指揮があったとはいえ、あの〝ネフテロス〟を相手に対等に戦ってみせた。低く見積もっても、ラジエルで交戦したユーティライネン兄弟と同等以上の実力があった。

一千年前にはあんな男たちがごろごろいて、そして藁《わら》のように死んでいったというのなら恐ろしい話である。いまの時代が彼らより優れていると考えるのは思い上がりである。

デクスィアからの情報を考えると、彼らはシアカーン独自のホムンクルスである。〈ネフェリム〉と呼んでいるようだが、〈アザゼル〉を再現しようとしたというものだ。〈アザゼル〉の因子を組み込まれている以上、生前以上の力を持つと考えた方がいい。

一万の兵の全てがその水準とまではいかないだろうとも、それに近い力の持ち主たちだとすれば数でも質でもキュアノエイデスの聖騎士は及ばない。いや、大陸に於《お》ける教会の総戦力すら凌駕するかもしれない。聖騎士長が一万人いるようなものなのだから。

それを正しく理解した上で、ザガンはこう返した。

「単に一万の軍が相手なら苦労はせん。なにもない場所に誘《さそ》い出して皆殺しにすればいいだけだからな」

それは〈魔王〉とて容易なことではないが、できないことではない。

正面から殴《なぐ》り倒そうとするのはザガンやアンドレアルフスくらいのものだろうが、そもそも魔術師が正面から決闘《けっとう》のような戦い方をする方がナンセンスなのだ。

たとえばオリアスあたりが本気で相手をしたなら、一万の軍勢はそもそも彼女の元までたどり着くことすらままなるまい。彼女の通り名は《災禍》——強大な魔術や神霊魔法《しんれいまほう》、魔族の召喚《しょうかん》は言うに及ばず、大地と自然そのものを相手にするようなものなのだから。

——それゆえに、今回はオリアスの力を借りぬわけにはいかんか……。

ザガンは愛しい嫁《よめ》の母君に戦えと請うのは、男の恥《はじ》だと考えている。

だが、シアカーンの巡《めぐ》らせた策略は実に巧妙《こうみょう》で容赦《ようしゃ》がない。恐らくはあの《虎の王》もまた、十三人の〈魔王〉全てを相手取るつもりで準備をしてきたのだろう。ザガンは全力を尽くして迎え撃つ必要がある。

たかが恥ひとつで嫁や娘、配下たちを守れるなら喜んでかこう。

——ただ、皆殺しというのはやはり気が進まんな……。

ザガンはどんな悪党にも一度くらいはやり直すチャンスがあるべきだと考えている。相手が〈ネフェリム〉とかいう人造人間だとしても、それは変わらない。戦とはいえ、問答無用で一万人を虐殺《ぎゃくさつ》するのは主義に反する。

気が進まないが、恐らくそうせざるを得なくなるだろう。

一番の問題は、一万の軍勢がザガンひとりではなく、キュアノエイデスや配下たちを襲うことなのだ。これを食い止めるのは並大抵《なみたいてい》の困難ではない。

ラーファエルは白々しく驚《おどろ》いたように目を丸くする。

「ほう、では我が王にとってはこれも想定の内であると？」

「想定の内というなら行動に移す前に潰《つぶ》しておいて然るべきだろう。後手に回った時点で想定の外だ。予想のできた想定外ではあるがな」

かつての力を失ったとはいえ、シアカーンは〈魔王〉だ。ザガンは微塵も油断などしていない。〈魔王〉ならばなにが可能か。可能だとしてどこまでやってくるか。

この三か月、そこに思考を巡らせていない時間などなかったかもしれない。

――予想の中でも極めて悪い状況だが、最悪ではない。

最悪とは、ネフィやフォルを失うことだ。

ゴメリやキメリエスを失いはしたが、まだ取り返しはつく。ゴメリは生きているし、キメリエスを連れ戻すこともできる。リチャードも一命を取り留めたし、ネフテロスだって救ってみせる。取り返しの付かないことは、なにひとつ起きていない。

そこで立ち戻るのが〝戦とはそれまでの準備で勝敗が決まる〟という事実である。

いかにザガンが個として強大であろうと、軍という巨大な単位の前にできることはあまりに少ない。ゆえに必要になるのが、この〝準備〟というものである。

「戦の準備が兵の数だというのなら、俺に勝ち目はあるまい。一万の英雄に対して、わずか四十の魔術師しか用意できておらぬのだからな」

「ほう、では王の言う準備とはそれに留まらぬと？」

答える代わりに、ザガンは玉座で膝《ひざ》を組み直し、問い返す。その顔にはすでに精気が戻り、銀色の眼は今後の戦局を見据《みす》えていた。

ザガンはなにも愚痴《ぐち》をこぼすためにこの玉座へ座《すわ》ったわけではない。この玉座は城の中核《ちゅうかく》なのだ。主であるザガンが腰掛《こしか》ければたいていの傷はたちどころに再生する。

「チェスというゲームがあるそうだな。役割の決まった駒《こま》で盤面《ばんめん》を進め、相手のキングを取るという」

ラーファエルは意外そうに眉《まゆ》を跳《は》ね上げ、苦笑《くしょう》する。

「ふむ。王にはチェスの経験はなかったか」

「あいにくと、ひとりで興じられるほど器用ではないのでな」

このゲームは対局者というものが必要になる。ザガンには長年、バルバロスくらいしか会話をする相手はいなかったし、あの悪友はそんな遊びに関心を示す男ではない。文献《ぶんけん》からルールは理解したが、実際に興じたことはない。

もちろんネフィと出会ってからは独りではなかったが、愛しい少女にそんなケンカになりそうなゲームなど持ちかける気にはなれなかったのだ。

ラーファエルは面白《おもしろ》がるように口を開く。知らぬ者が見ればいままさに主君の首でもかき切ろうとするかのごとく凄絶《せいぜつ》な笑みなのだろうが。

「ではいずれ我が一局、相手を仕《つかまつ》ろう」

「ほう。それは楽しめそうだ」

「嗜《たしな》む程度だ。過度な期待をされても困るが」

やったこともないゲームをたとえに話を進めるのは気が咎《とが》めたが、ザガンは続ける。

「話を戻そう。戦というものも、チェスと同じだ。盤面を埋《う》め尽くすほどの駒を置けたとしても、一度に動かせるのはひとつだけだ。キングを取られれば負けるのは変わらん。ならば戦に於ける〝準備〟とは兵を用意することではなく、いかに戦という盤面を読んでいるかであろう」

〈アーシエル・イメーラ〉の日、シアカーンが大量の不死者の出来損《そこ》ないを送り込んできたとき、ザガンはいずれ戦という規模の戦いになることを予感した。

それゆえ兵法《ひょうほう》に関する書物も蒐集《しゅうしゅう》してきた。

伝記などでは、ひとりの英雄や軍師が戦局をひっくり返すような痛快な逸話《いつわ》も見受けられた。しかしこれらは強大な個の力や奇跡《きせき》による現象ではない。

彼らは戦局という盤面を強《した》かに、冷徹に、容赦ないほど貪欲《どんよく》に読み切っていたのだ。

転がる賽《さい》の目《め》がどの数を出すかまで計算できれば、どんなゲームにも負けはない。戦とはそんな〝準備〟の上で配置し、進めていくことで勝利を掴《つか》むのだ。

――キング《シアカーン》を取る駒はある。

問題はそれをキングの元まで進める手だったが、それも解決した。

ただ戦とチェスとで違うのは、配下という駒を使い捨てにはできないという点だ。

加えて、相手はもっとも古き〈魔王〉である。シアカーンはビフロンスの離反《りはん》も暴走も見抜《みぬ》いた上で見逃《みのが》し、それを利用した。それが現在、ザガンを悩《なや》ませている〝ネフテロス〟の現状である。それによって、アルシエラもまた行動を制限された。

それらの全てが計算尽《ず》くであると考えるなら、なるほどアンドレアルフスをも凌《しの》ぐと言われた《虎の王》はいまも健在なのだ。

ここに至ってもっとも状況を上手《うま》く操っているのは間違《まちが》いなくシアカーンなのだから。

――この分野に於いて、俺がシアカーンの経験を上回ることは不可能だ。

武力は言うに及ばず、計略でも敵《かな》わない。ザガンがこの状況をひっくり返すには、奇跡でも起きるのを祈《いの》るくらいしかないだろう。

――そんな勝負をひっくり返す手は、ひとつしかない。

そう、ひっくり返すのだ。そのための準備なら、足りている。

「さて、ラーファエルよ。この絶望的な状況で俺はどう動くべきだと考える？」

一局、相手をしてくれると言ってくれたのはこの男だ。試《ため》すような言葉に、ラーファエルも口元に獰猛《どうもう》な笑みを浮かべる。

「そうだな。人情に厚く、激情家のようでいて冷静なのが我が王であろう。なれば、一万の軍勢を前にしても己の配下を捨て駒のようには扱《あつか》うまい」

ザガンが頷いて返すと、ラーファエルは地図を示して続ける。

「なればキュアノエイデスにて守りを固めて一万の軍勢を引きつけ、最大戦力たる王が単独でシアカーンの首を獲《と》るのが最善の一手であろう。首級の場所は特定したのだからな」

唸《うな》りたくなるほどに正しい答えだった。

シアカーンの首さえ獲れば、戦いは終わるのだ。一万の軍を全員倒す必要はない。配下たちをキュアノエイデスに籠城《ろうじょう》させれば、数日程度は持ち堪《こた》える。その数日が、ザガンに残された最後のチャンスということになる。

「だろうな。俺はそうする他ない」

直接対決に持ち込むことができればシアカーンの首を獲ることは可能だ。

ゆえに、シアカーンもそれを読んでくるだろう。シアカーンの元にたどり着くまでにどれほどの障害が用意されていることか……いや、たどり着くことなどできないように仕組まれていると考えるべきだろう。

それでも、ザガンは行くしかない。

「……現実問題としてそうせざるを得んが、問題はそこに〈アザゼル〉やビフロンス、そしてアルシエラまでもが敵対していることだ。シアカーンの元にたどり着くまでに、それらの全てと戦うことになりかねん」

いや、そうなるだろう。

――別にそれはそれでかまわんが、少しは抗う素振りを見せんとな。

ザガンはこの勝負に乗ったと見せつける必要があるのだ。

「……よし、ネフィとオリアス、シャックス、デクスィアをここに呼べ」

「御意《ぎょい》」

忠実な執事は玉座の間をあとにしようとするが、それをザガンは呼び止める。

「あと、フォルもだ」

「……よいのか？」

ここに呼ぶということは、愛娘《まなむすめ》にも戦わせるということだ。

ザガンは沈痛《ちんつう》なため息をもらすが、ややあって毅然《きぜん》として頷いた。

「ああ。あいつには必要なことだ」

数分後、ネフィたちが玉座の間に集まっていた。

◇

「――ということだ。ネフテロスが体を奪《うば》われ、ここにはシアカーンの軍勢が迫《せま》っている」

玉座の間に集まった者たちに、ザガンは現状を簡潔に説明した。絶望的な事実に、誰も口を開くことすらできなかった。

最初に、震える声をもらしたのはネフィだった。

「そんな……。ネフテロスが……いっしょに、プレゼントを探しにいこうって、まだ誘ってもいなかったのに……」

「ネフィ」

意外にも強い口調で名前を呼んだのは、ネフィの裾《すそ》を摑む愛娘だった。

「……そうでしたね、フォル」

その声で我に返ったのか、ネフィは涙《なみだ》を拭《ぬぐ》って顔を上げる。

――俺も駆《か》け寄って抱きしめてやりたい……。

愛する嫁を慰《なぐさ》めてやれず、なにが男だ。そんな感情をぐっと堪《こら》えて、ザガンは告げる。

「落ち着けネフィ。ネフテロスはまだ助けられる。まだ手遅《ておく》れではない」

その言葉に説得力を感じなかったのか、ネフィの肩を抱いてオリアスが前に出た。

「では、君にはあの子を助ける手があると考えて、よいのだね……？」

「ああ、だがその前に……」

オリアスに答える前に、ザガンはシャックスに目を向ける。

「シャックス。怪我人《けがにん》どもはどうなっている？」

「あ、ああ……。ステラの嬢《じょう》ちゃんとギニアスの坊《ぼう》やの処置は終わってる。とはいえ手ひどくやられたからな。目を覚ますのがいつになるかはわからねえ。……リチャードの方は、処置自体はあのときもう終わってる」

〝ネフテロス〟との交戦中、ザガンは敵に背を向けリチャードに治療《ちりよう》を施《ほどこ》した。だが、シャックスの手を借りたとはいえ心臓を丸々作り直したのだ。前代未聞《ぜんだいみもん》の処置がどんな影響《えいきよう》を及ぼすかなど、シャックスにもわかるまい。

「動かせるのならかまわん」

「動かすって、どこに運ぼうってんだい？」

ザガンは重たい表情で頷《うなず》く。

「ここを放棄《ほうき》する」

戦《いくさ》の最中にネフィやフォルと暮らしてきたこの城を放棄する。その意味を理解できたのはラーファエルとシャックスのふたりだろう。大きく目を見開いていた。オリアスも理解はしているのだろうが、彼女《かのじょ》の関心は別のところにある。特に反応は見せなかった。

フォルが小首を傾《かし》げる。

「ラーファエル。ここを放棄するのは、そんなに問題？」

「そうだな。この状況で城を空にすれば、当然シアカーンの兵による侵入《しんにゅう》は免《まぬが》れん。それはすなわち、〈魔王《まおう》〉の書庫が曝《あば》かれるということだ」

そこまで言われて、ようやくフォルにもわかったのだろう。息を呑《の》んでいた。

「ザガン。この城を、壊すの？」

フォルが口にした回答に、ネフィも目を見開く。

ザガンは知恵《ちえ》や技術は盗《ぬす》むものだと考えているが、敵からの略奪《りゃくだつ》を受け入れるかとなると話は別だ。守るためには、城ごと吹《ふ》き飛ばすしかない。

悲しげな顔をする娘に、ザガンは苦笑する。

「そんな顔をするな。なにも城を吹き飛ばすつもりはない」

「……そうなの？」

「城ごと亜空間《あくうかん》に隠《かく》す。と言っても、バルバロスのように器用にはいかんからな。全員退去してもらうだけだ」

バルバロスが得意とする魔術《まじゅつ》である。あの男の魔術をもっとも間近で見てきたのがザガンである。あれほど自在にとはいかないが、同じ魔術を使うだけならザガンでもできる。

まあ、動かないものを移動させるのが関の山。なにかの事故で亜空間側の座標がズレれば、元《もと》に戻すこともできなくなるような精度で、万が一人間を送り込んだ場合は生きて戻れる保証はないというものである。

――万が一でも失われる可能性があるから、できればやりたくなかったな。

それでも、シアカーンの兵に蹂躙《じゅうりん》されるよりはだいぶマシである。

シャックスが納得《なっとく》したように頷く。

「てことは、ボスは魔王殿《まおうでん》に本陣《ほんじん》を置くつもりかい？」

「ああ。準備を急がせろ」

その言葉に、シャックスは表情を険しくする。

「準備って、まさか〝あれ〟の準備かい？　いまさらボスの力を疑っちゃいないが、俺《おれ》たち平の魔術師はボスほど器用でも強くもないんだぜ」

予想できた疑問に、ザガンはなんでもなさそうに答える。

「そうだな。貴様らには負担をかけることになるが、そこは我が配下としての意地を見せてもらおうとしよう」

「意地を見せてもらうって言われても、できることとできねえことがあるんだぜ？　というか、まさか本当に使うつもりなのかい？」

普段《ふだん》、やれと命じれば嫌《いや》そうな顔をしつつも完遂《かんすい》するシャックスが、ここまで難色を示すのは初めてのことかもしれない。

――まあ、ことの全貌《ぜんぼう》を把握《はあく》していると無理もないが。

うろたえるシャックスに、ザガンは玉座の背もたれに身を預けてため息をもらす。

「使わずに済めばそれに越《こ》したことはないが、恐《おそ》らく必要になる。時間は作ってやるからなんとか間に合わせろ」

「時間を作るって、シアカーンの軍隊を止められるのかい？」

「まあ、俺がいなくとも足止めくらいはできるようにしておくさ」

黒花《くろか》に対して以外は本当に有能なのがこの男である。

「いなくてもって……まさか、ボスが単騎《たんき》でシアカーンを獲りに行くってのかい？」

説明するまでもなくその結論にたどり着いてくれるのは、ザガンも楽で助かる。

「シアカーンの居場所は知れたのだ。これを逃《のが》す手があるか？」

一万の軍勢なんぞを相手にしていれば、またシアカーンに逃《に》げられて何か月もイタチごっこを続ける羽目になる。この窮地《きゅうち》はシアカーンの首を獲る最大のチャンスでもあるのだ。

ザガンはデクスィアに目を向ける。

「というわけだ。デクスィア、貴様の役目はシアカーンの元まで道案内だ。できるな？」

ある意味ではこの戦いの要である。

思わぬ大役にデクスィアは息を呑むが、それでも毅然として頷いた。

「……それであなたがアリステラを助けてくれるのなら、なんでもするわよ」

「生きているのなら、な」

実際のところ、アリステラが生きている可能性は低い。アルシエラでさえ手遅れと始末しようとしたのだ。彼女がそう判断したということは、救えないということである。

それでも、いまのデクスィアにはザガンに縋《すが》る外ないのだ。

追い詰められた顔をするデクスィアに、意外にもラーファエルがポンと頭を撫でた。

「我が王が救うと仰《おお》せなのだ。気をもむ必要はない」

「えっ、あ……ありがとう」

強面《こわもて》とは裏腹に優しく気遣《きづか》われ、デクスィアはぽかんと口を開く。

――そういえば、こいつら面識があるんだったな。

デクスィアの方は気付いていないようだ。しかし、かつてラジエルの宝物庫に忍《しの》び込んだとき、ウォルフォレの格好をしたラーファエルはこの少女と共にいた。

見た目に似合わず、子供に甘《あま》いのがラーファエルである。ザガンも苦笑を返した。

アルシエラはアリステラを救えぬと判断した。

——だが、それはやつの判断だ。

どんな状態だったとしても、生きているならやりようはある。ザガンは生きるためにひたすら力を求めてきたのだ。それで他者を生かせぬのでは道理に合わない。

だが、それは一万の軍を放置してこの地を離れるということである。ゆえに、ここで配下たちを守る者が必要になる。

「ラーファエル。キュアノエイデスの指揮は貴様に任せる。一万の軍勢と正面からぶつかるのは聖騎士《きし》どもの役目となるだろう。聖騎士と魔術師を統率《とうそつ》できる者は、貴様を措《お》いて他におらん。共生派とやらの面目《めんぼく》を見せてみろ」

「我が王の仰せのままに」

ラーファエルが恭《うやうや》しく腰《こし》を折るのを確かめると、次はシャックスに目を向ける。

「シャックス。貴様はラーファエルの指揮下に入り、負傷者の治療に当たれ。山ほど負傷者が出るだろう。必要な人材は貴様の独断で動かしてかまわん。できるだけ死なせるな」

「……了解《りょうかい》だ、ボス」

シャックスも男である。ここでごねるような無様をさらしはしなかった。

「それと、もうひとつ――」

次にザガンが告げた言葉で、シャックスはわかりやすく顔を歪《ゆが》めた。いや、シャックスだけではない。ラーファエルやオリアスまでもが表情を変えていた。

――現状、これが一番面倒《めんどう》な問題だからな。

そして自分がシアカーンなら、ザガンが留守にするこのキュアノエイデスにこの〝駒〟を置く。一万の軍と併せて使えば、それは好き放題蹂躙できることだろう。

それに返せる駒は、シャックスと黒花しかない。シアカーンがこの局面で秘蔵の駒を用意してきたように、このふたりがザガン秘蔵の手札なのだ。

シャックスは首を横に振《ふ》る。

「ボス……。さすがにそいつは、俺でも許容できないぜ？」

「許容できずとも、あれは貴様の前に現れるだろう。そのとき黒花がどうするかなど、考えずともわかるであろう？」

「だ、だがボスなら他に手があるんだろう？」

慈悲《じひ》を請《こ》うようなシャックスに、ザガンは突《つ》き放《はな》すように告げる。

「力は与《あた》えた。俺は貴様ならできると考えたから話した」

そうでなければ魔王殿に籠《こ》もって一歩も出るなと命じている。

――シアカーンが自分の弟子《でし》をどう評価しているのかは知らんが、シャックスは〈魔王〉に並ぶほど力をつけてしまった。

ザガンはそう考えていて、ナベリウスもそれを認めた。

ゆえに、シャックスにはそれに相応《ふさわ》しい働きをしてもらう必要があるのだ。

黒花の名前が出たことに、ラーファエルも穏《おだ》やかではない表情を見せる。それでも、感情を押《お》し殺すように口を開く。

「王は貴様を認めたのだ。それが買いかぶりでないことを、我に示してみせよ」

その言葉に込められたのはどれほどの想《おも》いだったろう。この数か月、ラーファエルが娘の下着を持ち歩いていた不埒《ふらち》なこの男を斬り殺そうとしたのは一度や二度ではない。

ややあって、シャックスは確かに頷いた。

「……了解だ、ボス」

それは、覚悟《かくご》というものをした男の顔だった。

「ではゆけ。撤収《てっしゅう》の作業を急がせろ。不要なものは置いて行け」

「御意」

「了解」

　頷いてから、しかし足を止めて振り返ったのはシャックスだった。

「ボス。俺たちの仕事は理解したが、キメリエスの旦那《だんな》はどうするつもりなんだい？」

　当然と言えば当然の言葉だ。キメリエスの現状は、恐らくシアカーンに呼び出されたであろうことしか伝えていない。

　だが、ザガンはなんでもなさそうに首を横に振る。

「やつのことは気にするな。シアカーンのやつがどんな筋書《シナリオ》きを描《えが》いたかは想像がつく」

　キメリエスがどう動かされるか、そしてどう動くかは予想の範疇《はんちゅう》である。

　そう答えても、シャックスは浮《う》かない顔のままだった。

「だが……」

「気にするなと言っている。見知らぬ悪党にチャンスをやるのに、俺が配下にそれを与えんと思うのか？」

　そう告げると、ようやく安心したらしい。

「俺のボスが、あんたで本当によかったよ」

　シャックスとラーファエルは玉座の間を後にすると、それぞれの場所へと向かっていった。これで撤収の作業は彼《かれ》らが進めてくれるだろう。

◇

ラーファエルとシャックスが玉座の間を去ると、ザガンはようやくオリアスに向き直る。

「待たせてすまないな、オリアス」

「うむ。聞かせてもらうか」

ひとつ呼吸を整えてから、ザガンはこう答えた。

「結論から言うと、俺にはネフテロスを救う術《すべ》はない」

ミシッと、空気が軋んだ。娘として受け入れると言った以上、ネフテロスは紛《まぐ》れもなくオリアスの娘なのだ。その娘を救えぬと言われ、怒《おこ》らぬ親ではない。

苛烈《かれつ》な怒気《どき》を正面から受け止め、ザガンは言葉を続ける。

「俺自身に救う術はないが、その方法には心当たりがある」

「……というと」

オリアスも一応は話を聞く態度を見せてくれた。

「うむ。ここまでの事態は想定していなかったが、ネフテロスの身に危機が迫っていることはわかっていた。俺たちはあいつを救うために動いていた」

「たち……ということは、他にもいるわけだね？」

「ああ。といってもひとりは当てにならんが、もうひとりは信頼《しんらい》してもいいと思う」

正直、感情としては受け入れがたいが、認めざるを得ない。

ザガンはその名前を口に出すのに、ため息を堪えきれなかった。

「――アルシエラだ。やつならネフテロスを救うことができる」

と言っても、その手段は『ネフテロスに恋《こい》をさせる』という眉唾《まゆつば》な話ではあるが。

「彼女は、ネフテロスを殺すと宣言して去ったのではないのかね？」

まったくもって正しい指摘《してき》に、しかしザガンは頷く。

「やつはすでに〈アザゼル〉化した〝ネフテロス〟と戦っている。〝ネフテロス〟は凄《すさ》まじい力を操《あやつ》ったが、アルシエラはそれ以上の力で圧倒《あっとう》した。古傷を狙《ねら》われなければ、あのまま殺していたのだろう」

「では……」

「――なんだが、やつには芝居《しばい》の才能が足りなかったようだな」

「…………？」

アルシエラの戦い方は実に手慣れていた。

そしてまるでザガンに戦い方を教えるかのように瞬《また》く間《ま》に無力化し、あまつさえ白々しく決着を急いで取り逃がしてみせたのだ。馬鹿《ばか》でもわかる。

――〝アリステラ〟のときはなんの隙《すき》も見せずに始末したのだからな。

とはいえ、ザガンもその場ではうっかり騙《だま》されそうになるくらいには、鬼気《きき》迫《せま》る演技だった。演技力というよりは脚本《きゃくほん》が下手だったのだろう。

「やつはまだネフテロスを救うことを諦《あきら》めていない」

「ふむ。では彼女の最後の言葉はただのでまかせであると？」

ザガンは首を横に振った。

「いや、いくらなんでもそんな無駄《むだ》なことはせんだろう。あれは〝手を貸せ〟というメッセージだと、俺は受け取っている」

「……ふむ。嘘《うそ》とわかっていても〝殺す〟と宣言されれば、君はネフテロスを守るために手を尽《つ》くさねばならなくなるな。彼女には、その助けが必要である、と？」

ようやく怒りを収めてくれたらしい。もうひとりの〈魔王〉は静かにそう観察した。

「ビフロンスも〝ネフテロス〟を追っている。それにいまの〝ネフテロス〟は無差別に破《は》壊《かい》を振り撒《ま》く。そんなことで義《ぎ》妹《まい》の手を汚《よご》させるわけにはいかん。なにより、あんな力を使い続ければあいつの体が保《も》たん。であれば、さすがにやつも手が足りんだろう」

「つまるところ、君は私にネフテロスを守りにゆけと言っているわけだね？」

ザガンは頷く代わりに玉座から立ち上がると、オリアスの前に膝を突いて頭を下げた。

「無理を承知で頼《たの》む。ネフテロスを守ってやってくれ。あいつはまだ恋も知らんのに、こんなところで死なせるわけにはいかん」

「……頭を上げたまえ。あれは私の娘だ。子を救うために親が手を尽くすのは当然のことであろう。君が頭を下げるようなことではない」

それから、ザガンはネフィに目を向ける。

「ネフィよ」

「……はい、ザガンさま」

愛《いと》しい少女は凜《りん》として頷き返す。

――ネフテロスを救うには、ネフィの力が必要だ。

だがネフィに戦えと命じるのは、ザガンの矜持《きょうじ》が許さない。

それでも、この場で蚊帳《かや》の外に置くことが正しいとも思えない。

男としての感情と、王としての責務の間で、ザガンは激しく葛藤《かっとう》した。

そんな葛藤をわかってくれるのか、ネフィは毅然とした表情のままザガンが口を開くのを待ってくれた。

「…………」

「……………」

「………………くうっ」

見つめ合って、ザガンは思わず顔を背《そむ》けた。

「ど、どうしてそこで赤くなられるんですかっ？」

「い、いや、違《ちが》うぞ？　ただ凛としているお前に思わず見惚《みと》れてしまっただけで、やましいことなど考えていないからな？」

「はうぅっ？　こ、こんなときに見惚れられても困ります……。そういうのは、ふたりきりのときに……」

ふたりでわたわたと言いつくろっていると、オリアスやフォルから生暖かい視線を向けられていることに気付いた。デクスィアは困惑《こんわく》を顔に浮かべている。

「いや、かまわない。君たちはそのままでいてくれ」

オリアスからも慰められ、思わず顔を覆《おお》いたくなった。

ザガンとネフィはコホンと咳払いをして姿勢を正す。

「ネフィ。お前もオリアスと共にネフテロスを守りに行ってくれ。あいつの体はもう、限界が近い。お前が必要だ」

その言葉に、ネフィは花でも開くかのように微笑《ほほえ》んだ。

「かしこまりました。必ずあの子を連れて帰ります」

その反応に、戸惑《とまど》いを隠せなかったのはザガンの方だった。

「ああっと、その、危険な役目を頼むことになるのだが……」

「はい。そんな大変なときにザガンさまがちゃんとわたしを頼《たよ》ってくださったのです。これを喜ばずにどうしろとおっしゃるのですか？」

「あうぅ……その、頼りにしている」

そう返すと、ネフィも尖《とが》った耳の先まで真っ赤に染めてもじもじと視線を彷徨《さまよ》わせた。

「あの、ザガンさま。代わりというわけではないのですが、ひとつお願いがあります」

「う、うむ！　なんでも言うがよい」

ネフィがこんなふうにおねだりをしてくれるなど、初めてのことではないだろうか。変な期待さえこみ上げてくるザガンに、ネフィは頬《ほお》を赤く染めたままこう告げた。

「できれば、この戦いを三日で終わらせてほしいんです」

恋する乙女《おとめ》の表情で告げられたのは〈魔王〉とて容易ではない困難だった。

すでに陽が落ち、今日という時間は終わりを告げようとしている。

戦いは夜明けからとなるだろうが、それからシアカーンの首を獲り、一万の軍勢を滅《ほろ》ぼし、ネフテロスまで救ってみせるというのは三日で終わるような仕事ではない。〈魔王〉どころか神や竜《りゅう》、あのアルシエラの力を以《もっ》てしても不可能に思える。

――そういえば、アルシエラのやつも時間がないと言っていたな……。

ザガンの中で点と点が繋《つな》がった。

――そうか。ネフィはアルシエラの寿命《じゅみょう》が尽きる前に決着を付けてやりたいのか。

あんな自分勝手な吸血鬼《きゅうけつき》をそれほど気に懸《か》けてやるとは、なんという優《やさ》しさだろう。これに応《こた》えてやれず、なにが〈魔王〉か。

「よかろう。三日以内に片付けてやる」

「ご無理を言って、申し訳ありません」

「かまわん。消えゆく者に最期《さいご》の餞《はなむけ》をという気持ちは、わからんでもない」

「……はい？」

ここでなにかがすれ違っていることに、ネフィは気付いたのだろう。

「はい！　おっしゃる通りです」

愛しい少女はそれをよしとした。

そして、それはザガンが己《おのれ》の中の迷いを断《た》ち切った瞬間《しゅんかん》でもあった。

——この戦いは、三日で終わらせる。

それが目的になった以上、もはや手段は選ばない。

タイムリミットが設けられたことと、嫁からの〝初めてのおねだり〟によってザガンの闘争心《とうそうしん》はかつてないほど膨《ふく》れ上がっていた。

「話はまとまったかね？」

なにやら見ていられなくなったように視線を逸《そ》らしながら、オリアスが口を開く。

「ネフテロスの身体《からだ》は長くは保つまい。私たちはすぐに出立するとしよう」

「あ、待ってください。ネフテロスを助けるなら、シャスティルさんの力も必要だと思います。ネフテロスのことを一番わかってくださってるのは、シャスティルさんですから」

その言葉に玉座の間の〝影《かげ》〟がにわかにざわついたのを、ザガンは見逃さなかった。どうやらデクスィアの〝影〟に潜《ひそ》んでいるようだ。

——確かにネフテロスを救うなら、シャスティル以上の適任者などおらんのだが……。

一瞬《いっしゅん》の躊躇《ちゅうちょ》。ネフィの言うことは正しい。だが、ザガンの決断は素早《すばや》かった。

「あいにくだが、それは難しいかもしれんな。シャスティルには聖騎士としてキュアノエイデスを守る責務がある。これを曲げるのは難しいだろう。なにより、あいつが抜《ぬ》けては一万の軍は止められん」

「あ……。そう、でしたね。申し訳ありません」

「いや、ネフィが謝《あやま》るようなことではない」

実際のところ、ザガンとてシャスティルを差し向けたいとは考えていた。

リチャードがどうなるかもわからない現在、〈アザゼル〉の支配下からネフテロスを引き戻せるのはあの少女を措いて他にいまい。

――だが、シャスティルを巻き込むことのデメリットが大きすぎる。

それでいて、これは大いなる貸しとなる。

「ネフィよ、ネフテロスのことはシャスティルに気取られないように頼む。この状況《じょうきょう》でネフテロスのことを知ればポンコツに逆戻《ぎゃくもど》りしかねん」

「ザガンさま、シャスティルさんはいざというときはしっかりした方ですよ？　でも、わかりました。シャスティルさんの心配事を増やしたくないというのは、わたしもですから」

困ったように微笑み、ネフィはオリアスの隣《となり》に並ぶ。

「ザガン、私からもひとつ聞いておきたい」

「うむ。なんだ？」

「〝ネフテロス〟の背に浮かんだ翼《つばさ》というのは〈呪翼《じゆよく》〉で間違いないのだね？」

〈アザゼル〉化した〝ネフテロス〟の背には神々《こうごう》しくも禍々《まがまが》しい、光の翼が浮かんでいた。

「シアカーンの配下らしきふたり組みは、確かにそう呼んでいた」

「ふむ。それが、八枚か……」

その横顔は、死を覚悟するかのようなものに見えた。

――さすがはオリアスというべきか、〈呪翼〉の存在は摑んでいるのだな。

ザガンが誇《ほこ》る最強の盾《たて》たる〈天鱗《てんりん》・竜式《りゆうしき》〉ですら、ものの十数秒で粉砕《ふんさい》された。〈魔王〉とてたやすい相手ではない。

「オリアス。貴様にはこれからもネフィの幸せを見届ける義務がある。忘れるなよ？」

「ふふ、なかなか厳しいことを言ってくれる。だが、心に留《とど》めておこう」

それから、ネフィの肩《かた》に手を置く。

「厳しい戦いになる。いまのうちにやれることはやっておきなさい」

「やれること……ですか？」

小首を傾げて、それからネフィはツンと尖った耳をピンと跳《は》ね上げハッとする。

「ザガンさま、こちらに来ていただいてよろしいでしょうか？」

「ふむ？　よかろう」

請われるまま、ネフィの前に立つ。この状況でやらなければならないことなのだから、よほど重要なことなのは間違いない。

「し、失礼します！」

ネフィは、おもむろに抱《だ》きついてきた。

「ほわあああああっ？」

それもただ抱きつくだけではない。ザガンの胸に顔を埋《うず》め、すりすりと額をこすりつけてくるのだ。ザガンはただならぬ衝撃《しょうげき》を心臓に感じた。

心臓がドッドッドッドッと凄まじい音を立てて早鐘《はやがね》を打つ。ネフィがそうしていたのはほんの数秒のことだったが、永遠のように長い数秒だった。

ややあって、ネフィは顔を火照《ほて》らせたまま、満足そうな吐息《といき》をもらして身体を離《はな》した。

「ふう……。失礼しました。これで、安心して出発できます……？」

白目を剥《む》きそうなザガンは言うに及《およ》ばず、デクスィアやオリアスもが戸惑いの表情を浮かべてネフィを見つめていた。特にこういった状況に慣れきっているフォルまでもが『いけない秘密』でも知ってしまったかのように口元を覆っているのだから、よほどである。

ようやく自分がなにをしているのか自覚したらしい。ネフィはツンと尖った耳の先まで真っ赤に染めて、あわあわと唇《くちびる》を震《ふる》わせた。

「は、はわ、ち、違うんです。違うんです！　しばらくザガンさまのお傍《そば》を離れると考えたら、やらなくてはと……！」

「まあ、満足できたようでなによりだ。そろそろ出立したいのだが、かまわないかね？」

「あうぅぅぅぅぅぅぅッ」

いっそ殺してくれと言わんばかりに顔を覆うネフィを引きずって、オリアスは玉座の間を去っていった。

◇

ネフィたちが去り、玉座の間にはザガンとデクスィア、そしてフォルの三人が残されることになった。

次に、ザガンはデクスィアに目を向ける。

いや、正確にはその足下《あしもと》の〝影〟である。

「聞いていたのだろう、バルバロス？　貴様にもやってもらいたいことがある」

『……はん。ろくでもねえ気しかしねえな』

「ひえっ？」

小さな悲鳴を上げデクスィアの足下から出現したのは、バルバロスだった。

――シャスティルを〝ネフテロス〟との戦いから外したのは、こいつへの貸しだ。

それも巨大《きょだい》な貸しである。本人も理解しているのだろう。憎《にく》まれ口《ぐち》も控《ひか》えめだった。

「んで？　なにをしろってんだよ」

「なに、貴様ならたやすいことだ。デクスィアを敵軍の包囲の外へ連れ出せ」

バルバロスは眉《まゆ》をひそめる。この男にとっては仕事のうちにすら入らない簡単なことだからである。

「そりゃかまえねえけど、てめえはどうすんだ？」

「ここを離れることになる。シアカーンの軍勢の出鼻くらいはくじいておかねばな」

正面から打って出るということである。

「そりゃ連中も気の毒なこって。んで？　それだけの用ってわけじゃねえんだろ」

「わかっているなら話が早い。貴様には――――」

そうしてザガンが告げた命に、バルバロスも顔色を変えた。

「……おい。そりゃあさすがにポンコツの身の安全でも釣《つ》り合わねえぜ」

バルバロスにしてみれば、ただシャスティルの身柄《みがら》を守るだけなら彼女を戦火の及ばぬ遠い地へ逃がすだけでいいのだ。この男の空間跳躍《ちょうやく》を以てすれば、それこそ誰《だれ》の手も届かぬ場所へと連れていくことができる。無理にザガンに従う必要はない。

そうしないのは、それがシャスティルの意志を無視して踏《ふ》みにじる行為《こうい》だからだ。必要になれば、この男は嫌がられようが軽蔑《けいべつ》されようがそうする。それが、この男の〝守る〟ということなのだ。なのだが……。

「ポンコツ……ポン…………くううっ」

「なにがあったっ？」

ポンコツという言葉を繰《く》り返しながら、バルバロスは突然《とつぜん》顔を覆って膝《ひざ》を突いた。

――ええー……。なんだこいつまたシャスティルとなにかあったのか？

ネフテロスを救うために協力すると誓《ちか》っておきながら、なにをやっているのだ。自分のことはまったく棚《たな》に上げてザガンは呆《あき》れ返った。

そんな視線に気付いたのか、バルバロスは平静を取り繕《つくろ》って立ち上がる。

「な、なんでもねえ。気にすんな」

「そうか……？」

なんか耳どころか首まで真っ赤になっているが、ザガンは指摘しないであげた。

バルバロスの状態は少々予期せぬものではあったが、この男を戦わせることは計画のうちである。当然ながら、そのための材料は用意してある。戦局を読むというのは、そういうことなのだから。

ザガンは独り言でもつぶやくように語る。

「この戦が俺とシアカーンの決着となるだろう。場合によってはビフロンスもだ。敗者がずるずると生き延びるような結末はあり得ん」

ザガンの〈天燐《てんりん》・紫電《しでん》〉は確かにビフロンスに届いた。

かつてのような警告とはわけが違う。身体を塵《ちり》にしようが切り離そうが逃れられはしない。ビフロンスの命は、保って数日といったところだろう。

――だが、それでも油断ならないのが〈魔王〉だ。

ザガンとてあの狂人《きょうじん》がこのままおとなしく死ぬとは思っていないが、生かしておくつもりもない。

そこで、改めてバルバロスに目を向ける。

「つまり、この戦で最低でもひとつは〈魔王の刻印〉に空位が生じることになる」

あるいは、それ以上だろう。

当然、その中にザガンが入る可能性だってゼロではない。そしてこんなところで殺されてやるつもりがないのも、全《すべ》ての〈魔王〉にとって同じことだ。

「俺はシアカーンの相手で手一杯《ていっぱい》だ。他の〈魔王〉どもも静観するようだ。戦いの最中に奪《うば》われたとしても、邪魔《じゃま》をする者はいないだろうな」

「……っ！」

つまり〈魔王〉の椅子《いす》である。

――ナベリウスにはすでに話を通してある。

そしてバルバロスほどの魔術師ならば、戦いの最中に〈魔王の刻印〉をかすめ盗《と》ることなど造作もない。そもそも〈魔王〉からかすめ盗るだけの力があるなら、誰も文句は言わない。

「ザガン、てめえ本気で言ってんのか……？」

「なんの話かはわからんが、俺はただ事実を口にしているだけだ」

バルバロスは髪《かみ》をかき上げて、堪《こら》えきれなくなったように笑う。

「はっ、なるほど。そんな美味《うま》そうな餌《えさ》があるんなら、その口車に乗らねえわけにはいかねえわな」

この陰鬱《いんうつ》な笑《え》みを見るのも、ずいぶん久しぶりかもしれない。

──こいつがこういう笑い方をしたときは、手段を選ばないからな。

ザガンの依頼《いらい》も完璧《かんぺき》にこなしてくれることだろう。

だがバルバロスも浮かれきって頷《うなず》いたわけではない。なにか思案するように黙《だま》り込んでから、ザガンに目を向ける。

「はん。つっても、ひとりでやるにゃあ、ちと骨が折れるな。ザガン、てめえの手駒《てごま》もいくらかよこしてもらうぜ」

「よかろう。……そうだな、レヴィアタンとベヘモスというふたり組の魔術師がいる。いまは魔王殿に配置しているが、そのふたりを使うがいい」

「聞いたことねえ名だな。通り名はねえのか？」

「通り名はない。だが有能だ」

バルバロスは不服そうな顔をするが、ここで使えぬ駒を渡《わた》すほどザガンが愚《おろ》かでないこともよく知っている。

そもそも、ザガンの配下はビフロンスの夜会に招かれ、〝泥《どろ》の魔神《まじん》〟との戦いを生き延びた魔術師たちである。無能などひとりもいない。

「へいへい。せいぜい役に立ってもらうぜ」

そう言い残して、バルバロスもまた〝影〟の中へと消えていった。

置いていかれたデクスィアは戸惑った顔をしているが、ザガンが出発するときにでも拾ってもらえることだろう。

――いまはやつもそれどころじゃないからな。

シャスティルとなにがあったのかは知らないが、ザガンが押しつけた依頼はバルバロスが嫌がるには十分な難題だった。

ひと通りの指示を終えるが、まだこの場でなにも命じられていない者がひとりいた。

「ザガン、私はどうすればいい？」

正直、ここにフォルは呼びたくなかった。

――だが、子の成長を認めてやれんで、なにが親だ。

ザガンはフォルの前にしゃがむと、父として語りかける。

「フォル、俺はお前にはなにも命じないつもりだ」

「……？　どういうこと？」

なにも命じないのであれば、この場に呼び出す必要はない。フォルも困惑を隠《かく》せないようにまばたきをした。

「いま、どういう状況なのかは理解したな？」

「うん」

これから〈魔王《まおう》〉の半数以上を巻き込んだ戦いが始まる。シアカーンとて己の周囲にザガンも予期せぬ策略を巡《めぐ》らせていることだろう。

そこでフォルは、どこに配置しようとも戦局を一変させかねない駒と言えるだろう。

「お前がいまのままでいたいのなら、俺がお前を使おう。お前の力は俺の役に立つ」

フォルと共にシアカーンの元に攻《せ》め込めば、その首を落とすことすらたやすかろう。

「だが、その先に挑《いど》もうというのなら、お前はお前の考えで動かなければならない。何人もの〈魔王〉が関わるこの戦いでどう立ち回るのか、お前は示さなければならないのだ」

小さく息を整え、ザガンは愛しい娘《むすめ》にこう告げた。

「いま、最も〈魔王〉に近いのはバルバロスでもシャックスでもなく、フォルなのだから」

ザガンがナベリウスに提示した魔王候補の最後のひとり。それがフォルだ。

あの魔眼の王《イビルアイ》がこの戦いに関わることはない。

だが、十の魔眼を以て全てを監視《かんし》している。この戦いで生まれるだろう〈魔王〉の空席に誰が座《すわ》るべきか、それを見定めるために。

だから、父親として問いかける。まだ子供でいてほしいというわがままゆえに、突き放すことができなくて問いかける。

「フォル、お前はどうしたい？」

「私、は……」

突然の選択肢《せんたくし》に、フォルは戸惑いの声をもらす。

それでも、決断までそう長い時間は必要としなかった。

「私は、強くなりたい。ザガンが認めてくれるのなら、私はもっと先に進みたい」

その答えに、どうしようもない寂《さび》しさがこみ上げる。

それでも、ザガンは心からの笑顔《えがお》を浮かべて愛娘《まなむすめ》の頭を撫《な》でてやった。

「わかった。では思うようにやってみろ。どうしたいかは、もう決めているのだろう？」

「……ッ、うん！」

ザガンがわざわざ状況とその対策を説明したのは、フォルのためなのだ。

でなければ、必要なことだけ命じてさっさと動かしている。オリアスは言うまでもなく、ラーファエルもシャックスもバルバロスも、それぞれの分野の一流《エキスパート》なのだから。

微笑んだフォルの瞳《ひとみ》に、堪えきれないかのように涙《なみだ》が浮かぶ。それを隠すように、愛娘はギュッと抱きついてきた。

「ありがとう、ザガン。私を認めてくれて。……また、ここに帰ってきていい？」

「当たり前だ。お前がどれほど強くなろうと、俺《おれ》とネフィの娘であることは変わることがない。ちゃんと帰ってこい」

「……うん。行ってくるねパパ。大好き」

そう言い残して、フォルもまた玉座の間を去っていった。

その背中を見送って、ザガンはがっくりと膝を突いた。

「え、ちょっ、大丈夫《だいじょうぶ》……？」

置いていかれたデクスィアが慌《あわ》てるが、返事をする気力は残っていなかった。

――子が巣立っていくのを見送るのって、こんなにしんどいものなのか……。

ザガンの想像を遙《はる》かに超《こ》えて、フォルは大きく成長した。

それを見守るのは喜ばしいことではあったが、自分の下から離れていくのがこんなにも早いとは思わなかった。

――だが、フォルはいずれ歴代最強の〈魔王〉となるだろう。

〈魔王〉のザガンが惜《お》しみなく力と知識を与え、ハイエルフであるネフィが無類の愛情と加護を注ぎ、この世界でもっとも偉《い》大《だい》な竜の血を引くのがあの娘なのだ。もはや世界そのものに愛されていると言ってもいい。

そんな少女がひたむきに力を磨《みが》き続けたのだ。誰が敵《かな》うものか。

とはいえ、その父親がいつまでもうずくまっているわけにもいかない。ザガンはようやく立ち上がった。

「さて、俺もそろそろ支度《したく》を始めねばな」

持てる駒は全て盤面《ばんめん》に配置した。

ここから先はどんな想定外が起ころうとも、新たな手札を用意することはできない。一手でも読み違えれば、為《な》す術もなく押しつぶされる。

こうして〈魔王〉と〈魔王〉の全面衝突《しょうとつ》は幕を開けたのだった。

キュアノエイデスより西十数キロに存在する大平原。そこに〈ネフェリム〉師団指揮所は敷《し》かれていた。過去の英雄《えいゆう》たちによって構成されたその軍だが、すでに深夜を回っていることから兵たちも休眠《きゅうみん》を取っていた。

副師団長であるセンジュは、本陣《ほんじん》天幕にてコーヒーを注いでいた。

副長という立場にはあるが、その年齢《ねんれい》は三十半ばと若い。いや、蘇生《そせい》されたといういまの年齢をどう表現すべきなのかはわからないが、享年《きょうねん》は三十五だった。

「どうぞ。ガーライル隊長……おっと、司令官とお呼びするべきでしたか」

地図を眺《なが》めて難しい顔をする師団長とは同年代だったはずだが、いまでは向こうの方がひと回りは年上になっている。死んだ時期の違いがそうさせているのだろう。

「昔通りガーライルでかまわん。いまさら貴様に司令官なんぞと呼ばれると、後ろから刺《さ》されそうで落ち着かん」

コーヒーを差し出された師団長は辟易《へきえき》とした声を返すが、その顔に堪えきれない苦笑《くしょう》が浮《う》かんでいた。

「まさか死後も貴様と組む羽目になろうとはな」

「私もですよ。……私を捨て駒《ごま》にしたあの戦い、ちゃんと勝ったのでしょうな？」

「……勝ったさ。あの戦いは、な」

センジュは鋭《するど》く目を細めた。

「あの戦いは、というと？」

「……〈アザゼル〉は神だ。一度や二度倒《たお》したくらいで滅びる存在ではなかったのだ」

コーヒーに口をつけると、師団長は苦い表情を作った。

「二度の戦いで、我々はふたりの銀眼の王を失った。三度目の戦いに、銀眼の王はいなかった。私もバトーも、みんな死んだよ」

「だが、世界はいまもこうして続いている」

「……ああ。マルコシアスとアルシエラがどうにかしたのだろうな。恐《おそ》らく私には想像もつかないような代償《だいしょう》を払《はら》って」

センジュが知るマルコシアスという男は、目的のためなら人の命など当然の消耗品《しょうもうひん》として割り切ることのできる人間だ。

『世界を救う』という目的に対して、誰よりも必死だったのだ。

だから非道であってもみんな付いていった。きっと彼《かれ》は自分の命さえ平然と焼《く》べて未来をつなぎ止めたのだろう。この世界にあの恐ろしい〝神〟はいない。

それゆえに、センジュもこの師団長も苦悩《くのう》していた。

「さて、神なきこの世界で、我々はいったいなにと戦えばよいのだろうな」

センジュたちはこの時代の〈魔王〉シアカーンによって蘇生された。

そしてキュアノエイデスという街を滅ぼせと命じられた。

「斥候《せっこう》の報告によれば、キュアノエイデスとやらは活気のある普通《ふつう》の街のようです。常駐《じょうちゅう》する騎士《きし》の数はせいぜい百五十。他には魔術師《まじゅつし》と呼ばれる連中が出入りしているようですが、大半はなにも知らない無辜《むこ》の民です」

そう報告すると、師団長はとうとう大きなため息をもらした。

「世界を守るために命を懸けた我らに、その無辜の民を虐殺《ぎゃくさつ》しろとはな」

ここに集められたのは同じ戦場で戦い、命を落とした英雄たちである。このふざけた命令に喜んで従う者など、ひとりとしていない。

「……で、どうするつもりです？」

大義もなく、正義もない。シアカーンがなにを考えているのかは知らないが、この戦いでなにかが守られるとは思えない。この街に　なにか非道な敵が潜んでいるのかもしれないが、それは住民を虐殺する理由たり得ない。

「いまは従う外ない。逆らった〝あの方たち〟がどうなったかは、貴様も見ただろう？

ならば従ったふりをして、機会をうかがうのだ」

「まあ、それしかないでしょうね」

それでもこの手でなんの罪もない民を斬《き》るのは避《さ》けられない。

「はあ、こんなことなら出世なんかしたくなかったですね」

師団長は苦笑する。

「いまはひとりでも死者を減らせるように尽力《じんりょく》しよう。敵も、味方もな」

「……私、あなたの命令で戦死したんですが、覚えてます？」

「今度こそは死なせんよ。今度こそ、生きて帰るのだ」

手痛い皮肉を投げながらも、センジュはこの状況をそれほど不満に感じていなかった。

――バトーに比べたら、ガーライルは部下を大切にしますからね。

同じく戦友のバトーは優《すぐ》れた軍師ではあったが、マルコシアスに近い思考の持ち主で作戦は遂行《すいこう》しても犠牲《ぎせい》を出すことが多かった。

自分もこんなところで犬死にするつもりはない。敵も味方も死なせないというのはなかなかに骨が折れるが、やってみせよう。

「敵を殺さずにとなると、コンゴウ殿《どの》は前線に出せませんな。あの方の〈呪刀《じゅとう》〉は次元さえ超えて標的を斬りますが、峰打《みねう》ちのような真似《まね》はできませんから」

「剣王《けんおう》殿か。だから本陣警護についてもらっている。本人もそれがわかっているから、文句は言わなかったさ」

コンゴウはセンジュたちの時代で〝剣王〟の称号《しょうごう》を与《あた》えられた剣豪《けんごう》である。天剣にこそ選ばれなかったが、剣の腕《うで》なら銀眼の王すら凌駕《りょうが》すると言われていた。

戦線で雄々《おお》しき鷲《わし》の紋章《もんしょう》を刻んだ彼の金色の鎧《よろい》を見れば、誰もが〝この戦いは勝つ〟と信じることができたものだ。その鎧はこの時代に於《お》いても健在で、センジュも思わずこれから戦う相手に同情を抱いてしまったほどである。

そんな英雄までもが蘇生され、この軍に加えられているのだ。いま一度〝神〟と戦えと言われても戦い抜ける精鋭《せいえい》たちである。

と、そこでセンジュは違和感《いわかん》を抱いた。

「……ガーライル。静かすぎやしませんか？」

「ふむ……？　言われてみれば、確かに」

夜間とはいえ、哨戒《しょうかい》の兵もいるのだ。話し声どころか足音や甲冑《かっちゅう》の音さえも聞こえないというのは不自然である。

——賊《ぞく》か……？

こちらは挙兵しているのだ。敵襲《てきしゅう》のひとつやふたつ、あって当然だろう。

「ガーライル。外を見てきます。あなたも油断なさらぬよう……？」

声をかけても、師団長からの返事はなかった。

振《ふ》り返って、センジュは顔を言葉を失うことになる。

いままで会話をしていたはずの師団長の首が、胴体《どうたい》から消えていたのだ。一歩遅《おく》れて、頭部を失った首から噴水《ふんすい》のように血液が噴出《ふんしゅつ》する。

「ガーライル——ッ？」

駆《か》け寄ろうとした瞬間、怖気《おぞけ》を感じてセンジュは後ろに跳《と》んだ。

直後、センジュが立っていた場所から音もなく一本の腕が這《は》い出していた。

——なんだこいつは！

この腕が師団長をやったのだろうか。しかし、こんな大して力もなさそうな腕で、人間の首を切断するなどということができるのだろうか。

不意打ちに失敗したことを悟《さと》ったのか、腕に続いてずるりと人の体が現れる。

「……チッ、めんどくせえな。避《よ》けんなよ」

それは陰鬱な顔をした男だった。くしゃくしゃにもつれた髪に不健康そうな顔色。目の下には隈《くま》が広がっていて、首にはじゃらじゃらと大量のアミュレットを提《さ》げている。

——魔術師、というものか！

センジュは油断なく剣を構えるも、そのまま後退して天幕から飛び出す。

「敵襲だ！」

そう吠《ほ》えたセンジュは、ずるりと足を滑《すべ》らしかける。雨が降ったわけでもないのに、地面がぬかるんでいたのだ。

疑問を抱く前に、今度は吐《は》き気《け》をもよおすようなにおいが鼻を突《つ》いた。

生前から嗅《か》ぎ慣れたそれは、血のにおいである。

そして、目撃《もくげき》してしまった。そこかしこで、兵が倒れて動かなくなっているのだ。事切れているのは、確かめるまでもなかった。

全滅《ぜんめつ》。もはやここに生きている者は自分しかいないとわかってしまった。

さらには、その死体の中に信じられないものが混じっていた。鷲の紋章を刻んだ金色の鎧。最強の象徴《しょうちょう》。いまは血にまみれたそれにも、やはり首から上がない。

「馬鹿《ばか》な。コンゴウ殿までもが……っ」

「……悪《わ》りいな。皆殺《みなごろ》しにするはずじゃなかったんだが、まあ成り行きだ」

天幕の中から、ぬっと魔術師の男が追ってくる。

センジュは震えた。〈呪刀〉を携《たずさ》え、あの時代で紛《まぐ》れもなく最強だった男でさえ、この魔術師を前になす術もなかったというのか。

蒼白《そうはく》になるセンジュに、魔術師は哀《あわ》れむような眼差《まなざ》しを向ける。

「そんなビビんなよ。これでもてめえらには同情してんだ。せめて痛みはねえように殺してやるよ」

剣を握《にぎ》る手に汗《あせ》が滲《にじ》む。

剣王コンゴウでさえ、この恐るべき魔術師の前では声ひとつ上げることすらできずに敗れた。それどころか、これだけの兵たちをなんの気配もなく皆殺しにしたのだ。

初代銀眼の王の時代の〝天使〟たちでさえ、こんな芸当ができたとは思えない。

――ああ、あのときと同じだ。

かつて死んだときと同じ、背に刃物《はもの》を突き付けられたような感覚。死が目前にある。

センジュは小さく息を整える。黙って殺されるくらいなら、千年前に神を相手に戦いを挑もうなどと考えていない。目の前にいかなる絶望が迫《せま》ろうとも、抗《あらが》うのが自分たちだ。

「見くびるなよ。敵わぬとしても、貴様の命ひとつくらいは道連れにさせてもらう」

「見くびっちゃいねえよ。てめえらは確かに英雄だ」

これほど強大な力を持ちながら、魔術師には傲《おご》りも油断も存在しなかった。

「だから、そんなてめえらをポンコツと戦わせるわけにゃあいかねえんだわ。てめえらに恨《うら》みはねえし、すげえとも思うが、死んでもらうぜ」

言っていることはわからなかったが、センジュは理解してしまった。

――この男にも、なにか守るものがあるのだ。

千年前の自分たちと同じだ。それは強いだろう。負けられぬだろう。

センジュは吠える。

「元銀軍百人隊長センジュ・カンノ。押《お》して参る！」

「《煉獄《れんごく》》バルバロス――次期〈魔王〉だ」

そう名乗った魔術師は、宙でなにかをなぞるように腕を薙《な》ぐ。

それが、センジュが最期に見た光景だった。次の瞬間には、目の前が真っ赤になってなにも見えなくなっていた。

――なにが起きた？

息ができない。なにも見えない。なにも聞こえない。

ただ、不思議と苦痛は感じなかった。

薄《うす》れていく意識の中で思ったのは、首を刎《は》ねられたガーライルのことだった。

――そういえば、刎ねられた首は、どこに行ったのだろう……？

自分がその首のすぐ傍を漂《ただよ》っていることに、センジュは最後まで気付かなかった。

『――――――――』

◇

バルバロスが指揮官たちを暗殺しているころ、どこからともなくシアカーン軍の陣地《じんち》に歌声が響《ひび》いていた。

詞《ことば》を乗せない、音だけの旋律《せんりつ》。美しくもの悲しい調べは、我知らず耳を傾《かたむ》けてしまうような妖《あや》しい魅力《みりょく》があった。

見回りの兵のひとりが、思わずため息をもらす。

「これは、歌か……？　美しい音色だな」

「街からはずいぶん離れているはずだが、どこから聞こえてくるのだろうな」

「……戦《いくさ》の前だからな。感傷に浸《ひた》った誰かだろう」

シアカーンによって蘇生された兵は、実に一万人。そのうち二、三割程度は女もいるため、歌を歌う者のひとりやふたりいてもおかしくはない。

隣の兵が肩を竦《すく》める。

「なるほど。確かにこれは鎮魂歌《レクイエム》だな。美しいが、気が滅入《めい》るような調子だ」

耳を澄《す》ませると、胸が締《し》め付けられるような感覚さえ覚える哀《かな》しげな曲だ。あるいは、懺悔《ざんげ》なのかもしれない。これから自分が誰かを殺すことになることへの。

そんな歌で目を覚ましたのか、天幕の中から何人かの兵が起きてくる。

「貴公らもこの歌が気になったようだな」

「ああ……。綺麗《きれい》な歌だな……」

「……？」

兵は眉をひそめた。天幕から出てきた兵士たちは、焦点《しょうてん》の定まらないようなとろんとした目をしていた。寝起《ねお》きだから、というわけではないように見える。

「お、おい、大丈夫か……？」

「呼んでるんだ。あの人が」

「なにを言って……──ッ？」

肩をゆすろうと手を伸《の》ばした兵は、とっさに後ろに飛び退《の》いた。

様子がおかしい兵士が、突然抜剣したのだ。

「あの人が呼んでるんだよおっ！　行かなきゃいけねえんだ！」

兵士は半狂乱《はんきょうらん》になって剣を振り回す。

「くっ、どうなってるんだ？　とにかく、取り押さえろ！」

そう叫《さけ》ぶと、他の兵士たちも目を覚ましたようだ。

慌てた様子で天幕から飛び出してくると、剣を振り回す兵士を取り押さえた。

「放せ！　放せえええええっ！」

暴れる兵士の力は尋常《じんじょう》ではなく、押さえにかかった兵士たちが振り払われる。

「こいつら、いったいどうしちまったんだ？」

「わからん！　だが殺すなよ」

かつて天使たちが操《あやつ》った〝まじない〟の中には、殺すことで被害《ひがい》を広げるような悪質なものもあった。その方が、より〝おもちゃ〟がおもしろい反応を示すからだ。それに、殺してしまったら話が聞けなくなる。生かして、原因を探《さぐ》らなければならないのだ。

そう指示したというのに……。

「げひっ？」

暴れる兵士の喉《のど》に、剣が突き立てられていた。

刺したのは、共に見回りをしていた兵だった。

「馬鹿な……。なぜ殺した！」

摑《つか》みかかろうとして、兵は気付く。

──こいつは……誰だ？

共に巡回《じゅんかい》してきたはずの兵は、いつの間にか知らない顔になっていた。

知らない兵は、ニタリと笑う。

「おいおい、おかしなことを聞くなよ。敵は殺さないと、こっちが殺されちゃうだろ？」

「──ッ、侵入者《しんにゅうしゃ》だ！」

瞬時《しゅんじ》にそう判断し、叫ぶと他の兵士たちもすぐに反応する。

だが、侵入者は逃《に》げるでも応戦するでもなく、そんな兵士たちの中に無防備に飛び込んでいた。予期せぬ行動に、何人かの兵士が巻き添《ぞ》えとなって地面に転がる。

そこで、全員が顔を強張《こわば》らせることになる。

「おい、どいつだ……？」

たったいま仲間を殺した侵入者の顔が、そこからなくなっていた。

──消えた……？　いや、誰かに化けているのだ！

倒れた兵士は三人だったように見えたが、いま身を起こそうとしている者は四人だ。

そして、犯人を捜《さが》す余裕《よゆう》はなかった。

「あの人のところに行かなきゃいけないんだよぉっ！」

錯乱《さくらん》した兵士は殺されたひとりだけではないのだ。それどころか、気が付けばそこら中から同じような叫び声と悲鳴が上がっていた。

どうやら、この陣地全体が同じ攻撃《こうげき》を受けているようだ。突然兵士たちが錯乱しただけでも尋常ではない被害だというのに、そこからさらに侵入者までもが暗躍《あんやく》している。

「侵入者の仕業《しわざ》だ！　侵入者を捜せ！」「どんなやつだ！」「わからん。ただ味方に化けられるやつだ！」

口々にそうわめき立てるが、それはむしろ混乱を広めているだけだった。『侵入者がいる』という情報だけが広まり、正気の兵士はこの混乱をその侵入者の仕業と考える。しかし侵入者は味方に化けられるのだ。

「そんなものを、いったいどうやって捜せというのだ！」

兵の憤《いきどお》りとは裏腹に、しかし侵入者はそこかしこで姿を現しては、また仲間を斬りつけて消えていく。

――なんだ……？　挑発《ちょうはつ》でもしているのか？

侵入者は兵士たちを斬りつけてはいるが、攻撃された者の大半は息がある。かすり傷で済んでいる者も少なくはない。

化けていられる時間が限られているのかもしれないが、それならあんなふうに目立つ必要はない。この混乱だ。一度姿をくらませれば、そのまま逃げることは簡単なはずだ。

「──っ、そうか、陽動だ！　惑《まど》わされるな！　そいつは恐らく囮《おとり》だ！」

声を上げる者が多ければ多いほど、混乱は広がる。殺してしまっては恐怖《きょうふ》は広がっても警戒《けいかい》が勝って混乱は小さいのだ。つまり、注目を引くことでなにかを隠そうとしている。

では、なにを隠そうとしているのか。その答えへは、すぐに至った。

──歌だ！

先ほどから聞こえる鎮魂歌のような旋律。この混乱の中でも変わらず響き続けている。思えば、この歌を聴《き》いてから騒《さわ》ぎが起こり始めたのだ。

しかし、兵の叫びに耳を傾けるほど冷静な者はいないようだった。

──私がやるしかない、か。

シアカーンが蘇《よみがえ》らせた〈ネフェリム〉はいずれも過去の英雄、精鋭たちである。この兵もまた、その名に恥《は》じぬだけの力と機転は持っているのだ。

兵は単身、歌声の響く方向へと走り出した。

半刻ほど走り続けると、突然天幕が途《と》切《ぎ》れて湖が姿を現す。これを水場として利用するために、ここに陣《じん》を敷いたのだ。

そんな湖の畔《ほとり》に、ひとりの女がいた。

年のころは十七、八ほどだろうか。まだ少女と呼んでもいいような姿だ。腰《こし》まで届く美しい碧《あお》の髪を揺《ゆ》らし、岩のひとつに腰を下ろして無心に歌い続けている。

その耳が、ヒレのような特徴的《とくちょうてき》な形をしていることから、その正体に思い立った。

――セイレーン……か？

しかし半月の灯《あか》りに照らされた姿は、異様なものだった。

まず腕がない。いや、あるにはあるが、裾《すそ》の長い外套《がいとう》の上から腕ごと無数のベルトと鎖《くさり》が巻き付けられているのだ。ベルトには不気味に輝《かがや》く奇妙《きみょう》な紋様《もんよう》が刻まれており、それらを束ねるように胸元《むなもと》には巨大《きょだい》な錠前《じょうまえ》がぶら下がっている。まるで拘束服《こうそく》だ。

「女……？　だが、兵たちの混乱は貴様の仕業だな！」

その声でようやく兵の存在に気付いたのか、女は閉じていた眼を開く。そこには髪と同じ色の瞳が覗《のぞ》いていた。

兵が剣を構えても、女は歌うのをやめなかった。

「女を斬りたくはないが、やむを得ん！　覚悟《かくご》してもらうぞ――――ッ？」

剣を振りかぶって、その手から柄《つか》の感覚が抜《ぬ》け落ちる。

「悪いが、そいつは借りもんなんでな。お触《さわ》りは厳禁だぜ」

手から消えた剣は、どういうわけか兵自身の胸から突き出していた。

「が、は……？」

なにが起きたのかも理解できぬまま、兵は絶命した。

◇

ドシャッと音を立て、兵士が倒れ伏《ふ》す。

「はん。この短時間でここを探り当てるたあ、こいつもそれなりだったんだろうな」

なるほど、ここにいる者は末端《まったん》の兵に至るまで恐るべき精鋭たちである。正面からぶつかれば一流の魔術師でも危《あや》ういだろう。

そう考えて、バルバロスはうなる。

「やっぱり俺は、強いよな……？」

それがなんで毎度ザガンに殴《なぐ》られたり顎《あご》で使われているのだろう。

思わずため息をもらしてしまったが、それでも〈魔王〉の椅子をちらつかされては食いつかざるを得ない。

バルバロスが独りごちていると拘束服の少女がじっと視線を向けていた。

「ああ、こっちは気にすんな。てめえは歌を続けろ。こっちはまだノルマの半分も始末してねえんだ」

そう告げると、拘束服の女はこくんと頷《うなず》いてまた〈呪歌《じゅか》〉を歌う。

――碧い髪のセイレーン……ザガンとこの人魚の血族か？

セイレーン自体が希少種だが、中でも碧い髪の個体はさらに希少だったはずだ。なにか関係があるのだろうか。バルバロスには関係のない話ではあるが、少し興味は湧《わ》いた。

『――レヴィア！』

バルバロスが女魔術師に近づく兵を始末してほどなく、そんな声が響いた。

駆け寄ってきたのは、こちらも奇妙な格好をした男だった。

服装自体は一般的《いっぱんてき》なローブ姿だが、その顔には分厚い革《かわ》のベルトを何重にも巻き付けられている。隙間《すきま》から辛《かろ》うじて赤い瞳が覗いていて、なんとか人間らしいことが確認《かくにん》できる。

人相もなにもわからないが、声はまだ若い青年のものだった。

女は体を、男は顔を拘束帯で覆《おお》われていた。男の名はベヘモス。女の名はレヴィアタン。

彼らはザガンから借り受けたふたり組みの魔術師である。

〈呪歌〉を口ずさむレヴィアの姿に、ベヘモスもほっとしたように胸をなで下ろした。

「バルバロス、あんたが守ってくれたのか？」

「俺は借りたものはちゃんと返す主義なんでな。借りもののてめえらを壊《こわ》して返すつもりはねえよ」

ザガンが聞いたら〈絶影《ぜつえい》〉あたりまで使って殴りかかってくるだろう答えだが、ベヘモスは意外そうな声を上げた。

「あんたはもっと利己的な男かと思っていた。謝罪するよ」

「あん？　魔術師は利己的なもんだろうが。なに言ってやがんだ？」

「はは、そういうことにしておくよ」

なにを勘違《かんちが》いしたのか、ベヘモスは微笑《ほほえ》ましそうな声をもらす。それから、その赤い瞳をバルバロスの腕へと向けた。

「あんたが手傷を負わされるとはな。こいつは手練《てだ》れだったのか」

言われて気付く。いつの間にか、右腕《みぎうで》から血が伝っていた。

「あー、いや、これは別のやつだな。ここの司令官を金ぴかの派手な鎧を着た野郎《やろう》が守ってたんだが、そいつにやられた」

「あんたも〝影〟から出るところを狙《ねら》われたら、手傷のひとつも負わされるってわけか」

納得《なっとく》したように言うベヘモスに、バルバロスは首を横に振る。

「いや、〝影〟の中にいたのに斬りかかってきやがった。正直、ちと、ビビったぜ。おかげで皆殺しにする羽目になっちまった」

　バルバロスとしては司令官とその副官を始末できれば十分だったのだが、その金ぴかのせいで他の兵にも気付かれてしまった。まさか〝影〟の中まで剣が届くとは思わず、バルバロス自身も面食らって動揺《どうよう》もした。

　その結果、無様にも全員始末しなければいけなくなったのだ。

　べヘモスは絶句する。

「〝影〟の中のあんたを斬ったって……そいつ聖騎士長より強かったんじゃないのか？」

「さあな。聖騎士長って連中もピンキリらしいからな」

　全員がシャスティルくらいの水準かと問われれば、そうでもない。

　彼らはその強さに応じて序列が定められているらしいが、下の方になると平の聖騎士とそこまで大きな差はない。反面、上の方――たとえばラーファエルあたりになるとバルバロスでも殺せる自信がない。

　その中間の強さを聖騎士長の平均とするなら、確かに金ぴかは平均より上だった。

　――単純な腕なら、平均どころかポンコツより上だったかもしれねえな……。

〝影〟の中まで斬ったのは得物の力だろうが、それを知覚したのは紛れもなく金ぴかの実力である。いまの時代、あれほどの剣士《けんし》は他にいるだろうか。

それだけに、ここで始末できたのは僥倖《ぎょうこう》だったと言えよう。

「……あ、でもポンコツんとこの猫《ねこ》女みてえなやつもいるか」

黒花《くろか》である。

バルバロスの暗殺の手口は、首から上を亜空間《あくうかん》に放り込んで閉じるというものだ。条件さえ整えば〈魔王《まおう》〉でも殺せる。それがバルバロスの土俵というものである。

聖騎士長すら凌駕するだろう剣士たちを一方的に始末できたのは、彼らがそんな魔術《まじゅつ》というものを理解していなかったというのが大きい。

だが、黒花は魔術を識っている。忌々《いまいま》しいあの少女は、魔術師専門の殺し屋なのだ。彼《か》女《じょ》の剣は〝影〟の中のバルバロスには届かないかもしれないが、他の連中のように首を刎ねようとしても躱《かわ》して反撃《はんげき》してくるだろう。

言ってみれば、聖騎士側の《魔術師殺し》なのだ。戦えば自分の土俵から引きずり出される。おまけに剣の腕も馬鹿みたいに強いのだ。ザガンの次くらいに相手にしたくない。

――しかし、やつに斬られた傷は治りが遅《おそ》いな。

深い傷ではないが、魔術での治癒《ちゆ》が鈍《にぶ》い。止血くらいしておかないと、においや血痕《けっこん》から気取られるだろう。ここの兵士たちは末端ですら並みの聖騎士以上なのだから。

布きれで止血していると、ベヘモスはレヴィアの傍に駆け寄って、その頬《ほお》に手を触《ふ》れる。

「レヴィア、無理はするなよ？　疲《つか》れたら少しは休めよ？」

まるで壊れやすい宝物でも扱《あつか》うかのように甲斐甲斐《かいがい》しい言葉と眼差し。バルバロスはふと気になって問いかけた。

「お前ら、付き合いは長《な》げえのか？」

「ん？　そうだな。かれこれ五百年くらいか……？」

「……まだ、四百九十八年」

鈴《すず》でも転がすような声だった。

レヴィアは〈呪歌〉を止めてベヘモスの肩《かた》に寄りかかる。

「そうだったな。まだ五百年は経《た》ってなかったな……」

そんな女魔術師の頭を、ベヘモスは愛《いと》おしそうに撫でる。

バルバロスは思わず唸《うな》らされた。

——五百歳《さい》つったら、超がつく大物魔術師じゃねえか。

魔術師は蓄《たくわ》えた知識の分だけ力を得る。知識の積み重ねとは年月の積み重ねである。

あの《妖婦《ようふ》》ゴメリですら百五十歳。ザガンを別とすれば最年少の〈魔王〉であるビフロンスでようやく三百歳なのだ。よほどのんびり生きてきたとしても、五百年もあれば〈魔王〉の域に達しているだろう。

確かに彼らの力は凄《すさ》まじい。レヴィアの〈呪歌〉は一万もの軍勢を惑わし、ベヘモスはバルバロスですら手傷を負わされる精鋭を相手に〝殺さない程度に傷を負わせて〟翻弄《ほんろう》している。ザガンが有能だと評した実力に偽《いつわ》りはなかったのだ。

いや、レヴィアとベヘモスだけではない。他にはシャックスなども、あれがどうして無名なのか首を傾《かし》げたくなるくらいには一流以上の魔術師だった。

あの悪友の下には、そんな恐るべき魔術師が無名のままゴロゴロいる。これを気にするなというのは無理な話だ。〈魔王〉の椅子《いす》に手が届きそうないまだから、余計にそう思う。

「お前ら、名を売ろうとか思わねえの？」

「ん？　ああ、俺《おれ》たちはちょっと、他の魔術師とは力を欲《ほっ》する理由が違《ちが》ったからな」

「どういうこった？」

答える代わりに、ベヘモスはまたレヴィアの頬に触れる。どこか懐《なつ》かしむような、それでいて物憂《ものう》げな眼差しで口を開いた。

「俺とレヴィアは、とある事件でちょいと厄介《やっかい》な〝呪《のろ》い〟をかけられてな。それを解くために魔術師になったんだ」

「……呪いたあ、穏《おだ》やかじゃねえな」

数か月前、無人島に現れたデカラビア＝ステラはバルバロスも目撃している。他には子供になったザガン――あれは愉快《ゆかい》だった――もだろう。いずれも魔術とは違い、根本的に存在そのものを侵《おか》すかのような底知れぬ不気味さがあった。

べヘモスは顔の拘束帯を少しだけずらし、その下を見せる。そこにあったのは、毛むくじゃらの皮膚《ひふ》だった。

「獣人《じゅうじん》……？　いや、なんの生き物だ？」

「さてな？　俺にもよくわからん。魔牛のようでもあるし、象のようでもあるし、馬のようでもあるそうだ。俺自身には見ることができないんだがな」

キメラの一種だろうか。眉《まゆ》をひそめるバルバロスに、べヘモスは続ける。

「俺たちは呪いで姿を変えられちまったんだ。夜は俺がこの様で、昼はレヴィアが姿を変えられる。お互《たが》い、化け物のときは自分が誰《だれ》かもわからなくて言葉も通じない」

「そいつを直すために、魔術師になったわけか？」

レヴィアが頷き、囁《ささや》くようにつぶやく。

「……でも、ダメだった」

「俺たちの五百年は徒労に終わったよ」

だが、彼らはいまこうして人の姿で言葉を交《か》わしている。多少、異形ではあるが。

「だから、この力はおまけみたいなものなんだ。別に欲《ほ》しくて手に入れたものじゃない。

欲しかったのは、こういう力じゃなかったんだ」

五百年――二十一年しか生きていないバルバロスには想像もつかない時間である。

バルバロスは知らないことだが、〈魔王〉の一席を担《にな》う《狭間猫《はざまねこ》》フルカスでさえ、その時間にすり潰《つぶ》されて自分がなにを探していたかさえ忘れてしまったのだ。

そんなふたりに、バルバロスはどういうわけか親近感を抱《いだ》いてしまった。

――なんだこの気持ちは？　俺とこいつらは、なにも似てねえはずなのに……。

困惑《こんわく》を振り払うように、バルバロスは頭を振って問いかける。

「なんつうか、怖《こわ》くなかったのかよ。五百年だろ？　お互い、話すこともできなかったんだろ？　元に戻《もど》る以前に、相手が自分を覚えてるかだって怪《あや》しいじゃねえか。そんな生きられる場所も、時間も違うのによ……」

言って、なぜかあのくそ真面目《まじめ》な少女の顔が頭に浮かんだ。

――ああ、そうか。魔術師と聖騎士は、生きる場所も時間も違うじゃねえか……。

ベヘモスとレヴィアは顔を見合わせると、考えもしなかったというようにこう言った。

「「それでも、もう一度会いたかったから」」

彼らとフルカスの違いは、互いが互いを求めていたことだった。

片方が諦《あきら》めかけても、もう片方が信じてくれれば耐《た》えられる。

そうやって、このふたりは五百年もの時間を、徒労と感じていても生きてきたのだ。

「会いたかったから……それで、そんな理由で、いいのか」

「あんたが誰の話をしてるのかはわからないが、俺たちはそれでよかったんだよ。だから、こうしてもう一度会えるまで生きてこられた」

自分自身でも、誰に向けた言葉なのかわからないつぶやきだったが、バルバロスはどこか救われたような気持ちになった。

「……はん。なかなかおもしれえやつだ」

ぼさぼさの髪《かみ》をかき上げると、バルバロスの顔にはいつも通りの笑《え》みが戻っていた。

「気に入ったぜ。俺が〈魔王〉になった暁《あかつき》には、お前らを配下に迎《むか》え入れてやる。優遇《ゆうぐう》してやるぜ？」

しかしベヘモスが口を開く前に、レヴィアが首を横に振った。そしてベヘモスの腕にキュッとしがみ付いて言う。

「……私は、ザガンのところがいい。あの子のところは、居心地《いごこち》がいい」

その言葉に、ベヘモスも苦笑《くしょう》して肩を竦める。

「だってよ。悪いが、他を当たってくれ」

「チッ、見る目のねえやつらだ。後悔《こうかい》するぜ」

話している間に、傷の手当ては終わっていた。

「じゃあな。俺はそろそろ仕事に戻るぜ。今晩中にあと五十人は始末しねえといけねえからな」

軍というものはひとりの意志で動かせるものではない。

司令官はひとりでも、それを末端に届けるまでに何人もの指揮官がいるのだ。最小単位で数人の小隊に対してひとりの指揮官といった具合だ。一万の軍ともなれば、それこそ百を超《こ》える指揮官がいることになる。

バルバロスの仕事は、その指揮官を百人ほど暗殺することだった。

頭を失った軍は軍として機能しない。それだけで、新たな指揮官が現れるまでいくらでも足止めしていられるだろう。兵法《ひょうほう》というものは知らないが、上手《うま》い手だとは思った。

——実際にやらされんのが俺ってのは気に入らねえが。

一万もの兵が詰《つ》めている敵陣《てきじん》で百人も暗殺して回るなど、正気の沙汰《さた》ではない。そしてここにいるのは一騎《いっき》当千《とうせん》の英雄《えいゆう》たちだ。一瞬《いっしゅん》でも隙《すき》を見せれば元魔王候補でも返り討《う》ちに遭《あ》いかねない。それを一晩でやれというのだから、不満のひとつもぼやきたくはなる。

とはいえ、手を抜くとそれだけ戦線に出るシャスティルへの負担が増す。バルバロスは全力を尽《つ》くすしかないのだ。本当に、嵌《は》められたと思う。

辟易《へきえき》としながら〝影〟に潜《もぐ》ろうとして、ふと思い出す。

「あー……。あれだ。お前ら、ゴメリのやつには気をつけろよ。やつに絡《から》まれると、たぶん面倒《めんどう》くせえことになるぞ」

バルバロスには未《いま》だにあのおばあちゃんがなにを口走っているのか理解できないが、絡まれるとにかく面倒くさい。具体的に危害を加えられたことはないのだが、なんだかおもちゃにされているようで気分が悪いのだ。

このふたりも、なんだか同じ目に遭いそうな気配がしたからそう忠告してやったのだが、ふたりはやにわに疲れたような顔をした。

「ちょっと遅かったな。年明けくらいに聞きたかったよ、その忠告」

「……悪い子じゃないのだけど、確かに面倒」

どうやら手遅《ておく》れだったようだ。年明けというと、ザガンが城に大浴場を作ったかそこらのころだろうか。〈アザゼル〉とやらと遭遇《そうぐう》したころの話だ。そういえば、あのころからゴメリはザガンの城ではなく魔王殿《まおうでん》に居座《いすわ》るようになっていたように思う。

あるいは、ザガンはそうなることがわかっていたから、彼《かれ》らを魔王殿に置いていたのかもしれない。

「……そいつはご愁傷様《しゅうしょうさま》だったな」

「ああ。あんたも気をつけてな」

奇妙な友情が芽生えていた。

◇

「……存外に、呆気《あっけ》なく空になるものだな」

バルバロスたちが一万の軍勢を攪乱《かくらん》しているころ、ザガンは己の居城を見上げていた。

ザガン城から魔王殿への待避《たいひ》は、ほんの一刻足らずで完了《かんりょう》した。

元々ここから魔王殿までは転移魔術で繋《つな》がっているし、ザガン配下の魔術師《まじゅつし》たちにとって重要な品を服の裏にしまい込むのは日常のことでもある。待避と言われれば身ひとつで転移の魔法陣《まほうじん》に入るだけでいいのだから、それはすぐに終わるだろう。

かつては死体や拷問《ごうもん》器具が転がり、墓場のような城だったここも、ネフィが来てから少しずつ綺麗になり、フォルやラーファエル、困ったおばあちゃんのゴメリやキメリエスを含《ふく》めた四十名の配下たちが住むようになって、かつての面影《おもかげ》はもう見出《みいだ》せないほどだ。

その城を放棄《ほうき》する決断は素早《すばや》かったが、最後に振り返るくらいの感傷はあってもいいだろう。

——いいや、すぐに帰ってくればいいだけの話だ。

ザガンは前を向くと、転移魔法陣に足を踏《ふ》み入れる。目眩《めまい》にも似た浮遊《ふゆう》感が体を通り過ぎると、目の前の景色は薄暗《うすぐら》い地下の居城——その城門へと変貌《へんぼう》していた。

魔術の灯りによって照らされたそこは、キュアノエイデスの巨大な地下空洞《くうどう》である。壁《へき》面《めん》に埋《う》め込まれるようにして魔王殿がそびえ立っていた。

門の前には配下の魔術師たち——所用で別の場所に配置している者を除いた三十数名の魔術師たちが整列していた。先頭に立つのはラーファエルである。いまは執事《しつじ》の燕尾《えんび》服《ふく》からウォルフォレの鎧《よろい》に着替《きが》えている。

さすがにリリスやフルカスたち、非戦闘《せんとう》員は並んでいないが、それでも少し離《はな》れた場所から話は聞いているようだ。デクスィアもそちら側にいる。

ネフィやオリアス、フォルたちの姿はない。彼女たちはすでにそれぞれの場所へと出発していった。他には黒花の姿もない。彼女はいまも教会の人間であるため、シャスティルの下へ戻ったのだ。

この緊急《きんきゅう》時に手を止めるべきではないが、彼らにはこれから命を懸《か》けてもらうのだ。王として説明の義務がある。

ザガンは彼らの顔を順に見つめると、ひとつ頷いてから口を開いた。

「時間が惜《お》しい。手短に話そう。貴様らもすでに聞いていようが、シアカーンが一万の軍勢を放った。キュアノエイデスから十数キロの位置に陣取《じんど》っており、夜明けには侵攻《しんこう》が始まる。俺たちは、これを迎え撃《う》つ必要がある」

配下たちもすでに覚悟は決まっているのだろう。絶望的な事実を前に、眉ひとつ動かしはしなかった。

「時間をかければ被害も最小限に抑《おさ》えられるが、今回は時間がない。タイムリミットは三日後の日没《にちぼつ》だ。そこで全《すべ》てを終わらせる」

キュアノエイデスはザガンの領地だ。街は常に結界で守られており、その気になれば外部から隔離《かくり》して籠城《ろうじょう》を決め込むこともできる。その上で内側からチマチマ攻撃していけば、数十日ばかりはかかるが怪我人《けがにん》を出さずに勝つこともできるかもしれない。

だがネフィは三日で片付けてほしいとねだったのだ。これに応《こた》えられないのはザガンの敗北に外ならない。ゆえに、打って出る。

「俺はシアカーンの首を獲《と》りに出る。三日後の日没までに首を落とせば片が付くが、簡単にはいかんだろう。貴様らの力が必要だ。尽力《じんりょく》せよ」

である。

「「「はっ！」」」

頼《たの》もしき配下たちは声を揃《そろ》えて答えた。日頃《ひごろ》からのラーファエルによる統率《とうそつ》のたまもの

話はそれで終わりなのだが、ザガンは少し考えてから配下たちに向き直った。

「それと、これは個人的な話だが……実は、ネフィの誕生日が近いんだ」

あ、それで急いでたの？　と言わんばかりに配下たちが生暖かい眼差しを向けてくる。

少々殴りたくはなったが、ザガンはコホンと咳払《せきばら》いをして続ける。

「それと、なんだ……その、け、結婚《けっこん》指輪を贈《おく》るという風習も耳にした。それをネフィに贈るにはシアカーンやビフロンスのような連中を始末して、さっぱりさせる必要がある」

この戦いで決着を付けるということだ。

だが、ザガンが伝えたいのはそういうことではなかった。

「そのとき、祝福というものが必要になる。俺は、貴様らからの祝福が欲しい。誰ひとり、この戦いで死ぬことは許さん。いいな」

配下たちは思わず顔を見合わせ、誰からともなく苦笑のような保護者の微笑《びしょう》のような、

曖昧《あいまい》な笑みを浮《う》かべた。いたたまれなくなって、ザガンはビシッと指を指す。

「ではゆけ！　褒美《ほうび》は弾《はず》むつもりだ。各員、我《わ》が配下として期待に応えてみせよ」

「「「はーい」」」

先ほどの頼もしい返事はどこへやら、いかにも微笑ましいものを見たかのように和《なご》んだ声だった。

配下たちがそれぞれの持ち場へと散開してくと、ラーファエルが近づいてくる。

「王よ」

「……なにも言うな」

さすがに自分でもわかっている。いまのは配下への激励《げきれい》ではなく、なんというかただの惚気《のろけ》である。

それでもラーファエルは肩を竦めて首を横に振《ふ》った。

「いや、結果的にこれでよかったのだ。配下どもの緊張《きんちょう》は霧散《むさん》し、いつも通りの仕事をするだろう。いささか気がゆるみすぎたようにも思えるが、追い詰めるよりはよほどいい」

「まあ、お前がそう言うならそうなんだろうな……」

顔を覆ってため息をもらすと、ザガンは気を取り直すように頭を振る。

「ラーファエル。いま言ったように三日後に終わらせる。無駄《むだ》とは思うが、投降してくる者がいたら確保してやれ」

無駄というのは、黒花たちの報告を考えるとシアカーンの配下ども——〈ネフェリム〉とか言うらしいが、彼らはシアカーンからの命令には背《そむ》けないらしい。本人たちが戦いたくなくとも、戦わされるようなこともあるだろう。

哀《あわ》れには思うが、そんな連中にまで手心を加えてやる余裕はない。

ラーファエルもそれはわかっているのだろう。哀れむように頷いた。

「御意《ぎょい》」

次に、ザガンはリリスたち非戦闘員の前に立つ。ただ、そこには思わぬ顔があった。

——そうか。ステラについてきていたんだったな。

そちらを気に留めつつも、まずはリリスたちに目を向ける。

「王さま、アタシたちはどうすればいいの？」

「貴様らの役目は変わらん。厨房《ちゅうぼう》を回せ。魔術師は一日くらいは飯を食わんでも働けるが、意欲は下がる。それに聖騎士《きし》どもは腹が減ったら戦えん。人手が足りんから苦労はかけるが、貴様らの役目は重要だ。質より量をまかなうつもりで働け」

戦いは三日も続くのだ。そこでの飯炊《めした》きは兵糧《ひょうろう》と呼ぶ。武器や兵員以上に重要な存在とさえ言える。

そう命じると、リリスとセルフィはぽかんと口を開けていた。

「なんだ、不服か？」

「いや、そうじゃなくて……ご飯のこととか考えてなかったから、つい……」

「しばらくはどいつもこいつも自分の仕事で手一杯《ていっぱい》だろうからな。そんなものだろう」

それから、フルカスにも目を向ける。

「フルカス、お前も野菜の皮剥《かわむ》きくらいはできるだろう？　リリスたちを手伝ってやれ」

「ああ！　まかせてくれザガンのアニキ！」

だが、とザガンは続ける。

「リリス、セルフィ、食事以外にもお前たちの力が必要になるだろう――」

ザガンの説明に、リリスは顔を強張らせた。当然だろう。ある意味では前線に立つ黒花たち以上の危険が伴《ともな》う仕事なのだから。

震《ふる》えるリリスに、セルフィが後ろから抱きしめる。

「大丈夫《だいじょうぶ》ッスよリリスちゃん。自分もいっしょッスから。絶対にあたしが守るから」

その言葉に、リリスの震えが止まる。

「ふ、ふん。別に怖くなんかないわよ！　ただちょっと驚《おどろ》いちゃっただけよ」

「えへへ、やっぱりリリスちゃんはそうじゃないと」

ギュッと抱きしめた上に頬ずりまでするセルフィに、フルカスはなにやら見てはいけないものを見てしまったように顔を覆った。

リリスは毅然《きぜん》としてザガンを見る。

「任せて、王さま。夢魔《むま》の姫《ひめ》たるリリシエラの力、見せてあげる」

なんだか微笑ましくなって、ザガンは胸を張る少女の頭を撫《な》でる。

「ああ、頼《たよ》りにしているぞ。フルカス、お前もだ。リリスたちを守ってやれ」

――なんかいいところ見せないと、本気でセルフィに取られるぞ……。

先日の一件でなにか吹《ふ》っ切れてしまったのか、いまのセルフィはぐいぐい攻《せ》めに行っている。この様子では、リリスが落ちるまでひと月とかかるまい。

それがわかっているのかいないのか、フルカスは自慢《じまん》げに胸を叩《たた》いて頷く。

「もちろんだ！　リリスもセルフィさんも、俺が守ってみせるぜ！」

「へえ？」

すかさずセルフィからの威圧《いあつ》が返ってきて、フルカスの頬に一筋の冷《ひ》や汗《あせ》が伝う。

と、そこでザガンは気付いた。

「……フルカス、お前なにを持っている？」

「え？　ああ、これかい？　夕方ごろにアルシエラさんが置いていったんだ」

そうしてフルカスが掲《かか》げたのは白い〝天使狩《が》り〟だった。

「アルシエラが……?」

ザガンは怪訝《けげん》に思った。

――このタイミングでこれを手放すとは、なにを考えている?

力を失ってなお、アルシエラは最強の吸血鬼《きゅうけつき》である。

しかしあの少女が相手をするとしたら〈アザゼル〉を措《お》いて外にない。フルカスに力を分け与《あた》えるような余裕はないはずだが。

ザガンが考え込んでいると、フルカスが恐《おそ》る恐る声を上げた。

「ア、アニキ。彼女がなにをしたか知らないけど、あんまり怒《おこ》らないでやってくれよ。たぶんだけど、あの子はいまでもアニキの助けになりたいと思ってる……と思うんだ」

思わず目を丸くしたのは、ザガンだけではなかった。リリスとセルフィまでもが驚いた顔をしていた。

――記憶《きおく》はなくとも、なにか思うところがあるのか。

アルシエラの本心は定かではないが、周囲には敵対する素振《そぶ》りを見せていたはずだ。それでも、フルカスにはわかったのだ。

ザガンはとぼけるように視線を逸《そ》らした。

「それなら少しくらい演技の練習をするように言ってやれ。下手な茶番に付き合わされてこっちはいい迷惑《めいわく》だ」

「……っ、ああ！　ちゃんと言っておくよ！」

フルカスから『演技が下手』と言われれば、アルシエラも少しは堪《こた》えるだろう。

思いがけず仕返しができたことに満足しつつ、ザガンは次の人物に声をかけた。

「リゼット。お前はどうする？」

デクスィアと同じ顔をした少女。ザガンにとっては裏路地の兄弟《きょうだい》である。

いまはザガンの姉貴分だったステラに引き取られていたのだが、そのステラが意識不明の重体である。同じく重体のギニアスともども、シャックスが教会に運んだはずだが、その途中《とちゅう》ではぐれてしまったようだ。

――あれ？　そういえば聖剣《せいけん》もどこやったんだっけ？

ヴァリヤッカとかいう聖騎士長が死んだため、その聖剣を回収しておいたのだが管理を任せたギニアスも意識不明である。

――マニュエラの店に置きっぱなしとかじゃないといいが……。

ネフテロスのことがあってそれどころではなかったとはいえ、これは軽率《けいそつ》だったかもしれない。持ち主のいない聖剣など重しくらいにしかならないが、万が一にも誰かが選ばれれば戦況《せんきょう》を一変させかねない可能性ではあるのだから。

そんな胸中など知る由もなく、リゼットはザガンを見上げる。

「私は……どうしたら、いいのかな」

途方《とほう》にくれたように、言葉を続ける。

「お姉ちゃんの傍《そば》にいてあげたい。でも……」

そう言ってリゼットが意識したのは、隣《となり》にいるデクスィアだった。

同じ顔をした者同士。デクスィアの妹アリステラが生死不明のまま囚《とら》われていることは、リゼットも耳にしたのだろう。

この少女もザガンと同じように、裏路地に転がり込むまでの記憶を持っていない。シアカーンという相手は、そんなリゼットの出自に関わっている可能性が極《きわ》めて高い。

だが、戦う力を持たぬリゼットにできることは少ないのだ。

少し迷ったが、ザガンはしゃがんでリゼットと目の高さを合わせると、こう言った。

「裏路地の兄弟として忠告はしてやる。自分の過去なんぞほじくり返して、おもしろいことはなにもなかった。そんなものより、いまお前の傍にいてくれる人間を大切にしろ」

銀眼の王という父親。旧友マルクの正体。知りたいと願ったのはザガン自身だが、果たしてそれでなにが得られただろう。わかったのは、殺さなければいけない敵がいるということくらいではないか。

――それでも殺しておくべき敵を知りたくて、俺は答えを探した。

結果としてそれがよかったのか悪かったのかは、いまでもわからない。それでも、ザガンには必要なことだった。

だが、リゼットに必要なことではない。

「……うん」

果たして納得できたようには見えなかったが、リゼットはそう言って頷いた。

しかし、ともザガンは考える。

デクスィアとアリステラの顔からもわかることだが、シアカーンはリゼットになにかしらの関わりがある。執着《しゅうちゃく》していると言ってもいい。あの〈魔王〉がデクスィアたちをあの顔で作ったことには意味がある。

そんなシアカーンに、ゴメリは囚われているのだ。

――……あれ？　あのゴメリが、そんなのに捕《つか》まっておとなしくしてるタマか？

一抹《いちまつ》の不安が過《よぎ》ったが、まあさすがにこれだけの計略を駆使《くし》した〈魔王〉が相手ではゴメリも抗《あらが》う術《すべ》はないだろう。たぶん。

デクスィアもなにかを言いかけるように口を開いたが、そこから声が発せられることはなかった。この少女だって、自分のことで精一杯《せいいっぱい》なのだ。自分の行く末もわからないのに、他人にかけられる言葉などないだろう。

慰《なぐさ》めの言葉の代わりに、ザガンは厳しい声で告げる。

「じきにバルバロスが迎えにくる。貴様も準備はしておけ」

「……はい」

人間はやらなければいけないことと向き合っている間は、余計なことを考えずに済む生き物である。デクスィアを庇護《ひご》すると決めた以上、それくらいの温情は与える。

そろそろザガンも打って出ようとして、もう一度ラーファエルを探す。

「ラーファエル」

「なにか?」

配下たちへの指示をしながら、ラーファエルが振り返る。

「聖剣が一本どこにいったかわからなくなった。見つけたら確保しておいてくれ」

頷きかけて、ラーファエルは目を見開いた。

「聖剣を……む？　行方《ゆくえ》不明……だと?」

「ああ。ヴァリヤッカとかいうやつの聖剣だ。黒花を襲《おそ》おうとして事故死した」

そう、あれは事故死だ。もしくは自殺だ。

――警告を無視して勝手に死んだだけだしな。

黒花に責任を問うのは筋違《すじちが》いというものだろう。

絶句するラーファエルを尻目《しりめ》に、ザガンは魔王殿から出撃した。

◇

黒花が教会に戻ると、そこは蜂《はち》の巣を突《つつ》いたような騒《さわ》ぎになっていた。まあ、当然だろう。突然《とつぜん》、いつでも街に攻め入られる距離《きょり》に一万もの軍勢が出現したのだから。

――恐ろしく大規模な転移魔術。恐らく、何か月も時間をかけて容易したものですね。

侵攻こそ始まっていないが、すでに戦いは始まっている。

「シャックスさん、こちらはお任せします。私はシャスティルさんに報告へ行ってきます」

「――クロスケ」

駆《か》け出そうとすると、シャックスに呼び止められた。それが普段《ふだん》とは違ってなにか思い詰めたような響《ひび》きだったことに、黒花も驚いて目を丸くした。

「どうしました？」

「あ……。いや、無茶《むちゃ》は、するなよ？」

「……いつも無茶をしてるのはシャックスさんの方ですよ？」

まったく、戦いは苦手なくせにいつも黒花を守ろうとして傷ついているのだ。見てるこちらがどれだけ気をもんでいると思っているのだろう。

——お兄さんに呼び出されたとき、なにかあったんでしょうか？

いずれにしろ、彼が本気で黒花の身を案じてくれているのはわかる。それに、自分が気をもまされたからといって、シャックスを同じ目に遭わせたいわけでもない。

黒花は素直《すなお》に頷《うなず》き返した。

「わかりました。無茶をするのは、シャックスさんがいるときだけにします」

「……お前なあ」

「ふふふ、行ってきます」

黒花はシャックスに声をかけてシャスティルの下へと急いだ。

——いつものシャスティルさまなら楽なんですけれど……。

この状況《じょうきょう》で、ポンコツでいるとは思えない。となると、ただの報告とはいえ少々骨の折れる仕事になりそうだ。

「聖騎士は出撃準備を急げ！　それ以外の者は市民の避難《ひなん》を誘導《ゆうどう》だ！　それとラジエルに

救援要請《きゅうえんようせい》だ」

執務室《しつむしつ》に入ると、シャスティルが忙《せわ》しなく指示を飛ばしていた。普段のポンコツが嘘《うそ》のように険しい顔をしているが、黒花の姿を認めるとそんな表情もわずかに明るくなる。

「黒花さん。戻ってくれたか」

〝職務中〟の毅然としたシャスティルではあるが、その声には安堵《あんど》の声が隠《かく》しきれていなかった。

親友とさえ言えたネフテロスの姿はなく、恐らく〝影《かげ》〟の中のバルバロスも、いまはまともに声を返してくれることもないだろう。ネフィもまた自分の役目のためにキュアノエイデスを去った。

自軍の戦力の百倍近い敵を前に、街と市民を守らねばならぬという重責を、この少女はいままさにひとりで背負っているのだ。

たかだか十七、八の小娘《こむすめ》の肩にはあまりに重たい責任。そしてそれを微塵《みじん》も表に出さない鉄の意志。なるほど、この少女は人の上に立つ器だ。黒花が持っていない力である。

黒花は親愛と労《ねぎら》いを込めて微笑《ほほえ》み返す。

「報告遅くなって申し訳ありません、シャスティルさま。黒花・アーデルハイドただいま帰《き》還《かん》いたしました」

軽く腰《こし》を折って答えると、黒花は周囲に視線を配らせる。

執務室にいるのは蒼天《そうてん》の三騎士と、他に平の司祭が数名である。三騎士はまあ、話が通じるだろうが、普通《ふつう》の司祭の前で〈魔王〉の話をするわけにはいかない。手早く報告を済ませたいところではあるが、どうしたものか。

そんな黒花の視線に気付いて、シャスティルは微笑む。

「彼らなら大丈夫だ。共生派の同志たちだから」

「わかりました。では手短に――」

普段ならバルバロスあたりから話は筒抜《つつぬ》けなのだが、あの男もいまはザガンからの密命で駆け回っている。黒花は掻《か》い摘《つ》まんで報告した。

〈魔王〉シアカーンの居所を突き止めたこと。その最中にデクスィアを保護したこと。それを〈魔王〉ザガンに預けたこと。そして、ヴァリヤッカという聖騎士長が戦死《、、》したこと。

ヴァリヤッカのことを報告すると、シャスティルも目を見開いて絶句した。

「そんな……ヴァリヤッカ殿《どの》ほどの方が、殺されたというのか……?」

報告をしてはみたものの、なんだか嘘をついているようで心が痛かった。

――嘘をついてはいないんですけど……。

シャックスとザガンから、シアカーンに殺されたことにしろと何度も念を押《お》された。まあ、最後は勝手に死んだようなものなので黒花が殺したのかと言えば、微妙《びみょう》なところではある。だが死んだ原因を作ったのは自分で間違《まちが》いないのだ。

動揺《どうよう》を堪えるように、シャスティルは震える声で問いかける。

「あの方の、最期《さいご》を聞かせてくれないか……？」

「え？　ええっと、その……最後まで、勇敢《ゆうかん》に戦って、死にました」

これもあらかじめシャックスと打ち合わせた答えだった。

――でも、こっちはまったくのでまかせなんですよね……。

本当は無力な少女を死ぬ寸前までいたぶり、いざ戦いとなったら剣《けん》を抜《ぬ》く間もなく敗北したのだ。聖騎士の風上にも置けない、心底見下げ果てた男を英雄のように持ち上げてしまったことになる。黒花は良心の呵責《かしゃく》に苛《さいな》まれるように胸を押さえた。

それが悼《いた》むように見えたのか、シャスティルは口元を押さえて涙《なみだ》をこぼした。

――シャスティルさまは、あの男を疑っていなかったんですね……。

自分を陥《おとし》れた相手などと知る由もなく、この少女は純粋《じゅんすい》に悲しんで涙まで流しているのだ。そこに水を差す勇気は、黒花にはなかった。

ひたすら居心地の悪い気持ちになる黒花に、シャスティルは我に返って問いかける。

「遺体は？」

「申し訳ありません。フェオの町に残してきました。聖剣は回収し、ギニアスさまにお預けしました」

「ギニアス？　ガラハット卿《きょう》とも会ったのか？」

言われて、まだ報告の途中だったことを思い出す。

「聖騎士団長ギニアス・ガラハット二世さま。並びに聖騎士長ステラ・ディークマイヤーさまの両名もキュアノエイデスにいらっしゃっております。ただ、おふたりとも……」

ネフテロスの名は伏《ふ》せたまま、敵と交戦して重傷を負ったことを説明する。

「馬鹿《ばか》な。ステラさんまで敗れただと？」

ステラの力はシャスティルも理解している。序列こそ二位ではあるが、魔術師と聖騎士長ふたつの力を持つ彼女《かのじょ》は、現状最強の聖騎士だったはずだ。

目眩を覚えたようによろめきながらも、シャスティルは続きを促《うなが》す。

「ふたりはいま、どうなっている？」

「この教会に運び込みました。シャックスさんが治療《ちりょう》に当たったので、命に別状はありません」

「そうか……」

少し安心したように胸をなで下ろし、それから三騎士に指示を与える。

「誰かふたりの様子を確かめてきてくれ。怪我人に鞭《むち》を打つようだが、いまはひとりでも戦える者が欲しい」

「はっ！」

三騎士のうち、槍《やり》と盾《たて》の男が足早に執務室を飛び出す。

ここまではいい。だが、黒花はまだ報告していないことが残っていた。

――ネフテロスさまとリチャードさんのこと、説明しないわけにはいかないですよね。

ザガンからはネフテロスのことは話すなと言われているが、ここに戻ってこないことは知らせておく必要がある。

小さく息を整えて、黒花は改めて口を開いた。

「それと、ネフテロスさまとリチャードさんのことです」

「――ッ、なにか知っているのか黒花さん！　まさか……」

誰よりもネフテロスのことを気に懸けているのはシャスティルである。いま、ここに彼女がいないことをなにも思っていないはずもない。

ただ、いまはそれを口に出すことができないのだ。

そこに名前を出したため、シャスティルは摑《つか》みかかりかねない勢いで問いかけてくる。

「リチャードさんは、〈魔王《まおう》〉ビフロンスの攻撃《こうげき》を受け重体です。なんとか一命を取り留めましたが、まだ予断を許さない状態で〈魔王〉ザガンに保護されています」

「ビフロンス……だって？」

その名にシャスティルは身を強張《こわば》らせた。

ネフテロスのかつての主。ネフィのホムンクルスとして、彼女を生み出した張本人。そしていま彼女が被《こうむ》っている全ての災《わざわ》いの元凶《げんきょう》である。

黒花は感情を押し殺し、無表情のまま言葉を続ける。

「ネフテロスさまは、ビフロンスを追われました。ネフィさまとその母上もそちらに向かわれています。こちらに戻ってくることは叶《かな》いませんが、問題はありません」

ネフィの名前を使わせてもらいはしたが、果たしてシャスティルはこの報告を信じてくれるだろうか。

シャスティルはじっと黒花を見つめる。

――こういうときのシャスティルさまは、少し怖いですね。

普段のポンコツの反動のように、冷静沈着《ちんちゃく》で恐ろしく鋭《するど》い。いまの報告、隠しごとをしていることは見抜《みぬ》かれているだろう。問題は、彼女がどこを嘘と見抜いているかである。

ややあて、シャスティルはゾッとするほど冷たい声で問いかけてくる。

「……ネフィと、オリアス殿が助けに向かったのだな？」

「ネフィさまとオリアスさまが、追いかけてらっしゃいます」

沈黙《ちんもく》。同室にいる聖騎士や司祭たちがゴクリと喉《のど》を鳴らす。

――さすがは共生派筆頭。なんでもかんでも鵜呑《うの》みにはしてくれませんよね。

直前にシャックスが『無茶は、するなよ？』と言ってくれたことを思い出す。ザガンともなにかあったのかもしれないが、このシャスティルと向き合わなければならないことも言っていたのだ。

ネフテロスの身が危機にさらされていることは見抜かれた。

それをネフィたちが助けに向かっていることもだ。

親友の窮地《きゅうち》を謀《たばか》ろうとしている事実に、殺気めいた視線が突き付けられる。気を抜けば黒花でも冷や汗のひとつもこぼしそうになるほどである。

それでいて、ひと粒《つぶ》でも冷や汗をこぼせば一切合切《いっさいがっさい》を見抜かれて畳《たた》みかけられる。

凄絶《せいぜつ》なにらみ合いが続いたのは、ほんの数秒のことだった。

やがて、シャスティルは小さくため息をもらす。

「わかった。黒花さんを、信じる」

「ありがとうございます」

優雅《ゆうが》に腰を折って、黒花はこっそり吐息《といき》をもらす。

――……怖《こわ》かった。

ポンコツだお人好《ひとよ》しだなどと言われているが、黒花はこの少女の奥《おく》にザガンと同じ冷徹《れいてつ》さを感じた。人柄《ひとがら》ゆえにそういった状況に陥《おちい》ることがないだけで、この少女はやると決めたら手段を選ばない非情さを秘《ひ》めている。

その理由が、黒花には少しわかる気がする。

――誰《だれ》にでも優《やさ》しい人はその実、誰も愛していないことでもありますからね。

そんな少女が誰よりも大切に思っている友人が、ネフテロスなのだ。

それだけに、やはり黒花も疑問に思う。

――ネフテロスさまをお救いするには、この人が必要なはずなのに……。

目の前でリチャードの心臓を抉《えぐ》り出され、絶望したネフテロス。怪物《かいぶつ》に体を乗っ取られ、生きる希望さえ失った彼女を連れ戻《もど》せるのは、シャスティルを措《お》いて他にいないのではないだろうか。

なのに、ザガンは彼女を巻き込まないことに決めた。彼には彼の考えがあるし、ネフテロスのことだって救ってくれる。そう信じてはいるものの、納得《なっとく》はいかない話である。

「報告は以上です」

「わかった。休む間もなくて悪いが、黒花さんも迎撃《げいげき》の準備に入ってくれ」

「はい」

と、そこに慌《あわ》ただしい足音が近づいてくる。

「シャスティル殿」

入ってきたのは、先ほどギニアスたちの容態を確認《かくにん》に行った槍の聖騎士だった。

「トーレス、どうであった？」

「はッ！　ガラハット卿はすでに意識を取り戻し、戦闘準備に入っておいでです。ディークマイヤー卿の方も命に別状はなさそうですが、まだ意識は戻っておりませんでした」

ステラは真っ向から〝ネフテロス〟の全力の一撃《いちげき》と打ち合った。

そのおかげで黒花たちは命拾いしたわけではあるが、彼女が被ったダメージはギニアスの比ではない。失血も相当なものだった。この戦《いくさ》の間に意識が戻るかは疑問だろう。

聖騎士側の最大戦力が欠けたことに、シャスティルも難しい顔をする。

そこに、槍の聖騎士が言葉を続ける。

「それと、ガラハット卿が少々気になることを……」

「ギニアス殿が？　なんだ？」

言いにくそうに口ごもり、槍の聖騎士は怖《お》ず怖ずとこう告げた。

「ヴァリヤッカ卿の聖剣が、どこにもない、と」

　この言葉には、シャスティルだけでなく黒花も目を開いた。

「ないとはどういうことだ？」

「言葉の通りです。目が覚めたらすでになくなっていたそうで。ライアンを残してはきましたが、あればひと目でわかりそうなものです」

　黒花は首を横に振る。

「そんなはずは……。ここに運び込んだときは、確かにまだギニアスさまの傍《かたわ》らにありました。傍にシャックスさんがいたはずです。彼はなにも見ていないんですか？」

「あの医療魔術師《いりょうまじゅつし》か？　いや、あの男も知らないようだった」

　シャックスほどの男が目の前で盗《ぬす》みを働かれて気付かぬはずがない。バルバロスのような魔術師が相手なら止められないだろうが、盗まれたこと自体に気付かぬなどということはないだろう。

　シャスティルは自分の腰に下がった聖剣に目を向ける。

「……では、聖剣が自ら赴《おもむ》いたか？」

「それは、どういう意味ですか……？」

聖剣になにかしらの――恐らくは天使の――意志があることは、黒花も耳にしている。しかし、勝手に動くなどという話は聞いたことがない。

困惑《こんわく》するシャスティルに、黒花はふと妙案《みょうあん》を思いついた。

「そうだ。それこそ足下の人に聞けばいいんじゃないですか？」

バルバロスだ。いまも聞き耳を立てているのかはわからないが〝影〟は開いている。シャスティルが訪ねれば答えてくれるだろう。そう思ったのだが……。

「足下……？　ひうぅっ、あわっ、あいつはそのっ、えっと……いまは、ちょっと……」

「……？　なにかあったんですか？　ご希望とあれば暇《ひま》を見て首を落としておきますが」

――そういえば、帰ってきてから妙《みょう》にあの男の話を避《さ》けてるような気がしますし。

かつてに比べれば魔術師《まじゅつし》に対する嫌悪《けんお》はだいぶ薄《うす》らいだと思うが、バルバロスが最低の魔術師であることに代わりはないのだ。シャスティルが望むのならいつでも始末する。

「そ、そういうわけではないのだ！　だ、大丈夫、大丈夫だから……」

ちっともそうは見えないのだが、シャスティルは気を取り直すように頭を振る。

「と、とにかく、聖剣のことはもういい。いまは街を守ることを第一に考えろ」

教会としては、ラーファエルの〈メタトロン〉に続いて二本目の聖剣が行方不明になったことになる。教会を揺《ゆ》るがす一大事ではあるのだが、シャスティルの言葉は正しかった。

そうして各々《おのおの》がそれぞれの持ち場に向かおうとしたところで、また慌ただしい足音が近づいてきた。

「た、大変ですシャスティル殿！」

飛び込んできたのは、蒼天の三騎士の盾の男だった。聖剣を探していたはずだが……。

「今度はなんだ？」

「〈魔王〉が……！」

果たして、彼《かれ》が言う〈魔王〉とはどの〈魔王〉のことなのか。

一度呼吸を正し、それから盾の聖騎士は信じがたいようにこう告げた。

「〈魔王〉ザガンが、敵軍勢に正面から挑《いど》みに行きました」

「なんだとっ？」

確かに〈魔王〉ならば一万の軍勢とて屠《ほふ》ることが可能かもしれない。だが、それは魔術《まじゅつ》と計略を駆使しての話だ。正面から一万に挑んで、魔力《まりょく》が保《も》つわけがない。

「いやでも、ザガンなら一万人殴《なぐ》り倒《たお》すかもしれない……」

シャスティルも神妙《しんみょう》な表情でそうこぼしてしまうくらいには、あの〈魔王〉は強大なのだ。

そこで、ひとつ報告し忘れていたことを思い出した。

「あ、すみません。お兄さんから言伝《ことづて》があったのを忘れていました」

「言伝？」

さすがに情報についていけなくなったのか、ぐるぐると目を回し始めるシャスティルに黒花は沈痛《ちんつう》そうにこう告げた。

「『一日くらいは時間を稼《かせ》いでやる。ゆっくり準備しろ』だそうです」

◇

窓の向こうに目を向けてみると、いつの間にか夜が明けていた。

その夜を通して、すでに〈魔王〉による襲撃《しゅうげき》は密《ひそ》やかに進行していた。

しかしそれは水面下のこと。戦《いくさ》はまだ始まっていなかったのだ。それが、〈魔王〉が動いたことによって水面下から表へと浮上《ふじょう》することになる。

開戦の狼煙《のろし》は、〈魔王〉による苛烈《かれつ》なカチコミであった。


「これ以上やつを行かせるな！」「あれは本当に人間なのか？」「クソ！　上はなにをやっ

ている。なんでなんの指示も降りてこないんだ！」「うおおおっ仲間を守――ぐほあっ」

勇敢にも斬《き》りかかってくる兵のひとりに、ザガンは軽く拳《こぶし》を当てて、吹き飛ばす。殴《なぐ》るというより、押しのける程度の優しい衝撃《しょうげき》。それでも兵士は鎧《よろい》を木《こ》っ端《ぱ》微《み》塵《じん》に砕《くだ》かれ、他の兵士たちを巻き込んで激しく地面を転がる。

口々にわめき立てられる言葉は混乱していた。

――バルバロスたちは、きっちり仕事をこなしてくれたようだな。

さすがに正面から踏《ふ》み込めばその場の判断で挑んでくる者もいるが、動きはまったくと言っていいほどバラバラだった。これは軍の動きではない。腕《うで》の立つ戦士が群れているだけである。ザガンはそれをひとりずつ殴っていくだけでいい。

「天使どもに比べれば貴様などおっ？」

裂帛《れっぱく》の気迫《きはく》とともに斬りかかってくる兵士の剣を腕で振り払《はら》う。剣がガラスのように砕け、それを握《にぎ》る両腕《りょううで》が針金のようにひしゃげて曲がった。

「あっあがああああああっ？」

地面で悶絶《もんぜつ》する兵士をそのままに、ザガンはさらに前へと歩いていく。

「おのれっ、ならばこれはどうだ！」

剣では斬れぬと判断したのか、兵士のひとりが武術を駆使して蹴《け》りを放ってくる。千年前の武術とはいえ、天使だか神だかを相手に戦った〝技〟である。

ザガンはゆるりと蹴りを手の平で受け止めるが、その衝撃は止まることなく大地に深い亀裂《きれつ》を穿《うが》った。

「ぬうぅっ、これでも止まらんか！」

「ふむ。過小評価をしたつもりはなかったが、想像以上に鋭いな。手がしびれたのは久しぶりだ」

素直にそう賛辞するとともに、返礼のように受け止めた足を握りつぶす。

「あっあっあああああああっあっ？」

恐るべき武術家ではあったが、魔術を使わぬ〝技〟だけで獲《と》れるほど〈魔王〉の首は安くない。

ザガンが歩いた後には、剣や手足を砕かれた兵士たちが一面に転がっていた。

それでいて、事切れている者はひとりとしていない。なおかつ、ザガンには毛筋ほどの傷、衣服の乱れひとつさえない。

大の大人と赤子ほどの力の差があって初めて許される所業である。それがわからぬ英雄《えいゆう》たちではあるまい。その顔に恐怖《きょうふ》と絶望を貼《は》り付かせていた。

だが、それでも彼らは英雄である。

己《おのれ》よりも強大な敵に立ち向かうことなど、それこそ手慣れたものなのだ。個では勝ち目がないと判断するや否《いな》や、動きが変わる。
五、六人が素早《すばや》くザガンを取り囲み、ゆるりと旋回《せんかい》を始める。その独特な歩法は〈魔王〉の目にも残像を映し、本体がどこにいるのか、それどころか何人に取り囲まれているのかすらもわからなくなる。
黒花が使う〈朧夜《おぼろや》〉と同質の〝技〟である。

個々の力量に差はあれど、決して黒花に大きく劣《おと》るものではない。それをこの人数で使われては、魔術師の知覚能力を以《もっ》てしても見切ることは不可能だった。

そして、旋回する兵士たちが剣を放つ。

彼らの恐るべきは一斉《いっせい》に斬りかかるではなく、ひとりずつ順に次々と斬りかかってきた点である。ひとりが斬りかかったら、一瞬《いっしゅん》の半分ほどタイミングをずらして次のひとりが斬りかかる。

そうして放たれる斬撃が五つを数えるころには、最初のひとりが次の剣を振《ふ》るうことができる。まさに雨のような連撃となる。

〈魔王〉といえど、この連撃は回避《かいひ》も防御《ぼうぎょ》も、もちろん反撃《はんげき》すら不可能だった。

――見惚《みと》れるほどに見事な剣技だが、いまは相手にしている暇はない。

不可避《ふかひ》の連撃に対し、ザガンが返したのは歩みの足を強く踏みしめること、だった。

「「「――ッ？」」」

大地が陥没《かんぼつ》し、英雄たちはにわかに足場を失う。すぐさま姿勢を立て直すが、そこに一瞬にも満たない時間の隙《すき》が生まれた。

ザガンが全員を屠るには、十分過ぎる隙だった。

大地を破壊《はかい》したことにより、宙に石ころが跳《は》ね上げられる。ザガンは、それをマントで無造作に振り払った。

振り払った礫《つぶて》は砲弾《ほうだん》のごとき破壊力《はかいりょく》を以て英雄たちを打ち据《す》えた。飛び散る礫は連撃を放った兵士たちを穿つに留《とど》まらず、周囲の兵士たちを容赦《ようしゃ》なくなぎ払っていく。

「がッ？」「ぐあぁっ」

血しぶきとともに兵士たちが倒れていく中、ザガンは悠然《ゆうぜん》とまた次の一歩を踏み出す。

「馬鹿な……！　あれでただの一歩も止められん……だとっ？」

絶望しようとも、英雄たちは戦うことを諦《あきら》めない。

今度は破城鎚《づち》のような巨大《きょだい》な槍を抱《かか》え、数人がかりで突っ込んでくる。恐らく天使の結界とやらを打ち破るための兵器だったのだろう。槍にはそれを握る全員の魔力が収束し、恐るべき鋭さと破壊力を以て襲いかかってくる。

これも無駄《むだ》だった。ザガンは面倒《めんどう》くさそうに穂先《ほさき》を軽く撫《な》でる。それだけで強大な魔力を込められた槍が微塵に粉砕《ふんさい》された。

次は何重にも鉄板を重ねた超重　鎧《ちょうじゅうよろい》をまとった巨漢《きょかん》が突進《とっしん》してくる。その後ろから剣や槍を携《たずさ》えた兵士数人が追従していた。相討《あいう》ち覚悟《かくご》で巨漢が動きを止め、他の兵たちが攻撃する戦法のようだ。

──なんか懐《なつ》かしいな。三馬鹿が似たようなことをやっていた。

有《う》象無象《ぞうむぞう》と気にも留めていなかったが、あのとき三馬鹿の放った技はこの英雄たちを凌《しの》ぐものでこそないが、決して劣るものでもなかった。

あれであの三馬鹿、千年前の英雄に引けを取らないくらいには強かったんだな、と感慨《かんがい》深《ぶか》く思いながら目の前の巨漢をコツンと指先で弾《はじ》いて粉砕する。

ごろごろとボールのように転がる巨漢に巻き込まれ、後続の兵士たちが悲鳴を上げて吹《ふ》き飛んでいく。思わず噴《ふ》き出しそうになるのを、〈魔王〉の威厳《いげん》でなんとか堪える。こんな遊戯《ゆうぎ》を考案したらフォルは喜んでくれるだろうか？

ザガンは藁《わら》のようになぎ払っていくが、この兵士たちは英雄の名に恥《は》じぬだけの力を持っている。恐《おそ》らく一対一なら、並みの魔術師程度では為《な》す術もなく討《う》たれるだろう。元魔王候補あたりでも、連携《れんけい》して立ち向かわれればいずれ倒される。

なにより、バルバロスたちの工作によって指揮官をことごとく失い、軍自体が混乱している最中でこれだけの連携を取ってきているのだ。恐るべき集団である。

それがザガンの前に為す術もないのは、彼らの力が天使や神だとかと戦うことを主眼に置いた力だからだろう。

天使とやらには〈呪翼《じゅよく》〉という弱点が存在した。神とやらの情報は集まっていないが、それもまた人外の力を振るう〝人ではないもの〟なのだ。

人として最強の〝個人〟というものとの戦闘《せんとう》を念頭に置いていないのだ。

反面、ザガンの敵は常に人である。魔術師だろうと聖騎士《きし》だろうと、それが人であることに代わりはないのだ。

対人の専門家《エキスパート》と対怪物の専門家《エキスパート》が戦えば、どちらに利があるかは明白である。

朝陽を背にゆっくりと歩いて進撃《しんげき》するザガンは、敵陣《てきじん》の半ばほどに差し掛《か》かっていた。

これを蹂躙《じゅうりん》し、シアカーンの隠《かく》れ家《が》に向かうのが現在の達成目標である。

――ひとまず、首尾《しゅび》は上々といったところか。

ザガンはなにも力をひけらかしたかったわけでも、いまさら博愛主義に目覚めたわけでもない。全《すべ》ては、一万の軍勢をこの場に釘付《くぎづ》けにするために必要なことだった。

――恐怖というものは、生きた人間が伝えるものだ。

〈魔王〉になる前からザガンはそう考えているし、その前提で行動してきた。

だが、ここは戦場である。かつてのように挑んでくる者を痛めつけ、〈魔王〉に挑むことの不毛さを広めるための場所ではない。それどころか、ここで殺さなかった兵士は次にキュアノエイデスを襲うことになるのだ。

にも拘《かか》わらず生かして倒すという面倒なことをしている。

――軍というものは、死者よりも負傷者の方が足を引っ張るものらしい。

死者が出れば戦力は下がるが、切り捨ててそのまま進むことができる。

だが生きているなら収容し、治療し、休ませなければいけなくなる。そこに割《さ》かれる人員は、負傷者の何倍にも膨《ふく》れ上がるのだ。

リュカオーンの書物から得た知識だ。当然のことながら、実践《じっせん》するのは初めてのことだがなかなかに効果があるようだ。

ザガンは向かってこない者に手を出さない。向かってきた者も殺さない。

一対一万という不利でさらに手心まで加えられるという状況に、兵士たちは混乱する。

剣を捨てて逃《に》げ出す者こそいないものの、臆《おく》して動けなくなる者。斬りかかってきても、迷って剣閃を鈍《にぶ》らせる者。傷ついた仲間を手当てするという選択肢《せんたくし》もある。

混乱を広げるなら、人は多いに越《こ》したことはないのだ。いまは各自の判断で戦ってはいるが、ザガンという嵐《あらし》が去った後に指揮官もなしで混乱を収める術はない。

それに殺さないということは、追い詰《つ》めないということなのだ。

人は追い詰められれば必死になる。混乱を忘れて戦いに没頭《ぼっとう》する。生きるために普段以上の力を発揮する。それでは困るのだ。

迷い、戸惑《とまど》い、混乱して、普段の力を出せないようになってもらう必要があるのだ。

ただ、敵は最古の〈魔王〉シアカーン。ザガンの付け焼け刃《ば》の兵法《ひょうほう》など、当然のように見透《みす》かしている相手だった。

「──ッ！」

悠然と無人の野をゆくかのように進んでいたザガンは、初めて後ろに跳《と》んだ。

直後、そこを黒い風が吹き抜けた。

「……お前が出て来るのは、もう少しあとかと思ったのだがな」

「言い訳はしません。あなたの首をいただきます、ザガンさん」

そこに立ちはだかったのは、ザガンが右腕《みぎうで》と呼ぶ魔術師キメリエスだった。

◇

「おー、おー、おっ始まったみたいだぜ」

キュアノエイデスから少し離《はな》れた丘《おか》の上。〈ネフェリム〉の軍勢をなぎ倒す〈魔王〉の行進を三人の男女が眺《なが》めていた。

声を上げたのは赤い髪《かみ》と瞳《ひとみ》を持った少年で、名をアスラという。必要最低限の軽鎧だけをまとった傭兵《ようへい》といった格好だが、そこに剣は握られていない。

その隣《となり》にいるのは糸のように細い目をした、ひょろりとした体躯《たいく》の青年である。こちらはバトー。剣も扱《あつか》うが、軍師というのが本来の役職である。

身を伏せ戦場を観察するふたりから一歩離れ、ティーカップを傾《かたむ》けている少女がいる。月の色の瞳に金色の髪。不気味なぬいぐるみを膝《ひざ》に乗せ、ふんだんにフリルをあしらったドレスを身に着けている。年《とし》の頃《ころ》は十二か三か。およそ戦場には似つかわしくない少女ではあるが、ティーカップに付けられた唇《くちびる》からは二本の牙《きば》が覗《のぞ》いていた。

場違《ばちが》いなテーブルセットを広げ、ティータイムを楽しんでいるのはアルシエラである。

「戦況《せんきょう》はどのような具合ですの？」

双眼鏡《そうがんきょう》を覗き込んだまま、バトーが答える。

「はい。ザガン――銀眼の王が圧倒的《あっとうてき》に優勢ですね。どうやら夜間になにか工作をしていたようで、〈ネフェリム〉側は混乱で戦闘どころではなさそうです。見たところ、指揮をできる人間がいないように思えますね」

「クスクスクス、銀眼の王さまは勤勉ですもの。開戦前に指揮官を暗殺しておいたのかもしれませんわね」

「ふうむ。まるでマルコシアスのような手口ですね。見事と言わざるを得ません」

「……バトー。貴兄《きけい》、後ろから撃《う》たれぬように気をつけた方がよいのですわ」

「なにゆえにっ？」

青ざめるバトーをよそに、アスラがよっと身を起こす。

「んで、アーシェ？　俺《おれ》たちはどう動くつもりだ？」

「そう、ですわね……」

カップを膝の上に乗せると、アルシエラは細い指を一本ずつ立てて挙げていく。

「現状、あたくしたちが敵対している勢力は、まずは〈アザゼル〉。次にシアカーンとその一万の配下。彼らとは離反《りはん》しましたけれど、ビフロンスという〈魔王〉もいるのですわ」

それから、躊躇《ためら》い勝ちに四本目の指、小指を立てる。

「最後に、〈魔王〉ザガンですわね」

「まあ、お前ケンカ売っちゃったもんな。向こうは味方とは思ってねえだろうな」

「…………」

嫌《いや》なところをずけずけと指摘《してき》され、アルシエラは閉口する。

だが、アスラはまるで空気を読まない笑《え》みを浮《う》かべる。

「でも、助けたいんだろ？」

「……まあ、そうですけれど」

「ははは、千年経《た》っても素直じゃねえのは変わらねえな」

無遠慮《ぶえんりょ》に頭をなで回され、アルシエラはため息をもらす。

「貴兄は少しくらい大人になっていてもらいたかったものですけれど」

「それこそ無茶言うなだぜ。ほんの一週間くらい前まで死んでたんだからな！」

思わず苦虫をかみ潰《つぶ》したような顔をしていると、今度はバトーが意外そうな視線を向けてきた。

「……貴兄までなんですの？」

「あ、いえ……。アルシエラ殿が銀眼の王——私の知るあの方以外に対して、そのような顔をするのは初めて見たものですから」

思えば、アスラはふたり目の銀眼の王とどこか似ているかもしれない。あるいは、いまの記憶《きおく》を失ったフルカスとも。

千年も生きていれば同じ魂《たましい》を持つ者と出会うこともある。どうやらアルシエラはそんな少年たちと縁《えん》があるらしい。

――嗚呼《ああ》、そうか……。あの子たちは、本当に同じ〝魂〟を持っていたのですね。

だから、時代を超《こ》えて何度も出会っていたのかもしれない。

アルシエラは苦笑《くしょう》めいた吐息をもらして肩《かた》を竦《すく》める。

「昔から人の話を聞かない男だったのですわ。また同じ苦労をするのかと考えれば、ため息のひとつくらいつきたくもなるのです」

「そうか？　その割にはアーシェは毎度言うこと聞いてくれたじゃねえか」

「…………」

また閉口していると、バトーが興味を持ったように問いかける。

「ほうほう、アルシエラ殿が他者の言うことを聞くとは、いったいどのような？」

「大したことじゃねえよ。戦場に出てちゃんと帰ってきたら、ひとつだけ頼《たの》みを聞いてもらってたんだ」

「……アスラ」

さすがにそれを蒸《む》し返されるのは苦痛である。批難がましい声をかけてみても、片や空気を読むという概念《がいねん》を知らない少年。片や性格の悪さで歴史に名を残した青年である。

「最初に頼んだのはなんだっけ？　ああ、そうだ。名前だ。名前を教えてくれって頼んだんだけどさ、アーシェのやつ自分のフルネームを覚えてないってんで、わざわざオロバスに聞きに行ってくれたんだよ」

「ほほう、それはまた」

「毎回嫌そうな顔をするくせにちゃんと応《こた》えてくれてさ。でも結構付き合い長くなっても笑った顔だけは見たことなくてさ。それで最後に出撃《しゅつげき》したときに――」

「――アスラ、無駄口《むだぐち》はそこまでにして」

思わず口調まで変わってしまったが、アスラはむしろそれを嬉《うれ》しそうに笑う。

「へへ、ようやく俺の知ってるアーシェを見た気がするぜ」

「……はあ」

しかしアルシエラの受難は終わっていなかった。

「笑った顔……ははあ、なるほど」

「……なにが言いたいんですの？」

「いえ、私が知るアルシエラ殿《どの》はいつもクスクスと笑っておいででしたが、あれ、もしかしてアスラ殿との約束――申し訳ありませんなんでもありません」

アルシエラは無言で〝天使狩《が》り〟を抜いた。

「いい加減、話を戻しますわよ。敵対勢力は数あれど、あたくしたちは三人しかいませんわ。それでいて、敵もあたくしたちのことは警戒《けいかい》している。よほど上手に裏をかかない限り、手の上で転がされて終わるのですわ」

おまけに二挺《ちょう》あった〝天使狩り〟も片方を人に譲《ゆず》ってしまった。そもそもアルシエラは過去の負傷で力の大半を失っているのだ。新たにアスラとバトーという味方を得たとは言え、戦力の減退は否めない。

ただ、状況《じょうきょう》は決して悪いものではなかった。

「昨晩も申し上げましたけれど、あたくしの目的は銀眼の王の誕生日を祝ってあげることなのですわ。そのためには、〈アザゼル〉を止めなければなりません」

「……銀眼の王、ねえ」

アスラがなにか言いたげな顔をするが、いまは無視する。

シアカーンとの戦いは、放っておいてもザガンがなんとかするだろう。現状、彼の手に負えないのはネフテロスのことである。

「ふむ。彼のために我々ができることと言えば、確かに〈アザゼル〉を追撃《ついげき》することくらいでございますね」

アルシエラは〈アザゼル〉を止めるためだけに、この世界に残っているのだ。当然、その対処こそが本懐《ほんかい》である。だが、首を横に振った。

「あたくしたちなら、確かにあれを殺せるのですわ。でも、救うことはできない」

「依《よ》り代《しろ》にされた娘《むすめ》のことですか？」

ネフテロス――〈魔王〉ビフロンスによって非業の運命を背負わされた少女。アルシエラは彼女を救うと約束したのだ。

「あの状態から、救うことなどできるのですか？」

「ええ。条件は確実に揃《そろ》いつつあるのですわ。あのビフロンスとかいう子も存外に役に立ってくれましたし」

ビフロンスがリチャードを襲《おそ》う前、アルシエラはかの〈魔王〉と対峙《たいじ》した。

正直なところ、最初はシアカーン同様の再起不能になってもらうつもりだった。結果的に生きていればアルシエラ自身の主義にも反しない。あれはアルシエラの知る中でも極《きわ》めて最低の魔術師だったのだから。

ただ、アルシエラが思い描《えが》いたシナリオに使えそうだったので、生かしておいた。

――おかげで、あたくしの仕事をひとつ減らせましたわ。

つまりアルシエラが打てる手を、一手増やせたわけである。

「ただ、あたくしたちが〈アザゼル〉に向かうことは、シアカーンも想定の内でしょう」

恐らくはそのために〈アザゼル〉を復活させたのだろう。直接の引き金を引いたのはビフロンスではあるが、あの〈魔王〉が動かなかったとしても〈アザゼル〉は復活しただろう。

ただ、そうして復活させたまま放置するには〈アザゼル〉は危険過ぎる。なにかしら止める手段が必要である。それが、アスラとバトーの本来の役割なのだ。

「じゃあ、裏をかいて乗らねえとか？」

「それもひとつの手ではありますけれど、あたくしが乗らなかった場合の手も別に用意してきたようなのですわ」

「手って言っても、いまのお前の相手なんてそれこそ〈アザゼル〉ってやつくらいしか務まらないいんじゃねえのか？　天使長クラスでも相手にならなかったじゃねえか」

アスラの指摘は正しい。この時代で、アルシエラと戦うどころか足を止められる相手すら存在しない。〈魔王〉ですら全力を尽《つ》くすには値せず、面倒なら煙《けむ》に巻くこともできる。

「そうですわね。いまの時代には、確かにいないのですわ」

「いまの時代って……――まさかッ」

それが誰のことを言っているのか気付いたのだろう。アスラが青ざめた。

「……そうか。千年も経ってるもんな。〝おっさん〟も死んじまったわけか」

「そういうことですわ。あれをぶつけられると、キュアノエイデスはひとたまりもないでしょう。これも止めなければならない」

そこに、バトーが沈痛そうな声をもらす。

「かといって、シアカーンの本拠地《ほんきよち》には彼らがいる。なるほど、アルシエラ殿がどこに現れても止められる手は打っているのですね。敵ながら見事な手腕《しゆわん》と言わざるを得ません」

アルシエラが戦わなければならない相手は、三か所に存在するということだ。

現状を確認して、アルシエラは微笑《ほほえ》む。

「ということですので、あたくしたちも三手に分かれるのですわ」

「ははっ、人使い荒《あ》れえなあ」

「心配しなくとも、銀眼の王が手を打ってくるのですわ。貴兄らはそれに乗ればいい」

アスラは自分の手の平に拳を打ち付け、立ち上がる。

「よし！　なら〈アザゼル〉の方は俺が行くぜ。俺の敵はいつだって天使だからな！」

それにバトーが続く。

「では、彼らの方は私が向かいましょう。個では勝ち目もありませんが、銀眼の王の駒《こま》があるならやりようはあります」

だが、アルシエラは首を横に振った。

「いいえ、貴兄はキュアノエイデスに残るのです。彼らの方にはあたくしが向かいますわ」

「――ッ、あそこには〝彼〟がいるのですよ？」

「だから、あたくしが行くのです。あたくし以外の誰が、〝あの方〟を止められるとお思いですの？」

「…………っ」

それに、シアカーンの膝元《ひざもと》ではアスラやバトーも操《あやつ》られる危険が高い。彼らを向かわせるわけにはいかないのだ。

バトーにも、そしてアスラにも思うところはいくつもあったのだろう。

それでも、やがてバトーはうやうやしく頭を垂れた。

「御方《おんかた》の仰《おお》せのままに」

それから、アスラが疑問の声を上げる。

「そういやよう、アーシェは〈アザゼル〉の依り代の子を助けたいんだろ？　俺はどうすりゃいいんだ？　俺、誰かを助けたりとか器用な真似《まね》できねえぞ？」

それに、ビフロンスの対処もだろう。あの〈魔王《まおう》〉が現れるとしたら〝ネフテロス〟の場所以外にあり得ない。

——まあ、さすがにもう小細工をする力は残っていないでしょうけれど。

それでも勝ちにくるのが〈魔王〉というものだ。油断はできない。

「貴兄は銀眼の王の身内を守ってあげてくださいな。きっと、誰よりも大切にしている子を向かわせたはずですもの」

「その子が依り代の子を助けるってわけか？」

答える代わりに、アルシエラはぬいぐるみの背中に手を突っ込む。そこから取り出されたのは、一本の剣《けん》だった。

「いいえ。あの子を救うのは、きっとこれの持ち主なのですわ」

「なんだいそれは？　〈呪剣《じゅけん》〉……じゃないな。なんかすげえ剣みたいだけどよ」

アルシエラはクスクスと笑い声をもらしてこう答えた。

「聖剣〈カマエル〉——バトーの時代には天剣と呼ばれていたもののひと振りなのですわ」

シャックスが見ていたにも拘わらず、ギニアスの下から消えた聖剣である。

——見かけによらず隙のない子で、かすめ盗《と》るのに苦労したのですわ。

いまごろ教会は大騒《おおさわ》ぎになっているだろうが、まあどうでもいい話だ。

アスラが興味深そうに聖剣を見つめる。

「ふーん。カマエルって、俺が最後に戦った天使長と同じ名前だよな？　なんか関係あるのかい？」

「関係もなにも、ご本人なのですわ」

「…………え？」

アルシエラは同情を込めて刀身を撫でる。

「銀眼の王に敗れた天使たちの、最後の悪あがきによって生み出された遺物。天使長たちの遺骸《いがい》と魂魄《こんぱく》を捧《ささ》げることによって打ち出された最強の剣――ゆえに天剣。それが、これの正体なのですわ」

天使を滅《ほろ》ぼし尽くしたマルコシアスによって、その名前も聖剣と置き換《か》えられてしまった。それがこの聖剣というものの正体である。

そう語るアルシエラの手から、聖剣はひとりでに浮かび始める。

「そう。ようやく決心なさいましたのね。どうぞお行きなさい。あの子の力になってあげてくださいな」

その言葉に応えるように聖剣は飛翔《ひしょう》し、流星のようにいずこともなく消えていった。

それを見送って、アスラに語りかける。

「アスラ。貴兄はいつも通りに天使を殴ればいい。ただ、ビフロンスという〈魔王〉に気をつけるのですわ。あれが手を出してくるとしたら――」

〈魔王〉の手口を説明すると、アスラも頷《うなず》いた。

「なるほどな！　そいつはムカつくやつだな。いいぜ。絶対守ってやるよ」

「ええ。頼《たよ》りにしているのですわ」

アルシエラは最後の紅茶を飲み干す。

「さて、それではあたくしたちもそろそろ動くのですわ」

「おう。……あ、そうだ」

駆《か》け出そうとしたアスラは、振り返って言う。

「いまだから言うけどな。俺、アーシェのこと好きだったんだぜ？」

――どうしてこの男は毎度いまから死ぬようなことを言うのですかしら……。

思えば初対面のころからずっとそうだった。

渋面《じゅうめん》を浮かべたくなったが、この少年にしてみれば勇気を振り絞《しぼ》った告白なのだ。それに答えなくてひとりの少年を破滅《はめつ》させたことは、アルシエラも忘れてはいない。

だから、アルシエラはその言葉に素直《すなお》な気持ちを答えることにした。

「ええ。あたくしも、貴兄が初恋《はつこい》でしたわ」

そうでなければ、彼が死んだときに涙《なみだ》なんて流すものか。

そんなストレートな答えが返ってくるとは思わなかったのだろう。アスラは足をもつれさせて派手に転倒《てんとう》した。

「ほわっ？」

そんな様子を微笑ましく見つめ、アルシエラは存外に真摯《しんし》な表情で告げる。

「いまの貴兄らがどのように生み出された存在であっても、貴兄らはいまを生きる人間なのですわ。他の誰《だれ》が否定しようとも、あたくしがそう認めるのです」

存外に改まった言葉に、アスラとバトーは顔を見合わせながらも真剣に耳を傾けた。

「だから、どうかいまのその命をぞんざいに扱わないでくださいな。貴兄らが戻《もど》らなかったなら、あたくしは悲しいと思うのですから」

その言葉に、アスラはニッと笑みを浮かべる。

「じゃあ、この戦いから帰ってきたら、今度はデートしてくれよ」

悪びれた様子もなく、千年前と同じ言葉を繰《く》り返すアスラに、アルシエラは呆《あき》れたような苦笑を返す。

「これ、人妻を口説く者がいますか」

「人妻っても未亡人だろ？　俺にだって口説く権利はあるぜ」

仕方なさそうに、アルシエラはため息をもらす。

「ちゃんと帰ってきたら、考えてあげるのです」

「――ッ、よし！　約束したからな？　天使をぶっ殺して、依り代の子を助けて、そしたらデートだからな！」

『イヤッホウッ！』と叫《さけ》びながら、アスラは走っていった。

それを唖然《あぜん》として見送って、バトーも我に返ったように腰《こし》を折る。

「もったいないお言葉、ありがとうございます。私の方は、生還《せいかん》は難易度の高い課題でございますが」

「大丈夫《だいじょうぶ》ですわ。こちらが片付いたら、あたくしもそちらに向かいますもの。それに、あの子がいますから、状況はそれほど悪くありませんのよ？」

「はあ、あの子とおっしゃいますと？」

アルシエラはクスクスと笑い声をもらして口を開く。

「この時代で、あたくし友達ができましたのよ？」

あの子がどこを戦場に選ぶかはわかっている。だから、この状況で〝天使狩り〟の片方

も置いてきた。

——でも、それでも辛《つら》い戦いになるのですわ。

そのとき傍《そば》で支えてあげる者として、バトーはいささか不適切な気もするが、アルシエラが差し伸《の》べられる最善の手ではある。

だが、それでもバトーの不安顔が晴れることはなかった。

「本当に、大丈夫でございますか？」

「貴兄ともあろう者が弱気なことを言うのです。無理をこじ開けてきたのが、あたくしたちの戦いだったはずでしょう？」

「わたくしめが申し上げているのはアルシエラ殿、御身《おんみ》の話です」

アルシエラは腹部の傷に触《ふ》れる。さすがというべきか、バトーはアルシエラの負傷を見《み》抜《ぬ》いていたらしい。

だが、それゆえにアルシエラは答える代わりに問い返す。

「有史以来、もっとも多くの人間を殺した武器がなにか、貴兄はご存じかしら？」

「それは毒です。剣や魔術《まじゅつ》で殺した人間などたかだか数十万。多くとも数百万といったところでしょう。ですが毒は歴史が違《ちが》う。有史以来、民衆権力者問わず使われ、根深く浸透《しんとう》してきた。兵器として使えば何千、何万もの命を一瞬で奪《うば》うことができるでしょう」

その答えに、アルシエラも頷く。

「その通りなのですわ。そして、毒には正反対の側面も存在する。毒を扱いこなす者は、その両面を操れて初めて完成に至る」

その側面ゆえに、人の歴史から毒の存在は切っても切り離せないのだ。

言葉の意味を噛《か》みしめるように、バトーがつぶやく。

「では、もしや……？」

「銀眼の王は〈天燐《てんりん》〉という最強の毒を完成させた」

だから、もう大丈夫なのだ。もう少しだけ、戦える。

——あの子には、もうあたくしの力など必要ないのかもしれませんけれど。

アルシエラもティーカップを置いて立ち上がる。

「さて、あたくしもそろそろゆくのですわ。懐かしいあの方のご尊顔にもお目にかかりたいですし」

「ご武運を」

無数のコウモリとなって、アルシエラもまた自分の戦場へと去っていくのだった。

「いまの命は、自分の命……ですか」

その言葉になにを思うのか、バトーもまたその場をあとにする。

あとには、場違いなテーブルセットとティーカップだけが残された。

◇

「捜したわよう、ビフロンス。こんなところにいたのね」

「……やあ、ナベリウス。キミの冗談《じょうだん》で笑えた例《ためし》はないのだけれど、なにか笑わせに来てくれたのかな？」

キュアノエイデスを大きく離れたとある廃村《はいそん》に、ビフロンスはいた。

少年とも少女ともつかぬ顔立ちはすっかり青ざめ、その右肩《みぎかた》から先は失われてどす黒い血をこぼし続けている。ザガンから受けた〈天燐〉の浸蝕《しんしょく》は、いまや右腕に留まらず肩から胸へと広がりつつあった。

返す悪態にも、まったく力がこもっていない。もはや立ち上がる力すら残っていないため、無様にも廃屋《はいおく》の壁《かべ》を背にもたれかかって身動きも取れない。

ひとつ呼吸をするだけで激痛が走り、これで意識を失えばもう目覚めることはないだろうことがわかる。

――あの吸血鬼《きゅうけつき》、こんな傷を受けて平然とした顔をしていたのか。

アルシエラとてこれと同種の傷を受けていたはずなのだ。それもザガンよりもさらに高次の存在から。にも拘わらず、あの少女は一度としてその苦痛を表に出しはしなかった。

ああ、認めるしかない。あの少女は紛《まぎ》れもなく最強なのだ。単純な暴力の話ではなく、精神の上でも揺《ゆ》るぎない強さを持っている。それは誰も敵《かな》うわけがない。

「ギキキ、つれないわねえ。あたしはあなたのこと、結構気に入っているのだけどう？」

ねっとりとした声とともにひとつしかない眼球を向けてくるのは、ビフロンスがもっとも関わり合いたくない相手だった。なんというか、おもしろいおもしろくないとか嫌悪《けんお》や好感以前に、生理的に無理なのだ。

こんなしゃべり方をしてはいるが、全身を覆《おお》うローブの下には筋骨隆々《りゅうりゅう》の雄々《おお》しき体躯が隠《かく》されている。顔をすっぽりと覆う仮面からは大きな眼球がひとつだけ覗いている。だがこの男の目はひとつではない。彼《かれ》の本体は全身に十の魔眼を持つ魔眼族《イビルアイ》である。

そんな外見からもわかるように、ビフロンスが引くほどの変人だった。

〈魔王〉ナベリウス。いまはザガンの依頼《いらい》でなにかを製作中のようだった。ザガンと契約《けいやく》関係にあるこの男が、果たしてビフロンスになんの用だというのか。

「用がないなら帰ってくれないかい？　見ての通り、こんな調子でね。できればひとりにしてもらいたいんだ」

「だから、来てあげたのよう」

そう言うナベリウスの瞳からおどけた様子が消え、悼《いた》むような色が浮かぶ。

「……ごめんね。あたしには、あなたを助けてあげられそうにないわ」


あまりにも意外な言葉に、ビフロンスも面食らった。

――自分の体だ。そんなことは僕《ぼく》が一番よくわかっている。

ビフロンスは小さく鼻を鳴らす。

「しおらしいことを言うじゃないか、ナベリウス。〈魔王〉の言葉には思えないよ？」

「〈魔王〉でも他者を愛《め》でることはあるのよう。あなただって知っているはずでしょう、ビフロンス？」

ナベリウスはローブの中から鋼のような筋肉に覆われた腕《うで》を差し出す。

「あたしとあなたは、どこまでも正反対よねえ。まるで同じコインの表と裏みたい。だけれど、それはよく似ているということでもあるのよう」

「……真面目《まじめ》に勘弁《かんべん》してくれないかな？」

生理的嫌悪とともに懇願《こんがん》するが、ナベリウスが言っていることもまた事実だった。

お互《たが》い、人の話は聞かないのだ。

「たとえば美に対する意識なんかがそうね。あなたの男の子だか女の子だかわからない振《ふ》る舞《ま》いは、あたしの美とは正反対のようで、その実とてもよく似ている。いいえ、同じもの反対側と言った方がいいかしら？」

そう語りながら両手の拳《こぶし》を合わせ、「ムンッ」という気迫《きはく》とともに筋肉が膨れ上がる。

ぴくぴくと躍動《やくどう》する大胸筋がいまにも襲ってきそうで、ビフロンスは吐《は》き気《け》を覚えた。

「僕はキミのそういうところが大嫌《だいきら》いだよ」

「ギキキ、あたしはあなたのそういうところが気に入っているのよう」

思わずため息をもらすと、ナベリウスも肩を竦めて返す。

「まあ、前置きはこのあたりにしておこうかしら」

「やっと本題に入ってくれるのかい？」

辟易《へきえき》として言うと、ナベリウスは存外に真面目な声音《こわね》で、こう言った。

「――あなたの〈魔王の刻印〉、譲りたい相手がいるなら聞いてあげるわ」

この〈魔王〉がわざわざビフロンスの元まで来るような理由と言えば、確かに他にはないだろう。同時に、ビフロンスの遺言《ゆいごん》を聞き入れるつもりがあるということでもあった。

「ずいぶんと親切じゃないか。ザガンに怒《おこ》られるんじゃないのかい？」

「あらぁ、心配してくれるのう？　大丈夫よう、彼との契約にあなたの〈刻印〉の処遇《しょぐう》は含《ふく》まれていないもの」

どうやら、本気で聞き入れてくれるらしい。

少し躊躇《ちゅうちょ》した。

根本的に、ビフロンスは自分の命運を人に委《ゆだ》ねるという行為《こうい》に絶望的な拒絶《きょぜつ》反応を持っている。死ぬときは自分の意志で死ぬ。そこで、そのときにはもう用済みになっているとはいえ、自分のものの行く末を他人に委ねるのはどうなのだろう。

──まあ、別にいいか。

もう、余計なことに思考を割く余力もない。本当に渡《わた》してくれるならありがたいし、別に利用されたからといって困ることもない。

ビフロンスはせめてもの反抗心《はんこうしん》で笑ってみせる。

「僕はキミのことが大嫌いだけれど、キミの人を見る目は正しかったと認めてあげるよ」

「あら？」

「僕が〈刻印〉を託《たく》すのは──」

その名前を聞いて、ナベリウスはどこか嬉しそうに目を細めた。ビフロンスが指名したのは、一年前にナベリウスが《最長老》の後継者《こうけいしゃ》へと推挙していた魔術師《まじゅつし》なのだから。

「ギキキ、あなたもあの子の魅力《みりょく》がわかってくれたというわけね」

「ふふ、キミに同意するのは癪《しゃく》だけれど、とても魅力的《みりょくてき》な子だよ。次に戯《じゃ》れたら、こんな体でなくても負けるかもしれない」

一年前の時点で、それほどの可能性を秘《ひ》めていた魔王候補はザガンだけだった。

だが、その魔術師はビフロンスの予想を遙《はる》かに超えて成長したのだ。〈魔王〉となってからあれほどの感動を覚えたのは初めてだったかもしれない。

ナベリウスは芝居《しばい》がかかった仕草で腰を折る。

「了承《りょうしょう》したわ。あなたが死んだときはあの子に〈刻印〉を贈《おく》る。〈魔王〉ナベリウスの名にかけて約束するわ」

それから、ふと思い出したように白々しく言う。

「さて、あたしの用事はこれで終わりなんだけれど、そういえばあなたはどうしてこんなところにこもっているのかしらあ？」

――どうせわかってるくせに、よくも白々しくそんなこと言えるな。

その白々しさこそ、このふたりの〈魔王〉のよく似ているところなのだが、本人はまったくそうは思っていなかった。

答えないビフロンスに代わって、ナベリウスは感心したように周囲を見渡《みわた》す。

「どういうわけかあれは〈魔王の刻印〉に惹《ひ》かれている。それを利用して、ここに呼び寄せようってわけねえ」

右腕を失っても〈刻印〉が宿る手首から先だけは、未《いま》だにビフロンスの膝の上に残っていた。体への浸蝕を受け入れてでも維持《いじ》しているのだ。

こんな変人でも、六百年を生きる〈魔王〉である。ひと目で目論見《もくろみ》を看破され、ビフロンスは渋面を浮かべた。

「そんなことをいちいち確かめなければいけないほど、キミは耄碌《もうろく》していないと思っていたのだけれど？」

「ギキ、違う違う。あたしが聞いてるのは、どうしてここを選んだのかって話よ。人もいない。ものもない。利用できるものもないのに、あれと戦うのは不利よう？」

「……〈魔王〉オリアスはその力や正体を見られることを嫌《きら》うからね。人払《ひとばら》いくらいかけるのが親切ってものじゃあないかい？」

そう。なにもビフロンスが戦う必要はないのだ。最後に勝利をかすめ取れれば、他はどうでもいい。

　ナベリウスは苦笑した。

「あなたもつくづく素直じゃないわねえ。まあ、それでこそ、といったところかしら」

　仕方なさそうに、ナベリウスはビフロンスの隣に腰を下ろす。

「なんのつもりだい？」

「手伝ってあげるわよ。あれを釣《つ》るのに〈刻印〉ひとつじゃ不安でしょう？」

　そう言って、ギキキと笑う。

「あとは、暇《ひま》つぶしかしら。この戦いを〝視《み》る〟ことが《魔眼王》たるあたしの仕事だけれど、視ているだけというのも暇だからねえ。話し相手くらいにはなってあげるわ」

「……ひとりにしてくれと、言っているんだけれどねえ」

　やはりこの男は嫌いだと、ビフロンスはため息をもらすのだった。

『――自分から他人を助けるなんて偉《えら》いじゃないシアカーン！　それに手際《てぎわ》も完璧《かんぺき》だったわ。やっぱりお前には医療魔術《いりょうまじゅつ》の才能があるのよ。さすがうちの弟子《でし》！　偉いわ』

まるで我《わ》が身《み》のことのように、少女は歓喜《かんき》の声を上げる。

この少女に拾われて、数年が経っていた。数年も経てば力の差も理解する。以前のように、片《かた》っ端《ぱし》から噛みつき返すようなこともなくなっていた。

今回のことは、ほんの気まぐれだった。

なにかに襲われたのか、傷ついて倒《たお》れた獣人《じゅうじん》の子供がいた。見知らぬ小汚《こぎたな》い子供がどこでどう野垂れ死のうが、自分には関係ない。むしろ惨《みじ》めな弱者がくたばるさまは暇つぶし程度にはよい見世物である。そのはずなのだが、気が付いたら治療《ちりょう》してやっていた。

恐《おそ》らくは、新しく手に入れた力を試してみたかったのだ。その程度の動機だったというのに、どこから見ていたのかこの少女が駆け寄ってきてこの騒《さわ》ぎである。

頭を撫《な》でるに留《とど》まらず、そのまま抱《だ》きついてきて頬《ほお》ずりまでしようとするので、うっとうしそうに振り払《はら》う。

そうしていると、獣人の子供がじっとこちらを見つめていた。

怯《おび》えられることには慣れている。嫌悪や敵意はさらに馴染《なじ》み深《ぶか》い。しかし子供の眼差《まなざ》しは、そのどれとも違うものだった。思わず戸惑《とまど》っていると、子供は嬉しそうに破顔する。

『ありがとう、虎《とら》のお兄ちゃん！』

子供は手を振って去っていく。

呆気《あっけ》に取られていると、少女が微笑ましそうに顔を覗《のぞ》き込んできた。

『他者から向けられる感謝の気持ちというのはどう？　もしかして、初めての経験なんじゃないかしら？』

そう。初めての感情だった。

なにも言えなくて顔を背《そむ》けると、少女はそれを褒《ほ》めるようにまた抱きついてきた。そろそろこちらの方が倍近く背が高くなっているのだが……。

『決して、嫌《いや》なものじゃなかったでしょう？』

戸惑いが収まってくると、その気持ちは確かに心地《ここち》よくもあった。

上手《うま》く説明できたかはわからない。でも、そう返すと、少女は愛《いと》しさすら込めて囁《ささや》く。

『その気持ちが、うちの出発点なのよ。助けを必要とする誰かに手を差し伸べ、その人が笑って前に進んでいく。それって、とても素敵《すてき》なことではないかしら？』

くだらない。そんなものは理想だ。夢想だ。現実はもっと汚《きたな》らしくて醜《みにく》い。自分みたいな者が平然と他者から略奪《りゃくだつ》し、踏《ふ》みにじるのがこの世界なのだ。

少女の気持ちを理解できたとして、馬鹿正直《ばかしょうじき》にそれに応える者がどれほどいる。

なのに、少女は全《すべ》てを受け入れるように微笑んだ。

『もちろん、仇《あだ》で返されることもある。それでも、そうして前に進んでいく人たちは、うちにできないことをやってくれる。そうやって、世界は続いていくのよ』

二代目〈魔王〉筆頭ともあろう者の言葉とは思えなかった。少女はおかしそうに笑う。

『あら、うちはそれほど万能《ばんのう》ではないのよ？　失敗もするし、万人《ばんにん》を救うなんて力もない。だって人を救うというのは、ただ傷や病を癒《い》やせば終わりではないのよ？　心の傷は魔術でも癒《い》やせないし、人が生きていくには衣食住に留まらず様々な力が必要になる』

飯を食うには田畑や家畜《かちく》が必要で、衣服を求めるなら機《はた》を織る者がいなければならない。住処《すみか》ともなれば石を切り、木を製材し、図面を引き、場合によっては鉄の精錬《せいれん》も必要になってくるだろう。そんなものは、とうてい人ひとりの力で賄《まかな》えるものではない。

少女はつま先で背伸《せの》びをすると、頬に触れてくる。

『お前に同じ生き方をしろとは言わない。でも、うちがやっていることを知っておいてほしい。その上で、自分の生き方を決めなさい。うちはそれを受け入れる。間違《まちが》ったときは止めてあげる』

胸が痛くて、熱くて、なぜか涙がこぼれそうになった。どうして、この少女は自分なんかのためにそこまで言ってくれるのだろう。それでなんの得があるというのだ。

少女は不思議そうに首を傾《かし》げ、それからやはりいつものように笑った。

『それが、愛するということだからよ』

意味がわからなくてぽかんとしていると、少女は続ける。

『言ったはずよ。うちがお前を愛してあげるって。もしかして信じてなかったの？』

いきなりそんなことを言う人間を信じる方がどうかしているだろう。

なのに少女は腹を立てるどころか納得《なっとく》したように頷く。

『まあ、そうかもしれないわね。うちもマルコシアスに拾われたころはそうだったし』

初めて聞く話だった。この少女が初代〈魔王〉唯一《ゆいいつ》の生き残りである、マルコシアスの直弟子《じきでし》であることは耳にしていたが。

『そういえば話したことがなかったかしら。うちは魔術師になる前は道ばたで暮らしていたのよ。食べ物は道ばたに捨てられた残飯をあさってた。別に珍《めずら》しいことじゃなかったわ。あの時代、神魔戦争でなにもかもなくした人間なんてそこら中にあふれていたもの』

それから、いたずらっぽく笑う。

『マルコシアスに拾われて、魔術を覚えてからはいい気になって悪さをしたこともあるわ。この世界への復讐《ふくしゅう》だとかイキがってね。……まあ、もちろんそのあと痛い目にも遭《あ》った』

どこかで聞いたような話に、思わず顔をしかめた。

そんな反応すら慈《いつく》しむように、少女は続ける。

『だからかもね。お前のことが他人に思えなくて、つい拾ってしまった』

背伸びに疲《つか》れたのか、少女は寄りかかって体を預けてくる。

『だからね、お前を愛することができたの』

無償《むしょう》の愛など信じない。そんな都合のいいものがあってたまるか。仮にそんなものが存在するとしたら、相手は〝誰でもいい〟という身勝手なものだ。

だが、この少女には自分を見てくれる理由があった。〝誰でもいい誰か〟ではなく、ちゃんと自分のことを見てくれていた。

『いまは信じてくれなくてもいい。わかってくれなくてもいい。でもね、ちゃんと知っておいて。お前を愛している者が、ここにちゃんとひとりはいるってことを』

初めはなんの戯《ざ》れ言《ごと》かと思った。強大な力を持つがゆえに、弱者を哀《あわ》れむという傲慢《ごうまん》なのだと思った。

だが、違った。

この少女は最初から馬鹿正直に、そして本当に、こんな悪たれを愛してくれたのだ。

この人は、この世界に必要な人なのだと思った。

身の程《ほど》をわきまえぬ願いだとはわかっている。自分がこれまでやってきたことだって忘れていない。それでも、願わくば、どうかこの人といっしょに歩いていきたい。

初めてこみ上げた衝動《しょうどう》に、思わず少女を抱きしめる。

少女は淡《あわ》く微笑んでくれた。

『ありがとう。うちも、お前が隣《となり》を歩いてくれると、嬉《うれ》しい』

ずっとこの少女とともに歩いていこう。そして、この少女を守れるように強くなろう。

そう、願ったというのに……。

『どうしてなの、マルコシアス……！』

世界は、少女を裏切った。

「――甘酸《あまず》っぱーいッ！　ではそなたは告げられなかった想《おも》いを抱《かか》えて、八百年も彷徨《さまよ》ってきたというわけか！　なんたる愛で力！　妾《わらわ》の想像をこうも遙かに超えてこようとは」

◇

時刻は多少前後する。ザガンが〈ネフェリム〉の軍勢と衝突《しょうとつ》する数刻前。バルバロスたちによって軍が混乱に見舞《みま》われているころのことである。

――なんでこの人、こんなに元気なんだろう……。

《妖婦《ようふ》》ゴメリの拘束《こうそく》装置は正常に稼働《かどう》している。石化も全身を浸蝕し尽くし、顔の半分までを覆っている。残っているのは片目とその口くらいのものだ。いまやしゃべるどころか、呼吸をするので精一杯《せいいっぱい》の状態のはずだ。その、はずなのだ。

なのに、意識を取り戻してからずっとしゃべり続けている。

しかも〈魔王の刻印〉から漏《も》れ出したらしい、シアカーンの記憶《きおく》について感想を述べ続けているのだ。なんかもう、羞恥心《しゅうちしん》のようなよくわからない感情がこみ上げてきて顔を覆った。

こんな状況《じょうきょう》は、八百年も生きてきて初めてのことである。

「あの、そろそろ、黙《だま》って、もらえまい、か？」

「きひひっ、恥《は》じらうか〈魔王〉よ。八百年の間、ありとあらゆる悪行と善行の限りを尽《つ》くしてきたそなたが、いまなおそのような初《うぶ》い反応を見せるとはやってくれる。そんなに妾を悦《よろこ》ばせてどうするつもりじゃ？」

「いや、ちょっと、あっちの配下が大変そう、なのだ。静かに、してほしい、のだが」

《虎の王》はすでに魔術師として再起不能の身なのだ。簡単な魔術ひとつ行うにも膨大《ぼうだい》な労力が伴《ともな》う。混乱する〈ネフェリム〉たちに指示を飛ばそうにも、こんなやかましい状況で念話などできない。

本人にその意図はないのかもしれないが、ゴメリは〈ネフェリム〉軍の混乱に多大な貢《こう》献《けん》をしていた。しかも人質《ひとじち》だから殺すわけにもいかないし、本来ならもう石化してもの言わぬ彫像《ちょうぞう》と化しているはずなのにどういうわけか浸蝕が遅《おそ》い。

いまのこの女は魔術を使えない。〈バロールの魔眼《まがん》〉とて魔力《まりょく》を使うのだから同様だ。それは確かなのだ。

となると、本当に意志力だけで石化の浸蝕を阻《はば》み、元気いっぱいでしゃべり続けているのだ。いったいどういう精神力をしているのだろう。そこらの〈魔王〉よりよっぽど怖《こわ》い。

――助けてビフロンス……。

これはちょっとシアカーンの手に負えそうにない。他に助けを求められる相手もいなくて思わず祈《いの》ってしまった。

アンドレアルフスに襲撃《しゅうげき》されたときでさえ誰かに救いを求めることはなかったシアカーンが、初めて他人に縋《すが》った瞬間《しゅんかん》だった。

かくして、救いの手は思わぬところからやってくることになる。

轟音《ごうおん》とともに扉《とびら》が破られ、見張りに配置していた〈ネフェリム〉たちが投げ込まれる。床《ゆか》に叩《たた》き付けられた彼らは胴《どう》や首を引きちぎられ、確かめるまでもなく絶命していた。


「――ゴメリさんを、返してもらいに来ました」


現れたのは、雄々しき黒の鬣《たてがみ》を持った獅子《しし》獣人だった。烈火《れっか》の怒《いか》りに燃える宿敵に、シアカーンの中にこみ上げたのは救いという安堵《あんど》だった。

「キメリ、エス……！　来て、くれた、のか」

「え……あの、なんであなたがそんなに嬉しそうなんですか？」

思わず歓喜の声を上げてしまい、キメリエスの顔が瞬《また》く間《ま》に困惑《こんわく》する。

そう、困惑である。

予期せぬ光景。きっとそうなのだろう。しかしそんな安っぽい言葉で片付けられるような生やさしいものではなかった。

予想の斜《なな》め上とかそんな次元の話ではない。己《おのれ》の理解を二周、三周と超《こ》えた事態。愛する女を救いに来てみれば、その女が狂喜乱舞《きょうきらんぶ》していて、女を攫《さら》った犯人の方が顔を覆っていまにも泣きそうになっているのだ。

飛び込んだその瞬間までは怒りに燃えていた瞳《ひとみ》にも、いまは怒ればいいのか笑えばいいのか、それとも同情すればいいのかわからないという色に染まっている。さらに言うなら、その感情を誰に向ければいいかも計りかねているといったところだろうか。

それでいて、これは必然なのだと諦観《ていかん》じみたため息をもらす。むしろこの可能性に至らなかった己がどれほど我を忘れていたのかを自覚し、冷静な眼差しを取り戻す。

ややあって、キメリエスは部屋の奥《おく》に背後に拘束されたゴメリに視線を向けた。

「む、キメリエスか。ちょっといま取り込んでおるのじゃ。くふぅっ、〈魔王《まおう》〉の記憶とダイレクトに繋《つな》がってしまったらしくてのう、いまだかつてないくらい愛で力が高まっておるのじゃ！」

本当になにを言っているのかわからないけれど、キメリエスはなんだか察してくれたみたいに頭を抱えた。

「……あの、僕はゴメリさんが捕《つか》まったと聞いて、すごく心配してきたんですけれど」

「え、捕まった？　妾が？」

キョトンとして、それからゴメリはハッとする。

「ッ……あっ、そうじゃった。捕まったのじゃったな。待遇《たいぐう》がよすぎて忘れておった」

この人、自分が捕虜《ほりょ》だという認識《にんしき》すらなかったらしい。

ゴメリは取り繕《つくろ》うようにコホンと咳払《せきばら》いをすると、しおらしい表情でつぶやく。

「……ふ、ふん。余計なお世話じゃ。妾を誰と思っておる。これくらい、自力で脱出《だっしゅつ》してみせるわ」

とうとう、胃が痛くなってきてシアカーンは腹部を押《お》さえた。そんな〈魔王〉を見ていられなくなったように、キメリエスは申し訳なさそうに獅子の耳を寝《ね》かせた。

「えっと、ゴメリさんが粗相《そそう》をしていたようで、すみません」

「いや、捕縛《ほばく》したのは、我だし……」

「でも、ちゃんと丁重《ていちょう》に扱《あつか》ってくれてたようですし……」

ゴメリが不服そうな声を上げる。

「は？　妾半分石にされておるし、魔力もガンガン吸われて死にそうなんじゃが？」

「いやそれ、たぶん生命維持装置も兼《か》ねてますから」

シアカーンは〝希少種狩《が》り〟という凶行《きょうこう》の犯人であるのと同時に、シャックスに魔術を手《て》解《ほど》きした医療魔術師《いりょうまじゅつし》でもあるのだ。

これで一応、ゴメリが死なないようには処置していた。

アンドレアルフスに斬《き》られた傷は致命傷《ちめいしょう》で、しかも魔術での治癒《ちゆ》にも時間がかかる。回復する前に死に至るような状態だったため、肉体を仮死状態にして治療していたのだ。石化させているのもその一環《いっかん》である。

なにもかもを台無しにされたような空気だったが、それでもシアカーンは慰《なぐさ》めてもらいたくてキメリエスを呼び寄せたわけではない。

大きく深呼吸をして――敵を前にこんな無様な仕草もあるまい――シアカーンは語る。

「取り引きを、しよう。キメリエス」

「そ、そうですね。そのつもりだと思っていました。大丈夫ですよ」

シアカーンはビフロンスの絶望を理解した。

自分を憎《にく》んでいるはずの相手から、同情というか可哀想《かわいそう》なものを見るような目を向けられるというのは、想像を絶する苦痛である。そんなふうに優《やさ》しくされるくらいなら、あらん限りの罵倒《ばとう》を受けた方がマシである。

ダンタリアンを喪《うしな》って以来、初めて本気で泣きそうな気持ちだった。

それでも気力を振り絞《しぼ》って《虎の王》は指先を掲《かか》げる。するとキメリエスの目の前にナイフのような刃物《はもの》が八本浮《う》かび上がる。いや、ナイフではない。これは爪《つめ》だ。

「……ッ」

キメリエスとゴメリまでもが目を見開く。

ふたりともこれがなんなのかはよく知っているだろう。


「〈呪爪《じゆそう》〉——かつて、お前が、我に復讐する、ために、紡《つむ》ぎ上げた力、だ」


そしてある〝取り引き〟のために、シアカーンへと捧《ささ》げられた力だ。かつては十本だったが、二本はすでに使ってしまったため残りの八本である。

もう七十年も前になるだろうか。キメリエスがただの子供だったころ、シアカーンは彼の友人として親しく振る舞い、そしてその目の前で村を滅《ほろ》ぼしてみせた。

自分はこの男にとって不倶戴天《ふぐたいてん》の敵なのだ。

キメリエスはうめくように口を開く。

「……かつて僕が魔獣《まじゆう》だったころの力の象徴《しようちよう》。あなたは、この力のために僕の村を滅ぼして、僕だけを生かしたんですね」

村を滅ぼされ、憎しみに狂《くる》ったキメリエスは魔獣に堕《お》ちた。

「僕が古き獅子の血をもっとも色濃《いろこ》く受け継《つ》いだ先祖返りだったから。あなたへの憎しみが、この力を完成させるから」

「そう、だ」

古き獅子の血。それはシアカーンが求める〈アザゼル〉の因子の中でも重要な一欠片《ひとかけら》だった。それを完成させるためには、数多《あまた》の犠牲《ぎせい》が必要だったのだ。

魔獣となり、何百何千という人間の血を啜《すす》ることで〈呪爪〉は発現した。

「そして完成したこの力は、あなたにかすめ盗《と》られた」

「その、通りだ」

こうした試みは、なにもキメリエスが初めてのことではなかった。直近ではケット・シーの里を滅ぼしたときも、血の濃《こ》いひとりだけは生かしておいた。

五百年ほど前には血の濃い希少種に呪い、を、か、け、ひたすら苦痛を与《あた》えるような手法を用いたこともあった。だが、その手法からの成功率はかんばしくなく〝ひとりを残して滅ぼす方法〟に切り替《か》えたのだ。

〈呪爪〉に引き裂《さ》かれた傷が癒えることはない。

「然《しか》、り」

魔獣キメリエスを止めたゴメリもまた〈呪爪〉でその身を引き裂かれていたのだ。にも拘《かか》わらず、この恐るべき魔女《まじょ》はなんでもないように振る舞い、キメリエスを人に戻《もど》し、愛して教育したのだ。そして、十年後になってようやく倒れた。

シアカーンにとっては渡りに船だった。

ゴメリを救うことを条件に、シアカーンは〈呪爪〉を奪い取った。不倶戴天の敵に復讐の力を奪い取られる屈辱《くつじょく》はいかほどのものだったろう。

こうしているいまも、キメリエスのはらわたは煮《に》えくり返っているはずだ。

――キメリエスの人生は、我のそれとどこか似ている。

ただの子供だったころのキメリエスは身の程《ほど》知らずで喧嘩《けんか》っ早《ぱや》く、他人に迷惑《めいわく》ばかりをかけている少年だった。それでもかつてのシアカーンの少年時代に比べれば品行方正ではあったが、そのころからすでに共感はしていたのかもしれない。

まさか魔女に救われたところまで重なるとまでは、思っていなかったが。

……いや、重なってはいないのかもしれないが。

ただシアカーンとキメリエスで決定的に異なるのは、キメリエスはまだ愛しい魔女を喪っていない点だろう。

シアカーンはいま一度〈呪爪〉を示す。

「その力で、〈魔王〉ザガンの、首を、獲《と》ってくるが、いい。さすれば、この女、救ってやろう。あのときと、同じように、な」

屈辱の想起。シアカーンへの憎しみがザガンへの忠誠心を凌駕《りょうが》させる。

そのはずだというのに、キメリエスは懐《なつ》かしそうに目を細めた。

「大丈夫《だいじょうぶ》ですよ、ゴメリさん。僕はもう昔みたいな馬鹿《ばか》はやりません」

ちらりとゴメリに目を向ければ、やかましかった口も石化し、わずかに片目だけが残っている状態だった。

そんなゴメリに、キメリエスは優しげに微笑《ほほえ》みかける。

「だから大丈夫ですよ。心配しないでください。あなたが愛してくれた僕と、僕たちの王を信じてください」

その言葉は届いただろうか。恐るべき魔女はついに力尽《つ》きたように、石の彫像へと成り果てた。

——恐ろしい魔女だった。

魔術師となって八百年。これほど追い詰《つ》められたのは初めての経験だ。

いや、窮地《きゅうち》どころではない。これまで一度としてシアカーンの手からこぼれなかった計略が、いま初めて小さくない狂いを生じさせたのだ。

キメリエスは〈呪爪〉を受け取る。

「心配しなくても、ザガンさんとは全力で戦いますよ。いまここであなたの首を落としても、僕にはゴメリさんを治療する術《すべ》がありません。従う以外の選択肢《せんたくし》はありませんから」

シアカーンの計画通り、キメリエスはザガンに挑《いど》む。

だが、これは違《ちが》う。〈呪爪〉の力の根源は憎しみなのだ。この状態のキメリエスでは、ザガンには届かない。ここに飛び込んでくるまでは理想的な状態だったというのに、ゴメリのせいで正気に戻されてしまった。キメリエスにはまだ、重要な役割があるというのに。

そうして去っていくキメリエスは、最後にひと言付け足す。

「そうそう、あなたは僕に自分を重ねているようですけど、僕からしてみれば我が王こそあなたを一番理解してくれる人だと思いますよ」

「…………」

見透《みす》かされている。

だが、ザガンこそがシアカーンを理解できる男とは、どういうことか。

気持ちの悪い胸騒《むなさわ》ぎを抱えたまま、シアカーンは己の玉座にひとり残されるのだった。

◇

そしていま、ザガンの前にキメリエスが立ちはだかっていた。

右腕《みぎうで》と信頼《しんらい》した男の裏切り。しかしザガンはホッとしたように苦笑《くしょう》した。

「その様子では、ゴメリは無事だったようだな。……まあ、あれは殺しても死ぬような夕マではないと思っているが」

その言葉に、キメリエスも胸を痛めるように頷《うなず》いた。

「えっと……はい。なんというか、捕まった先でいろいろご迷惑をかけているようでした」

「……そうか。シアカーンも不運にな」

これだけの攻撃《こうげき》を仕掛《しか》けてきた怨敵《おんてき》に対し、ふたりは心から同情の念を抱いた。

——だが、そうか……。真に見事なのは、ゴメリだったか。

ゴメリを傷つけられてキメリエスが黙っているわけがない。

にも拘わらず、彼はこうしていつも通りの苦労性《くろうしょう》の顔で帰ってきた。あの恐るべき魔女は、捕まってなおキメリエスを守ったのだ。

キメリエスは意外そうにまばたきをする。

「お怒りにはなられないんですか？」

「ゴメリが捕まったのは、罠《わな》を見抜《みぬ》けなかった俺《おれ》の落ち度だ。人質を取られての貴様の行動を咎《とが》めるつもりはない」

　優しき獅子は穏《おだ》やかに微笑む。

「やはり、あなたに付いてきてよかったです」

「気にするなと言っている。それより、急いでいる。手伝えとは言わんが、道を空けてもらおうか」

　ただ、キメリエスに道を譲《ゆず》る素振《そぶ》りはなかった。

「ザガンさんは、ひとつだけ勘違《かんちが》いをしていますよ」

「……ほう？」

「僕は人質を取られて、哀れにも戦うしかなくなったわけではありません。ゴメリさんを傷つけられた怒りで、我を忘れているわけでもありません」

　ローブの中から差し出された手が、拳を握《にぎ》る。

「王よ。この不心得者をお許しください。僕は知りたくなってしまったんです」

　そう言って、獅子の顔に獰猛《どうもう》な笑《え》みを浮かべた。

「僕とあなたでは、どちらの方が強いのか」

穏やかな声音。しかしその言葉は大気を震《ふる》わし、周囲の英雄《えいゆう》たちですら退かせていた。

右腕からの苛烈《かれつ》な挑戦状《ちょうせんじょう》に、ザガンの顔に浮かんだのは笑みだった。

「それでこそ我が右腕。野心も持たぬ男にその名を与えたつもりはない」

こんなことでも起きなければ、キメリエスが本気でザガンに牙《きば》を剥《む》くことなどなかっただろう。それゆえに、これは得がたい機会なのだ。

互《たが》いに拳ひとつで魔王候補に名を連ねた者同士。なにより、ひとりの男なのだ。

果たして殴《なぐ》り合ってどちらの方が強いのかという問いには、拳をぶつけることでしか答えを得ることはできない。

そして答えを得られぬことには、この問いは永遠に身を焼き続けるのだ。

ザガンは足下《あしもと》に転がっていた折れた剣《けん》を踵《かかと》で踏みつける。

柄《つか》の先端《せんたん》を踏まれたそれは宙に跳《は》ね上げられ、ザガンの手の中に収まった。

「存分に打ってくるがいい。俺も加減はせん」

剣を高く放り投げる。

緩《ゆる》やかな放物線を描《えが》いて落ちていくそれが妙《みょう》にゆっくりに見え、周囲の兵士たちでさえ戦いを忘れて固唾《かたず》を呑《の》む。

落ちてくる剣がザガンとキメリエスの視界を一瞬《いっしゅん》だけ遮《さえぎ》る。

それが、始まりの合図となった。

パンッと音を立て、剣が砕《くだ》け散る。

剣があったはずの場所では、ザガンとキメリエスの拳《こぶし》が衝突していた。互いに寸分違《たが》わず同じ場所を同時に狙《ねら》ったのだ。

この戦場で英雄が振《ふ》るった剣である。なまくらなはずはない。そんな剣は砂のように微《み》塵《じん》となり、ふたりの男の拳にかすり傷ひとつ刻むことはできなかった。

さらに右足を踏み込み、左の拳を突《つ》き上げる。

体格差は明白。キメリエスは同じく左の拳を打ち下ろす。

二度目の衝突。ふたりの足下で地面が陥没《かんぼつ》し、衝撃《しょうげき》はそれだけに留まらず周囲の兵士たちをも吹《ふ》き飛ばしていく。

そして、その衝突にぐしゃりと鈍《にぶ》い音が混じった。

「──ぬうッ」

打ち合った拳は、互いに砕けていた。いや拳のみに留まらず、前腕《ぜんわん》から肘《ひじ》までがひしゃげ、肉が飛び散りへし折れた骨が露出《ろしゅつ》する。

この拳を模倣《もほう》したシャックスは、その破《は》壊力《かいりょく》に腕《うで》が耐《た》えられなかったという。

だがこれは違う。キメリエスという男の拳がザガンの拳とまったく同じ破壊力を秘めて

いたがゆえに起きた現象である。

デカラビアと魔術《まじゅつ》を使わず戦ったときでさえ、これほどの破壊《はかい》を受けることはなかった。気を失いそうな激痛が脳天まで突き抜《ぬ》けるが、ザガンは歯を食いしばって右の拳を握る。

右の拳がキメリエスの左顎《あご》を捉《とら》えるが、そのときにはキメリエスもザガンの顔面へと残った拳を打ち下ろしていた。

鮮血《せんけつ》が大地にぶちまけられる。

脳を揺《ゆ》さぶる衝撃にガクンと膝《ひざ》が折れるが、そのときには左の拳を握り直していた。

肉体強化に於《お》いて最強ということは、再生力も最強ということなのだ。砕けた傍《そば》から拳は修復し、砕けた頭蓋骨《ずがいこつ》も瞬く間に再生しつつあった。

そして、それはキメリエスも同様だった。

――〝魔術喰《まじゅつく》らい〟が追いつかんか。

加減はしないと、ザガンは答えたのだ。

当然、全力を以て受けている。〝魔術喰らい〟とてザガンの力のひとつなのだ。出し惜《お》しみはない。〈黒爪《こくそう》〉や〈天燐《てんりん》・颶風《ぐふう》〉といった大技はもちろんのこと、身体強化や回復といった魔術も使った側から〝喰らって〟いる。

にも拘わらず、キメリエスの身体強化魔術を〝喰らい〟きれない。拳が速すぎて止められないのだ。これはつまり、あらゆる魔術を吸収、無効化するザガンにとってキメリエスこそが天敵だったと言えた。

あるいはこれだけの拳の応酬《おうしゅう》の中で〝魔術喰らい〟も使っているザガンの処理速度こそ異常なのだろう。

ザガンの拳がキメリエスの脇腹《わきばら》に突き刺《さ》さる。肋骨《ろっこつ》をへし折り、肺へと突き刺さったのがわかるが、そのダメージをまったく意に介《かい》さぬ拳がザガンの肝臓《レバー》を捉える。

それでも踏みとどまり、逆にキメリエスの顎先へと頭突《ずつ》きを返してみれば、組んだ両手が打ち下ろされる。

「ははっ」

思わず、笑い声がこぼれる。少年のように、無邪気《むじゃき》な笑い声だった。

これだけ本気で殴って倒れないでくれる相手は、初めてだった。

バルバロスはこの力で殴っても死なないが、これほど苛烈には殴り返してこない。デカラビアは暴れたいだけのガキで、ケンカにすらならなかった。アンドレアルフスは強大だったが、それでも殴ったら倒れた。

本気で殴ってもそれ以上の力で殴り返してくるのは、この男だけなのだ。

ただ、ザガンは大喜びだが周囲はそれどころではなかった。

「逃《に》げろ、巻き込まれるぞ！」「ぐああっ」「こっちに来るぞ！」「ひいっ、こいつら人間じゃない」「負傷者を救いだせ！」

全ての攻撃が〈魔王〉の拳すら砕くほどの衝撃を生んでいるのだ。大地は砕け、大気は裂け、殴り合うふたりは戦場を蹂躙《じゅうりん》する嵐《あらし》となっていた。

ただそこにいるだけで命がない。傷つき倒れた仲間を抱えて逃げようとするも、その背中を衝撃波《しょうげきは》が襲《おそ》って無情になぎ倒していく。奇《く》しくも負傷者が生者の足を引っ張るというザガンの戦略は、ここに来て多大な被害《ひがい》を生み出していた。

◇

そんな殴り合いを、同じ戦場から眺《なが》めている魔術師《まじゅつし》たちの姿があった。

「……チッ。ずいぶん楽しそうじゃねえか」

バルバロスである。

戦《いくさ》が始まった以上、バルバロスたちの仕事はもう片付いたようなものだった。あとは状況を見て統率《とうそつ》を立て直しそうな者がいたら殺すくらいのものだが、ここで退いてもザガンの依頼《いらい》は十分果たしたと言えるだろう。

それゆえ、いまは傍観《ぼうかん》を興じていたのだが、キメリエスとの殴り合いを眺めるバルバロスはずいぶんと不機嫌《ふきげん》なものだった。

「おや？　ずいぶんつまらなさそうじゃないか」

こちらもすでに自分の仕事を終えたベヘモスが、からかうように言う。

「はん。こんなときに遊んでる野郎《やろう》を見て、気分がいいわけねえだろ」

「本当にそれだけかい？」

「……なにが言いてえんだよ」

――俺を殴ってるときよか楽しそうってのは、どういうこった。

いや、嬉しそうに殴られても困るのだが、なぜか非常に不服な気分である。

ベヘモスはくっくと笑い声をもらす。

「心配しなくても、ザガンのケンカ友達はあんただけだと思うぜ？」

「はーっ？　なんで俺があんな野郎の友達なんだよふざけんな！」

「なんだい、違ったのかい？」

おかしそうに笑うベヘモスの隣で、レヴィアが首を傾げる。

「でも、どうして嬉しそうなの？　キメリエスは裏切ったのに」

不思議そうな顔をする少女に、ベヘモスが困ったように言う。

「そうだな。ケンカするほど仲が良い……ってのとは、違うか。バルバロスみたいな間柄《あいだがら》のことだな」

「うん。それは見ればわかる」

「……おい。だから俺は別に仲いいわけじゃねえって」

不服そうな声をもらすバルバロスを黙殺《もくさつ》して、べヘモスは言う。

「まあ、そういうのとも違う……なんというか、男って生き物は馬鹿なもんでな。ステゴロってものに夢中になってしまうんだよ。ザガンにとっては、いまがそれってことだ」

「ふうん……？」

レヴィアはやはり、よくわからないという顔をするばかりだった。

「本能とかは、わからない。でも、かっこいいとは、思う？」

「え」

べへモスが愕然《がくぜん》とするが、レヴィアはしげしげと殴り合うふたりを眺めていた。

◇

戦場を遠く離《はな》れたまた別の場所。

「……ずいぶんと野蛮《やばん》な遊びに夢中だね、ザガン」

うんざりしたように言ったのはビフロンスだ。

それに、ナベリウスが意外そうに返す。

「あら。あなたは殴られるのは嫌《きら》いじゃないと思っていたけれどう？」

「予想を超えて殴ってくるような相手は楽しいさ」

実際にザガンは毎度のようにビフロンスの予期せぬ方向から殴ってくる。こちらとて無防備に殴られるのを待っているわけではないというのに。

そうした予期せぬ打撃《だげき》には、痛みすら愛《いと》しく思えるほどの快楽が同居している。

「でも殴り合ってなにが楽しいんだい？　痛いだけだし、魔術師のやることじゃあないだろう。スマートじゃない」

ビフロンスもザガンとやり合うときは、殴られることを覚悟《かくご》してふところに飛び込むことはあった。だがそれも一発堪《た》えれば出し抜けるという計略があってこそのことだ。

なにも考えずに殴り合うような行為《こうい》になんの意味があるのか、理解しがたい。

「ギキキ、男の子には男の子の浪漫《ろまん》というものがあるのよう」

「浪漫ねえ……」

呆《あき》れたように返しつつも、しかしと思う。

——一年前、シアカーンが魔王候補に推挙したのが、あのキメリエスだったね。

ビフロンスからしてみればアンドレアルフスと同じ、強いだけで特におもしろみのある魔術師ではなかった。次の〈魔王〉がザガンに決まってからも、気に懸《か》けることはなかったのだが、それがいまこうしてザガンとまともに殴り合えるほどに強くなっている。

なるほど、あの男も成長していたことは認めよう。

——ただ、やっぱりなにが楽しいのかは理解できないなあ。

ビフロンスは自分の頬《ほお》に触《ふ》れる。

ラジエルでちょっかいをかけたとき、ザガンは容赦《ようしゃ》なく顔面を殴りつけてきた。こちらも心臓を取りに行ったのだが、軽く爪を突き立てる程度にしか届かなかった。

あのヒリヒリした感覚は、いまにして思えば楽しかったのだろうか？

しかし、彼《かれ》らはそうしたスリルを楽しんでいるのとも違うようだ。

「……やっぱり、わからないなぁ」

「ギキキ、鍛《きた》え上げた肉体は美しいものよう。それを飾《かざ》っておくだけでは満足できないのが男の子なのよう」

にちゃりと笑うイビルアイに、ビフロンスは『こいつさっさとどっか行ってくれないかなあ』と心底祈った。

ザガンとキメリエスの殴り合いは、互いの血で大地を真っ赤に染めても決着がつく様子はなかった。

◇

――全力で殴り合える相手というものは楽しいが、そろそろ時間がなくなってきたな。

いつしか陽が暮れようとしていた。

朝からひたすら誰《だれ》かを殴り続けているのだ。魔術師といえど、多少は疲労《ひろう》も感じる。そろそろ、決着が必要だ。

そうと決めると、ザガンは動きを変えた。

キメリエスが繰《く》り出してくる拳を、撫《な》でるように逸《そ》らして受け流す。

「――ッ？」

拳をいなされたキメリエスは、そのまま宙を舞《ま》って地面へと叩き付けられる。その衝撃たるや、大地を陥没させるに留《とど》まらず周囲に渓谷《けいこく》のような亀裂《きれつ》を走らせ、周囲の兵士たちをその割れ目へと飲み込んでいった。

これはザガンの力ではない。キメリエス自身の拳がそれだけの破壊力を持っているということだ。

だが、次にザガンは目を剥くことになる。

――これも受け身を取るのか！

無防備に叩き付けられたように見えて、その背中は丸められ柔《やわ》らかく衝撃を受け流していたのだ。

そして、そのままザガンの襟首《えりくび》を摑《つか》みかかってくる。

「がはっ」

今度は、ザガンが投げられる番だった。しかし片手で投げて万全《ばんぜん》の〝技〟とはいかない。ザガンもするりと受け身を取り、すぐさま身を起こして向き直る。

「どうした？　決め手が欠けるようじゃないか」

強がりだった。決め手が欠けているのはザガンの方である。

――手加減はせんと言ったが、大事な配下相手に〈天燐〉なんぞ使えん。

あれは〈魔王〉や〈アザゼル〉を殺すための力であって、ケンカに使う道具ではない。

かといって〈天鱗《てんりん》〉では〈右天左天《うてんさてん》〉あたりでもキメリエスの動きについていけない。

せいぜい有効なのは〈天輪《てんりん》〉だが、あれは速度を増すものであって攻撃力《こうげきりょく》が増すものではない。

つまるところ、この拳で倒《たお》れぬ相手に有効な手段がない。

反面、キメリエスはむしろその言葉を待っていたというように笑みを浮かべる。

「ふふ、どうでしょう。まだ手を隠《かく》しているかもしれませんよ？」

そう笑うキメリエスの手から、真っ黒な爪が伸《の》びた。

――合わせてもらっていたのは、こちらの方というわけか。

獣人《じゅうじん》ならば牙や爪を武器に戦うのが本来の形だろう。にも拘わらず、キメリエスはこれまで拳で戦ってくれた。

その爪からは異様な魔力が吹きこぼれていた。見ているだけで目眩《めまい》を覚えるような禍々《まがまが》しい魔力。これは魔術ではない。かといって不思議と後天的な力にも感じられない。ゴメリの〈バロールの魔眼〉のように種としての力とも思えるが……。

ややあって、ザガンはその正体に思い至った。

「……その爪は、まさか〈呪爪〉というものか？」

ザガンも古い伝承で見た記憶がある。

その名の通り、ごく一部の獅子獣人にだけ発現すると言われる、呪われた爪である。この爪で斬られた傷は癒《い》えることがなく、永遠に血を流し続けて死に至るという。

――なるほど。これがシアカーンが求める〈アザゼル〉に連なる呪いというわけか。

獅子獣人のみならず、こういった力の伝承は数多の種族に残されている。リュカオーンの三大王家などがその筆頭だろう。ケット・シーの幸運。夢魔《むま》族の夢。セイレーンの〈呪《じゅ》歌《か》〉である。

「さすがはザガンさん。その名前も知っていますか」

そして、その爪を突き出すようにゆるりと構える。

「いまのザガンさんに、これを躱《かわ》せますか？」

一日中、拳を振るい続けているのだ。疲労に加えて、ヒトと獅子獣人とでは体躯《たいく》も筋力も異なる。種としてヒト族が獣人に腕力《わんりょく》で敵《かな》うことはないのだ。

思わず身震《みぶる》いをする。

恐怖《きょうふ》からではない。歓喜《かんき》から来る震えだ。

ザガンが〝魔術喰らい〟で戦いを有利に進めてきたように、キメリエスもまた形勢を一転させる手札を隠してきた。確実にザガンに爪を当てられるこのときを待っていたのだ。

──勝つために手段を選ばぬか。

だからこそ嬉《うれ》しい。ザガンがただのケンカというスタイルだったのに対し、キメリエスはなりふり構わず全身全霊《ぜんしんぜんれい》を以《もっ》て挑んでくれたのだ。それが嬉しかった。

「いいだろう。来い！」

「ええ、行きます！」

キメリエスは間合いの遥《はる》か外から大きく爪を振りかぶる。

「――ぐッ？」

黒い爪は烈風《れっぷう》を生んでザガンに襲いかかった。

キメリエスの猛攻《もうこう》を受けても傷ひとつつかなかったローブがボロボロに引き裂かれ、皮《ひ》膚《ふ》が露出した顔や手から鮮血がまき散らされる。

強固な肉体と結界をまとうザガンの身をそこまで傷つけたのだ。背後の大地には四本の亀裂がどこまでも延びていく。

そして、思わず防御《ぼうぎょ》に回った一瞬でキメリエスは眼前まで踏《ふ》み込んでいた。

もう一方の爪が振り下ろされる。

「させん！」

その手首を、ザガンは打ち払《はら》う。

――爪にさえ触れねば、致命傷にはならん。

必殺の一撃《いちげき》を弾《はじ》かれ、キメリエスがにわかに体勢を崩《くず》す。胴ががら空きになり、そこにザガンの拳が突き刺さる。

完全に急所を捉えた一撃。しかし、キメリエスの巨体《きょたい》は微動《びどう》だにすることはなかった。

「なに……？」

鋼鉄すら微塵に粉砕《ふんさい》する拳は、虚《むな》しく鋼の肉体を叩《たた》いただけだった。それだけに留まらず、爪には直接触《ふ》れなかったはずの他の傷すらも再生が止まってしまう。

「どうやら、魔力《まりょく》が尽《つ》きたみたいですね」

「……ッ！」

ザガンは常にひとりで戦うことを念頭に魔術を組み立ててきた。〈天鱗〉を始めとする禁呪ですら執拗《しつよう》なまでに効率化を極《きわ》めている。敵がいくら多くとも、敵がいなくなるまで殴り続けていれば勝てるのだ。それがザガンの戦い方である。

だが、その自信の根幹には〝魔術喰らい〟というアドバンテージが存在するのだ。

〝魔術喰らい〟はその名の通り他者の魔術を喰らう力である。この戦《いくさ》で、ザガンは魔術を使う相手と戦っていない。キメリエスですら身体強化に全力を傾《かたむ》けているため〝喰える〟魔力は微量《びりょう》でしかなかった。

つまり、とうとう魔力が底を突いたのだ。魔術師となって初めての状況《じょうきょう》。あるいは、このためにシアカーンは魔術以前の時代の英雄たちを蘇《よみがえ》らせたのかもしれない。

――やられた……。

まだわずかな強化は残っているものの、もはやキメリエスの肉体を破壊するような力はない。この後に及《およ》んで、ザガンは拳すらも封《ふう》じられたのだ。

キメリエスは容赦なく次の爪を振るう。ザガンは鋭《するど》く身を伏《ふ》せてそれを凌《しの》ぐが、躱したと思ったときには鼻面《はなづら》に蹴《け》りが飛んできていた。

身体《からだ》の強化すらも尽き始め、キメリエスの動きに反応できなくなっている。〝技〟ですら、キメリエスはザガンと対等の域に達しているのだ。もはやザガンにはアドバンテージどころか対等な部分すら残っていない。

――勝てない？

脳裏《のうり》を敗北の二文字が過《よぎ》る。

だが、それゆえに気持ちが高揚《こうよう》する。ここまで自分を追い詰めた男は、他にいなかったのだから。

そんなザガンに、キメリエスは微塵の油断も見せずに爪を突き出す。

――あと二度だけ、保《も》ってくれよ！

覚悟を決めて、ザガンはそれを迎《むか》え撃《う》つ。

「これで、終わりです！」

「――――ッ、来い！」

ぞぶっと、鈍い音が響《ひび》く。

もはや身を躱すだけの力が残っているはずもなく、キメリエスの〈呪爪〉はザガンの胴《どう》を貫《つらぬ》いていた。

「ご、ぼ……ッ」

臓腑《ぞうふ》から血がこみ上げ、ザガンは吐血《とけつ》した。

決着──誰もそう思っただろう。

「があっ！」

残った最後の強化の力を振り絞り、自分の腹に突き刺さった〈呪爪〉を横から叩く。

傷口を抉《えぐ》る激痛とともに、黒い爪はへし折れる。

「なんと！」

キメリエスが目を見開いたときにはザガンはその背後に回り込んでいた。

右腕を首に回して左肘《ひだりひじ》の裏を摑み、左腕《ひだりうで》で後頭部を押《お》さえ込む。

勝利の確信に気のゆるんだ一瞬をついての、裸締《はだかじ》め。

ミシミシミシと大木がへし折れるような音を立てて太い首が軋《きし》む。酸欠などという生っちょろい次元の技ではない。血流を断《た》ち、喉笛《のどぶえ》と舌骨をも砕く絞《し》め技である。

当然、キメリエスはその腕を引き剥《は》がしにかかるが、そこで伸ばした腕が止まる。その手には未《いま》だ〈呪爪〉が伸びているのだ。これで摑みかかれば自分の首を引き裂いてしまう。

「ご、おおおおおおおおぉぉぉぉおぉっ」

激しく暴れて背中からザガンを地面に叩き付ける。しかし魔力が尽きようとも、その程度で〝技〟を解くほどザガンは甘《あま》くない。

そして魔術で血流や呼吸を回復しようにも、全《すべ》ての魔術はザガンに〝喰われ〟、逆に力を与えることにしかならない。最後には魔術を頼《たよ》らぬ自分の力だけが残るのだ。

魔術師の闘争《とうそう》はいかに相手を自分の土俵に引きずり込むかが全てである。

最後の最後に、自分の土俵に引きずり込んだのは、ザガンだった。

キメリエスは最後の力を振り絞って抵抗《ていこう》したが、暴れれば暴れるだけ絞め技は深く極《き》まり、その意識を刈《か》り取っていく。

「が……は……っ」

やがて、キメリエスが舌を出してぐるんと白目を剥く。

雄々《おお》しき獅子《しし》の巨体は、音を立てて大地に沈《しず》んだ。

「はあっ……はあっ……っ」

腕を解《ほど》いたザガンは、膝を突いて荒《あら》い呼吸をもらす。

——これで落ちなかったら、負けていた……。

ザガンも正真正銘《しょうしんしょうめい》最後の攻撃だったのだ。これを破られたら、もはや為《な》す術がなかった。

肩《かた》で息をもらしていると、キメリエスが激しく咳《せ》き込んだ。

「ごはっ、ごふごふっ……げはッ」

「はは……。俺の、勝ちだぞ、キメリエス……」

「です、が……その、傷、は……ごほっ」

ザガンは笑うが、その腹部には〈呪爪《じゆそう》〉が深々と突き刺さっているのだ。それを見て、キメリエスの表情が曇《くも》る。

——確かに、これを放置しておくと死ぬな。

勝負に勝っても、死んだのでは負けである。キメリエスは生き延びるのだから。

だが、ザガンは笑う。

「言ったはずだぞ。全力でかかってこいと。これは、貴様が気にすることでは、ない」

「しかし……！」

答える代わりに、右手を掲《かか》げる。

——さすがに、魔力が足らんか……。

〈魔王《まおう》の刻印〉が鈍く輝《かがや》き、膨大《ぼうだい》な魔力が噴《ふ》き上がる。魔力の供給が再開されたことで傷の再生が始まる。それは周囲の兵士たちにさらなる絶望を突き付けることにもなった。

「馬鹿な。なんだあの力は……」「これまでの戦いは、戦いですらなかったというのか？」

だが、魔力を〈刻印〉から補充《ほじゅう》できたところで〈呪爪〉の傷は癒やせない。

それでも、ザガンは腹に刺さった爪を引き抜いた。

「ザガンさん！　出血が……！」

爪を抜いたことで傷口が開き、大量の血液が大地を濡《ぬ》らす。

「気にするなと言っている――〈天鱗・祈甲《きこう》〉――」


キメリエスが目を見開く。

「〈呪爪〉の傷が、塞《ふさ》がっていく……？」

治癒《ちゆ》不能のはずの傷が、瞬《また》く間《ま》に塞がっていく。

なぜならこれは治癒ではなく、創造だからだった。

――きっかけは、アルシエラ像を修復したことだった。

魔力の物質化ひとつとっても、即興《そっきょう》では手に負えずフルカスの魔力を必要とした。

だが、そのとき確かにザガンは魔力を以て素体を模倣し、物質化するという技術を確立させたのだ。それがネフテロスを救うために医療《いりょう》に転用できないかと考え、形になる前にリチャードに使うことになった。

それでもまだ魔力の変換《へんかん》効率が低く、とうてい実戦で使えるものたり得なかった。

そこでザガンが注目したのは〈天鱗〉だった。周囲の魔力を喰らって強度を増し続ける無敵の盾《たて》。強度を増すということは、限りなく物質に近づくということである。この力と二度の経験が〈天鱗・祈甲〉という魔術を急速に完成へと導いた。

〈祈甲〉は魔力を変質物質化させ、失われた体組織に置き換《か》える魔術。〈天燐〉のような力で蝕《むしば》まれた存在さえも創《つく》り直す魔術である。

この瞬間《しゅんかん》、〈天鱗〉は真の意味で〈天燐〉の対となったのだ。

必殺のはずの傷さえ瞬く間に修復され、キメリエスは膝を突いてザガンに傅《かしず》いた。

「……完敗です、我《わ》が王。あなたは僕《ぼく》の全てを凌駕なさっている」

「そうでもない。こうも追い詰められたのは初めての経験だった。またいつでもこい」

決着のあととはいえ、〈魔王の刻印〉を使わされたのも初めてである。

そう笑うと、キメリエスも困ったように微笑んだ。

「……ええ。本当に、完敗です」

キメリエスはゆっくりと立ち上がり、ザガンに背を向ける。

「王よ。後片付けはお任せください。僕のために割《さ》いていただいた時間くらいは、働けるつもりです。あなたは、どうか先にお進みください」

「任せる。終わったら追いかけてこい。貴様にはこの戦の結末を見届ける義務がある」

「仰《おお》せのままに」

このザガンとキメリエスの衝突《しょうとつ》は〈ネフェリム〉の軍勢を多大に巻き込み、その後のキメリエスの働きも含《ふく》めて実に一千五百人もの兵を死傷させた。バルバロスたちの工作によって行動不能に陥《おちい》った者もふくめれば二千にも上った。

二千。ようやく二割である。

残る敵性勢力は八千。にも拘《かか》わらず、彼らは悠然《ゆうぜん》と進んでいくザガンを前に、ただ震えながら見送ることしかできなかった。

こうして、開戦一日目は幕を下ろすこととなった。

◇

ザガンとキメリエスの衝突《しょうとつ》から数刻後。どっぷりと陽も暮れた廃村《はいそん》にて、ネフィとオリアスは〝それ〟と遭遇《そうぐう》していた。

『きひひ、いひひひ、嗚呼《ああ》、嗚呼、悪い子たち。愛しいあの方の瞳《ひとみ》と左手をどこに隠しましたの？　絶対に逃がしませんわ』

　空に浮《う》かぶのは、ネフィと同じ顔をしているはずの少女だった。

　美しかった褐色《かっしょく》の肌《はだ》には不気味な黒い紋様《もんよう》が血管のように浮かび上がっている。金色の眼に正気の色はなく、乱れた銀色の髪《かみ》からはみるみるうちに精気が抜けていく。

　なにより異様なのは、その背に浮かぶ光でできた八枚の翼《つばさ》だ。アルシエラたちが破壊したという話だったが、再びその力を取り戻《もど》しているようだ。ともすれば〈魔王の刻印〉以上に禍々しい魔力を放つ呪《のろ》われた翼。見ているだけで心が押しつぶされそうである。

「ネフテロス……！」

　変わり果てた妹の名を呼ぶ。

　かつてビフロンスから生け贄《にえ》のように扱《あつか》われ、捨てられた彼女《かのじょ》を救いたいと願ったときのことを思い出す。絶望して〝泥《どろ》〟に飲まれるあの顔は、いまでも忘れられない。

　――どうして、この子ばかりこんな目に遭《あ》わなければいけないんですか……！

　ネフィの憤《いきどお》りを見透《みす》かしたように、オリアスが肩に手を乗せる。

「ザガンは助けると言ったのだ。彼を信じてやりなさい」

「……はい」

　彼と言われると顔が赤くなってしまうのを堪えられないが、ネフィは力強く頷《うなず》いた。

それから、オリアスは静かに語る。

「それに、どうやら私が思っていた以上に希望はあるようだ」

「どういうことですか、お母さま？」

オリアスは〝ネフテロス〟を示す。

「あの状態で暴走したわりには、周囲への被害が異様なほど少ない。どうやら何者かが小細工を弄《ろう》してここに引き寄せたようだが、それだけではないだろう」

「――ッ、ではまだネフテロスの意識があると？」

「それはわからないが、あの子はまだ戦っているのではないかな」

そう言って、オリアスはローブを脱《ぬ》ぎ捨てる。

その下から現れたのは、洗礼鎧《せんれいがい》だった。その胸には十字架《じゅうじか》と獅子の紋章《もんしょう》が刻まれていて、腰《こし》には細剣が下げられていた。かつて聖都ラジエルで出会ったときの騎士《きし》姿である。

〈魔王〉オリアスではなく、妖精《ようせい》王オベロン・ニムエ＝タイタニアとしての姿だった。

「……この姿をさらすことは、もうないと思っていたのだけれど」

ため息とともに、オリアスの姿は老婆《ろうば》からネフィと同じ年頃《としごろ》の若い姿へと変貌《へんぼう》してく。

「ネフィ。〈アザゼルの杖《つえ》〉を貸して」

「は、はい」

名前とは裏腹にぼろぼろの箒《ほうき》を、ネフィは差し出す。

「神霊魔法《しんれいまほう》の手解きで説明したことがあるはずだけれど、実際に見せるのは初めてね。よく見ていなさいネフィ」

オリアスは供物《くもつ》でも捧《ささ》げるように両手で〈アザゼルの杖〉を掲げ、静かに囁《ささや》いた。


「――〈呪翼《じゆよく》〉――」


〈アザゼルの杖〉が淡《あわ》く輝き、オリアスの背に光が集う。紡《つむ》がれたのは、光の翼だった。

――これが〈アザゼルの杖〉の本当の使い方。

この〈杖〉は、ハイエルフの力を限界以上に高める増幅《ぞうふく》装置なのだ。その際に出現するのが、この〈呪翼〉と呼ばれる光の翼だった。この力を以て、先代〈魔王〉オリアスを仕留めたという。

ただ〝ネフテロス〟と違《ちが》うのは、その翼が青白く美しい輝きを持っていること。そして、その翼が六枚ということだった。

オリアスが笑う。

「まさか私の方が格下とはね……。なかなか骨の折れる仕事になりそうだわ」

ザガンから〝ネフテロス〟の翼の数を聞いたとき、オリアスは死を覚悟するような表情を見せた。この二枚という差は、それほどのものだということだ。

だがいまのオリアスには、先代に挑《いど》んだときにはなかったものがある。

〈杖〉を左手に握《にぎ》り直し、次に右手を掲げる。

「さて、〈魔王の刻印〉は〈呪翼〉二枚の差を埋《う》められるかしら？」

強大な魔力が噴き上がり、オリアスの体が自然と宙に浮かぶ。

――すごい。力が拮抗《きっこう》していきます……。

〈刻印〉を使ったオリアスの力は〝ネフテロス〟と同等に感じられた。

だが、次の瞬間ネフィたちは思い知らされる。〈アザゼル〉というものは、天使ではなく神なのだと。

『天使……？　嗚呼あああぁぁあぁぁっあああぁっぁあっ！』

「「――ッ」」

突然《とつぜん》〝ネフテロス〟が絶叫《ぜっきょう》し、その魔力がさらに膨《ふく》れ上がった。

その叫《さけ》びはかつての〝泥の魔神《まじん》〟のごとき破壊を伴《ともな》い、ネフィは思わず耳を塞ぐ。

『嗚呼っ、おぞましい天使ども！　未だ未練がましく、この世界にこびり付いていたんですの？　嗚呼、なんと醜《みにく》い。なんと汚《けが》らわしい。ひとつ息をするだけで罪が降り積もる』

彼我《ひが》の距離《きょり》は数百メートルはあろうかというにも拘わらず、その声は大気を震《ふる》わし、ネフィたちの頭に直接響いた。

「天、使……？　ザガンさまがおっしゃっていた……？」

だが、どうしてそれをネフィとオリアスに向かって言うのか。


――エルフという種族は古き神々の血を引いていてね――

――あの人の人生は、それとの戦いの人生でもあったのですから――

――ハイエルフたちは次第《しだい》に数を減して、いまではすっかり滅《ほろ》んでしまったのさ――

――〈アザゼル〉――マルクとアルシエラが生涯《しょうがい》の敵としたそれ――

――世界に神などいない。いるとしたら自分の中だけ――


答えはすでに提示されていた。

――ああ、そういうことだったんですね。エルフ……いえ、ハイエルフとは……。

ネフィは気付いてしまった。このことを、ザガンは知っているのだろうか？

「ネフィ、来るわよ！」

オリアスの声で我に返ると、すでに目の前に〝ネフテロス〟が迫《せま》っていた。

その手には、光でできた槍《やり》が握られている。オリアスは細剣を抜《ぬ》いて迎え撃つが——

「くッ——この、力……！」

八枚の〈呪翼〉を持つ〝ネフテロス〟の力は、〈魔王の刻印〉を乗せてもオリアスを圧《あっ》倒《とう》していた。出遅《でおく》れたネフィにはいまさらそれを止める力を紡ぐ余裕《よゆう》もない。

——止められない。

身を強張《こわば》らせたときだった。

「——そうは、させねえ、よっ！」

オリアスと〝ネフテロス〟の間に、深紅《しんく》の拳《こぶし》が割って入った。

——シャスティルさん？　いや違う。

それはシャスティルと同じ、緋色《ひいろ》の髪と瞳を持った少年だった。ふたつの刃《やいば》が斬《き》り結《むす》ぶそこに、魔力でできた手甲《てっこう》を重ねて動きを止める。

〝ネフテロス〟の顔に憎悪《ぞうお》とも愉悦《ゆえつ》ともつかぬ笑《え》みが浮かぶ。

『きひひ、あらあら、またお会いしましたわね。いけない子。今度こそ丁寧《ていねい》にすり潰《つぶ》して差し上げますわ』

「はんっ、やれるもんならやってみな！」

少年は拳をねじり、槍と細剣の切っ先をずらし上方へ跳《は》ね上げた。

——いなした！

ザガンが希《まれ》に見せる〝技〟の戦い方である。

『——ッ？』

「よっと！」

にわかに体勢を崩す〝ネフテロス〟の翼に向かって、少年は手甲を振《ふ》るった。

だがこれはとっさに上昇《じょうしょう》する〝ネフテロス〟に躱されてしまう。

「ちえっ、そう簡単に取らせちゃくれねえか」

〝ネフテロス〟が距離を取ったことで、少年はちらりとネフィたちに目を向ける。

「……げ、こっちも天使じゃねえか。アーシェのやつ、そういうことは先に言えよ」

心底嫌《いや》そうな目を向けられ、ネフィは逆に平常心を取り戻した。

——なんだか懐《なつ》かしいですね。こういう目で見られるの。

エルフの隠れ里《ざと》にいたころは、本当に汚《きたな》いものでも見るような目しか向けられなかった。

それに比べれば、むしろこの少年の視線は——なにか遺恨《いこん》があるのだとしても——ちゃんと人間を見るような目である。

そして、どうにもやはり天使というものは、そういうことらしい。

これはうろたえた自分への叱咤《しった》のようなものなのだろう。場違《ばちが》いかもしれないが、ネフィは小さく腰を折る。

「ご助力感謝いたします。アルシエラさまの遣《つか》いの方でいらっしゃいますか？」

そう返すと、少年は意外そうに目を丸くした。

「お、おう……。俺《おれ》はアスラだ。アーシェから、あんたらを守れって言われてきた」

「では心ならずかとは思いますが、しばしの間よろしくお願いいたします。わたしたちは、あの子を助けなければなりませんので」

微笑《ほほえ》み返すと、少年――アスラは調子を狂《くる》わされたようにガシガシと頭をかいた。

「……どうにも、俺が知ってる天使とは少し違うみたいだ。失礼なこと言って悪かったな」

「いえ。どうぞお気にならさず」

そのおかげで冷静になれたのだ。文句を言う気持ちにはならなかった。

アスラはニッと笑う。

「アーシェの友達って、あんたのことかい？」

「えっと、その……」

もちろんあの少女のことを悪くは思っていないが、友達と答えていいのだろうか？

――友達と言うなら、たぶんフォルのことだと思いますけど。

迷っていると、オリアスが代わりに口を開いた。

「友と言うなら、私の方がそうかしら？」

「へえ？　どういう付き合いなんだい？」

オリアスはどこか楽しそうに口元を緩《ゆる》め、こう言った。

「若い子の言い方を真似《まね》るなら、ママ友というやつかしら？」


その答えに愕然としたのは、アスラだけではなかった。

――ママ友……お母さま同士ということですか？　アルシエラさまも、お母さま……？

彼女が母だと言うなら、いったい誰の？

アルシエラの正体について詮索《せんさく》も想像もしない――そうは約束したが、直感してしまったことまでは消せなかった。

「――おしゃべりはそこまでよ」

オリアスが厳しい視線を向けた先では、再び〝ネフテロス〟が槍を振りかぶっていた。

アスラが叫ぶ。

「正面からやりあうな！　〈呪翼〉を狙《ねら》え。あと天使なら〝歌〟は使うなよ。格上相手にはぶんどられるぞ」

「歌……神霊魔法のことですか？」

過去にネフテロスが神霊魔法を使ったとき、ネフィはその支配権を奪《うば》い取ることができた。オリアスと対峙《たいじ》したときも同じような現象があったらしい。

――神霊魔法が使えないとなると……。

いまの自分にできること。ネフテロスのために、してあげられること。

そう考えて、ネフィははたと足を止めた。

「おい、なにやってんだ！」

アスラが叫ぶが、ネフィは無防備に立ち尽くしていた。

そして〝ネフテロス〟に向かって手を差し出す。

「帰っておいでなさい、ネフテロス」

あまりにも無意味な呼びかけに、アスラのみならずオリアスまでもが目を見開いた。

――でも、わたしはそのために来たんです！

その声が伝わったとは思えないが、ぽかんとして動きを止める〝ネフテロス〟にネフィは言葉を続ける。

「ザガンさまの誕生日がわかったのです。いっしょにプレゼントを探しに行って、お祝いをしましょう？　まだシャスティルさんにも話せてないんです。フォルやリリスさん、アルシエラさまもいっしょに考えてくれています」

神がごとき怪物《かいぶつ》を相手に語りかけるには、あまりに場違いな言葉の数々。それでもネフィはやめない。

「そこに、ネフテロスがいてくれなければダメなんです。あなたがいないと、わたしが嫌なんです。だから——」

『いひひっ、愚《おろ》かな子。哀《あわ》れな子。お黙《だま》りなさい？』

〝ネフテロス〟が光の槍を放つ。

「ネフィ！」

槍は見えていた。オリアスの声だって聞こえていた。

それでも、ネフィは〝ネフテロス〟を真《ま》っ直《す》ぐ見据《みす》えて動かなかった。

光の槍が突《つ》き刺《さ》さり、大地が赤く沸騰《ふっとう》する。

ネフィの、遙か後方で。

『外、れた……？』

〝ネフテロス〟の槍はネフィをわずかに逸れたのだった。外した〝ネフテロス〟本人も狂ったような笑みさえ消して困惑《こんわく》している。

そこに、緋色の少年が飛び込む。

「――おらよっと！」

赤い手甲が〈呪翼〉を狙うが〝ネフテロス〟はひらりと急降下した。

「惜《お》しい！　隙《すき》ありと思ったんだけどな」

『うるさい小蝿《こばえ》ですわ』

腕《うで》を振るうだけで廃村ごとなぎ払うような衝撃《しょうげき》が生まれるが、アスラは手甲の装甲《そうこう》を広げて羽毛《うもう》のようにふわりと躱す。

アスラが着地したのは、ネフィの傍《そば》だった。

「へへん。あんた、なかなか面白《おもしろ》い戦い方するな！　手伝ってやるよ」

果たしてアルシエラがなにを意図してこの少年を向かわせたのかはわからない。しかしアスラは最初のひと言こそ嫌悪《けんお》だったが、ネフィを守るように前に立っていた。

それから、アスラは小さな声でつぶやく。

「……〈カマエル〉は、こっちには来てねえのか？」

それが聖剣《せいけん》の名らしいことは想像がついたが、次の瞬間には光の槍が放たれ気に留める余裕はなかった。

◇

「――そいつ、まだ目を覚まさないの？」

魔王殿《まおうでん》の一室にて、リゼットはひとりの聖騎士の側にいた。

聖騎士の名前はリチャード。心臓を刳《く》り抜かれ、死の淵《ふち》にいたのを〈魔王〉ザガンに救われた男である。だが、治療《ちりょう》はされたはずなのに、この男は未だ目を覚ます様子はなかった。

非戦闘《せんとう》員のリゼットも給仕《きゅうじ》の手伝いをすることにはなったが、全員が常に働き続けるわけにはいかない。交代で休憩《きゅうけい》を取っているのだが、休憩の間は彼《かれ》の容態を看《み》ることになっているのだ。

声をかけてきたのは、自分と同じ顔をした少女だった。

リゼットと同じ金色の髪に、リゼットと同じ紺碧《こんぺき》の瞳。小さい鼻も、薄《うす》い唇《くちびる》も、ひねくれたように捻《ねじ》れた眉《まゆ》も、日に焼けて煤《すす》けた肌も、まったく同じである。魔術師《まじゅつし》だという話だったが、いまは簡素な胸当てに腰には長剣《ちょうけん》と、盗賊《とうぞく》のような格好をしている。

「デクスィアさん」

「呼び捨てでいいわよ。どうにもアタシたち、他人ってわけでもなさそうだし」

「……うん。デクスィア」

デクスィアの話によると、リゼットと同じ顔をした少女はもうひとりいるらしい。

そして、デクスィアはその少女を助けに行かなければならない。

「もう、行くの？」

「ええ。その前に、ちょっとだけリゼットの顔を見たくて」

〈魔王〉ザガンは強大で、義理堅《ぎりがた》い。彼が守ると言った以上、デクスィアのことだって守ってくれるのだろう。

それでも、いま彼らが戦っている敵はあまりに強大だ。無事に帰ってこられる保証はない。そして、彼女の妹が助かる保証も。

かける言葉が見つからなくてただ見つめ返していると、デクスィアは頭の後ろで手を組んで、素っ気ない口ぶりで言う。

「――アンタはさ、こっちに来ちゃダメだよ」

「え……？」

驚《おどろ》いて目を丸くすると、デクスィアは独り言のようにつぶやく。

「アタシたちさ、殺し屋みたいなことやってたのよ。あのころはなにも考えてなかったけど、殺されても文句の言えないことをしてきた。アリステラのことがなくたって、いつかはこんなことになってたんだと思う」

それから、ほの暗い感情を湛《たた》えて続ける。

「アタシは、これから自分の主を殺しに行く」

思いがけぬ強い言葉に、リゼットは思わず息を呑《の》んだ。

「もちろん、アタシには実際に手を下すような力はない。……でもアリステラを助けに行くってことは、他の〈魔王〉に助けを求めるってことは、そういうことなんだよ。アタシはアタシの意志でシアカーンさまに復讐《ふくしゅう》する」

デクスィアは、自分のことを〝造られたもの〟だと言った。

だがそれがなんだというのだ。ここにいるデクスィアは、リゼットなんかよりもずっと強い意志を持った、強い人間なのだ。

デクスィアは、ようやくリゼットを真っ直ぐ見つめる。

「アタシたちの手はもう汚《よご》れちゃったけど、リゼットはそうじゃない。汚れてない。だから、アンタはそのままでいて。こっちに来ちゃダメだよ」

汚れたというにはあまりに純粋《じゅんすい》な言葉で、リゼットはキュッと自分の胸を押さえた。

「わ、私だって裏路地で生きてきたんだよ？　デクスィアが思ってるほど綺麗《きれい》じゃない」

「ううん。それでも、綺麗なんだよ。アタシたちは間違《まちが》っちゃったけど、アタシたちと同じ顔をしたアンタが……リゼットが綺麗でいてくれたら、アタシは救われた気持ちになれる。アタシたちにだって、そんな未来があったんじゃないかって。だから……」

これからかつての主を殺しに行く少女は、祈《いの》るようにそう語った。

答える代わりに、リゼットはそっとデクスィアを抱《だ》きしめる。

「マオーが言ってたよ。どんな人にだって、一度くらいはやり直すチャンスがあってもいいって。デクスィアは間違ったと思ったんでしょう？　やり直したいって思ったんでしょう？　それで、このやり方を選んだんでしょう？」

「……うん」

「だったら、そのことを汚れてるなんて言っちゃダメだよ。私には、デクスィアの方が気高くて立派に見えてるんだから」

リゼットの背中に手を回し、デクスィアは小さくすすり泣く。そんなデクスィアの頭を、リゼットはなにも言わずに撫《な》でてあげた。

ややあって、デクスィアはそっと体を離《はな》す。

「もう、行かなくちゃ……」

「……うん」

背中を向けようとして、ふと思い直したようにリゼットに向き直る。

それから、手首に巻いた青いリボンを解《ほど》く。

「これさ。リゼットが持っててくれない？」

言われて、リゼットは戸惑《とまど》った。

「それ、大切なものなんじゃないの？」

「……うん。アリステラのリボン。アタシの方がお姉ちゃんだったのに、あの子のことを守らなきゃいけなかったのに、アタシはあの子に逃《に》がされて、生かされた」

ギュッとリボンを抱きしめ、デクスィアは泣き出しそうな顔で微笑む。

「あの子がいたはずの場所に戻ったらさ、このリボンだけが残ってて、そのあと見つけたときにはもう、あの子はあの子じゃなくなってて……」

「デクスィア……」

しかしデクスィアの表情は心配したほど暗いものではなかった。

「アタシは、絶対アリステラを助けるわ。そして、帰ってくる。だから、リゼットに預かっててほしいの」

「……うん。わかった」

そこまで言われて断れる者はそうそういないだろう。

リゼットはその大切なリボンを、宝物を扱うように優《やさ》しく受け取った。

それから、躊躇《ためら》いながら問いかける。

「あのさ、デクスィア」

「うん」

「デクスィアたちをこんな目に遭わせたご主人さまって、どんな人だったの？」

その問いかけに、デクスィアはどこか寂《さび》しそうに微笑んだ。

「どんな人だったのかな……。もう、わからないや」

どこか遠くの景色を見つめるように、デクスィアは続ける。

「優しかった。ちゃんと任務を果たしたら褒《ほ》めてくれたし、怪我《けが》をしたら手当てもしてくれた。……でも、アタシたちがしてることがどういうことなのかは、教えてくれなかった。アリステラがあんなことになっても、悲しむどころか喜んでた」

それから、強がるように肩を竦《すく》める。

「それで恨《うら》むのは筋違《すじちが》いなのかもしれない。アタシたちはシアカーンさまの使い魔なんだから。でも、アタシにとってシアカーンさまは呪縛《じゅばく》なんだ。そこから解き放たれて、初めてアタシとアリステラの人生は始まるんだと思う」

デクスィアは空元気を振り絞《しぼ》るように笑う。

「アタシが新しい人生の門出《かどで》を迎《むか》えられたらさ、リゼットも祝ってよね！」

「……うん。応援《おうえん》してる。だから、無茶《むちゃ》しちゃダメだからね？」

「うん。じゃあ、行ってくる」

そう言って、リゼットと同じ顔をした少女は去っていった。

その背中を見送って、リゼットは自分の胸に手を当てる。

――私は、どうしたらいいのかな……。

リゼットの中でもっとも古い記憶《きおく》は、大きな手で頭を撫でてもらった記憶だ。どんな人だったのか、名前どころか顔もわからない。きっと大人の人だったのだろうとは思う。

それと、いくつかの言葉。理由もなく〝親切〟にしてくる人間は疑えと教えてくれた。

その言葉が、あの裏路地で五年もの間リゼットを生かしてくれたのだと思う。

あの人は、デクスィアの向かった先にいるのだろうか。

――もしかして、そのシアカーンってやつなのかな……。

だとしたら、自分はどうしたらいいのだろう。

善い人なのか、悪い人なのか。いや、善人ではないだろう。そのシアカーンがいままでどんな酷《ひど》いことをしてきたのかは、断片的《だんぺんてき》にとはいえリゼットも耳にしている。

――でもその人は、私が誰《だれ》なのか知ってる。

ザガンもデクスィアも、過去など追いかけるなと、ここにいろと言ってくれた。

だが、いまを逃《のが》せばきっともう二度とその人に会うことはできない。

後ろを振り返る。傷ついた聖騎士は、いまも目を覚まさない。この人の傍にいるのが、いまのリゼットの役目だ。

「……それでも」

リゼットは立ち上がり、扉《とびら》の外へと足を踏《ふ》み出すのだった。

◇

「聖騎士長アルヴァ・ユーティライネン、並びに聖騎士長ユリウス・ユーティライネン、これより貴官の指揮下に入る」

朝。キュアノエイデス西部に聖騎士の全部隊が展開されていた。非番や引退した者まで引っ張り出して、ようやく百五十という数である。

そんなシャスティルの前に、新たにふたりの聖騎士長の姿が合流していた。兄がアルヴァ、弟がユリウスのユーティライネン兄弟《きょうだい》である。

「すぐに動ける者だけを連れてきた。あの数を相手には焼け石に水だとは思うが、貴公の手足として使え」

彼らが連れてきた手勢は百名ほどだろうか。一万の軍勢に比べれば多いとは言えないが、それでもこの場では心強い援軍《えんぐん》である。

シャスティルは、信じられないようにつぶやく。

「ご助力感謝する。だが、どうしてあなた方ふたりが……それもこんな短時間で？」

「聖騎士団長殿《どの》からの号令とあらば、応《こた》えぬわけにもいくまい」

「聖騎士団長……ギニアス殿が？」

その声に応えるように、ギニアスが礼拝堂から出てくる。

「敵は一万の軍勢だ。こちらも総力戦で迎え撃《う》たねばなるまい」

まだ包帯は取れていないが、十三の少年とは思えぬ毅然《きぜん》とした態度だった。

「傷はもういいのか？」

「ああ。貴公が抱《かか》える協力者は腕のよい魔術師のようだ。戦うのには問題ない」

「ちょっ――」

ただでさえシャスティルは教会内で危《あや》うい立場なのだ。ラジエルの一件で多少は信用が回復したとはいえ、聖騎士長の前で魔術師を抱えていると言われてはまたいらぬ疑いをかけられかねない。

なのだが、そこに蹄《ひづめ》の音とともに答えたのはギニアスとは違う声だった。

「この戦いは魔術師との共同戦線となる。先に示しておく必要があるだろう」

「ラーファエル殿？」

　聖騎士の鎧とは異なるが、ウォルフォレの鎧姿である。馬の方も甲冑《かっちゅう》を付けられており、聖騎士団の中ではかなり浮いた姿と言えよう。

　そこに、ギニアスが困ったように苦笑《くしょう》する。

「増援要請《ぞうえんようせい》に私の名前を使えとおっしゃったのは、ヒュランデル卿《きょう》なのだ。貴公らがこうも早く応えてくれるとは思っていなかったが」

　アルヴォは居心地《いごこち》が悪そうに視線を逸《そ》らす。

「この街を守ることは〈魔王《まおう》〉ザガンへの貸しになる。先日の雪辱《せつじょく》と考えれば、応えぬわけにはいくまい」

「ああ、俺たちもあんたの〝共生派〟だっけ？　そっちに加わることにしたんだよ」

「……ユリウス」

「兄貴、こんなところで取り繕《つくろ》ってもしかたないだろ？」

　アルヴォは嘆息《たんそく》するが、それから周囲を見渡《みわた》す。

「ディークマイヤーの令嬢《れいじょう》は来ていないのか？」

ギニアスが首を横に振る。

「彼女が受けた傷は私よりもずっと重い。まだ、意識が戻っていないのだ」

「そうか……」

「だが、傷は癒《い》えているはずだ。必ず、彼女は来てくれる」

固く信じて疑わない様子に、アルヴォはなんだか微笑ましそうな顔をする。

「そうだな。お前にとっては大切な相手だものな」

「どうしてそう思ったっ？」

言葉の意味はわからなかったが、シャスティルは少し考えてからギニアスに向き直る。

「ガラハット卿。この戦《いくさ》、あなたが指揮を執《と》るべきだろう。街を預かるのは確かに私だが、聖騎士団長はあなたなのだから」

いくつもの部隊が合流している以上、戦う前に指揮系統をはっきりさせておかなければならない。ギニアスは首を横に振った。

「お飾《かざ》りの団長では聖騎士たちの士気も上がるまい。私より適任者がいるよ」

そう言って示したのは、ラーファエルだった。シャスティルも頷く。

「なるほど。我々の中でももっとも経験が高く、魔術師にも顔が利《き》くラーファエル殿なれば適任であるな。貴公らも異論はないか？」

「ああ。ヒュランデル卿が無実の咎《とが》で教会を追われたことは、我々も理解している。此度《こたび》の戦いだけでも、同志として戦わせてもたいたい」

いささか白々しくも聞こえるこのやりとりだが、あらかじめ決められていた口上だ。

――ラーファエル殿に指揮を一任するなら、部下たちへの説明が必要だ。

本来ならば街の守護を受け持つシャスティルが指揮を執るべきなのだろうが、ここには自分よりも偉《えら》い人間が多い。加えて、シャスティル自身も少数部隊ならともかく、百人以上の部隊の指揮など経験がない。となると、ラーファエル以上の適任者はいなかった。

それゆえ、こんな開戦の直前にわざわざこんなことを話しているのだ。

ユーティライネン兄弟の合流は予定外だったが、彼らも共生派として打診《だしん》を受けていたのだろう。説明せずとも話を合わせてくれた。

シャスティルは聖騎士たちに向き直る。

「お前たち！　聞いての通りだ。中には疑問を持つ者もいるだろう。だが、いまこのときは街を守るため尽力《じんりょく》してほしい！」

「「ははっ！」」

急造部隊でありながら、頼《たの》もしき聖騎士たちは一糸乱れぬ動作で敬礼を返した。

――ひとまず、これで戦う準備はできた。

あとは一万もの部隊――ザガンたちが二割ばかり削《けず》ってくれたというが――を相手にどう戦うか。

やがて、敵軍上方に破裂音《はれつおん》と共に煙《けむり》が弾《はじ》ける。

開戦の狼煙《のろし》だった。

「来るぞ！」

丘《おか》でも動き始めたかのように、敵が攻《せ》め上がってくる。ただその数は膨大《ぼうだい》だが、一万というにはあまりに少なかった。

「少ない？　一千騎《き》ほどか」

「わずか三百にも満たぬ敵に全軍で攻め入る必要もなかろう。波状攻撃《こうげき》を取るようだな」

シャスティルの言葉に答えたのはアルヴォだった。そこにラーファエルが言う。

「それもあろうが、我《わ》が王によって敵軍は指揮官のことごとくを失っている。加えて戦力の二割が損耗《そんもう》しているはずだ。二割という数は軍の機能を麻痺《まひ》させるには十分な数だ。であれば、まともに動ける数もたかが知れてくる」

損耗した二割というのも、死者はせいぜい二百。大半は負傷者なのだ。治療や移動のために割《さ》かれる戦力はその数倍に及《およ》ぶだろうし、さらには片《かた》っ端《ぱし》から指揮官が殺されたとあれば、もはや潰走《かいそう》していてもおかしくない状況《じょうきょう》だろう。

つまり、敵側もすぐに動かせるのはこの数なのだろう。

――それでも四倍近い相手ではあるが。

こちらに有利なのは、敵に騎馬兵《きば》が少ないことだろう。いないわけではないが、百にも満たない数だ。いかに〈魔王〉シアカーンといえど、武具はともかく軍馬まではそうそう揃《そろ》えることができなかったようだ。

ラーファエルは苦笑する。

「なるほど。確かに戦というものはそれまでの準備で勝敗が決するようだな」

「どういうことだ？」

「全《すべ》ては我が王の手の内ということだ」

ラーファエルが聖剣をかざし、声を張り上げる。

「ユーティライネン兄弟は左翼《さよく》から厚く陣《じん》を組んで進撃《しんげき》せよ。ガラハットは正面より敵を迎え撃ち、リルクヴィストは右翼《うよく》より広く薄く展開。斜線陣《しゃせんじん》を取る。医療魔術師《いりょうまじゅつし》たちはそれぞれの隊に追従し、部隊を支えろ」

斜線陣というのは読んで字のごとく、左翼に兵を集中し右翼に行くにつれて兵が少なくなるという陣形《じんけい》のことである。左翼から突き崩《くず》すことを目的とした陣形だが、戦力が偏《かたよ》るため中央と右翼が脆《もろ》くなるという欠点もある。

加えて、敵は指揮官不在とはいえ百戦錬磨《ひゃくせんれんま》の英雄《えいゆう》たちなのだ。多少、陣に厚みを持たせたところで突き崩すのは難しい。

そして敵主力を迎え撃つガラハット隊が後退すれば、シャスティルの部隊は分断されて散り散りになりかねない。危険な試みだと言えた。

——さて、上手《うま》くいけばよいが……。

ラーファエルのことは信じているが、ほとんどの聖騎士《きし》はこんな規模の戦いなど訓練したこともなければ、想定すらしたことがない。聖騎士の敵は魔術師であり、魔術師が徒党を組むことはそうそうないからである。

いくら計画が万全《ばんぜん》だろうと、それを十全に実行できるかは別の話なのだ。

「了解《りょうかい》した」

不安の言葉を飲み込み、シャスティルは指示に従った。

遠方から駆《か》けつけたユーティライネン兄弟とその部隊は騎馬兵だが、シャスティルやギニアスたちは歩兵である。部隊を動かすと、隣《となり》に黒花《くろか》が並んだ。

「黒花さん、洗礼鎧《せんれいがい》は着なくてよいのか？」

「はい。この服はお兄さんが魔術《まじゅつ》をかけてくれましたから、柔《やわ》らかそうに見えますけれど普通《ふつう》の刃物《はもの》くらいなら弾き返せるんですよ」

「はは……。ザガンが加護を与《あた》えたというのなら、それを信じるよ」

ザガンは敵対者には容赦《ようしゃ》なく残忍《ざんにん》だが、身内には過保護なほど甘《あま》い。彼にとっては黒花も身内であるため、その加護に疑いの余地はない。

ただ、シャスティルの笑みに力はなかった。

——ネフテロス……。無事でいてくれよ？

ここにいない親友の顔を思《おも》い浮《う》かべる。

彼女《かのじょ》の身になにかあったのは明白だ。なのに、黒花もバルバロスも答えてはくれなかった。隠《かく》されているのだと気付いたときは、そのまま締《し》め上げてやりそうになった。

だが彼らが隠している理由も、理解できてしまうのだ。

シャスティルの戦場はここなのだ。キュアノエイデスの百五十名の聖騎士のみならず、増援《ぞうえん》に来てくれたユーティライネン兄弟、ギニアスの部隊だっている。余計なことを考えていれば、彼らの命までをも危険にさらしてしまうのだ。

ここでの責任を放棄《ほうき》して駆けつけても、ネフテロスは喜ばないだろう。

——いまは、この戦いを早く終息させるしかない。

自分が駆けつけたところでなんの役にも立たないかもしれない。それでも、これが彼女の元へ向かう最善の近道なのだ。

それから、そんなふうに気を遣ってくれた黒花に、一時的にとはいえ怒《いか》りを向けてしまったことを恥《は》じた。

「あの、黒花さん」

「はい。なんでしょう？」

「……昨晩は、すまなかった。あなたが私を気遣《きづか》ってくれているのだとは、わかっているつもりだったのに」

その言葉に黒花は目を丸くして、それから小さく笑った。

「あたしはなにも失礼は受けていませんよ」

それより、と黒花は微笑む。

「昨晩は話せませんでしたけれど、土産話《みやげばなし》がたくさんあるんです。ネフテロスさまが喜びそうなお話もあります。全部終わったら、みんなで打ち上げをしましょう？」

「……っ、ああ！　そのためには、まずこの戦いに勝たなければな」

本当に、頼《たよ》りになる少女である。

気を引き締めてシャスティルは己《おのれ》の部隊に語りかける。

「私は中央に付く。黒花さんは右側へ。アルフレッドたち三騎士は左側へ付いて他へのフォローを心がけよ」

右翼は広く展開するため、各所に指揮できる者を配置するのだ。

それに毅然と振る舞《ま》ってはいるが、ギニアスは本調子ではない。

負傷もさることながら、ステラの戦線離脱《りだつ》という事実になにも感じぬはずもない。彼がステラを師と仰《あお》ぎ、想《おも》いを寄せていることはシャスティルの目からも明らかだ。蒼天《そうてん》の三騎士ならば、戦いながらギニアスを気に懸《か》けることくらいはできる。

「「「ははっ！」」」

聖騎士たちは頼もしく応えてそれぞれの場所へと散開していった。


「弓だ！」

そんな声が聞こえたのはガラハット隊の方からだった。

全軍が衝突《しょうとつ》する前に、敵陣《てきじん》から矢が放たれたのだ。その数は数百に及ぶだろうか。弓による牽制《けんせい》は、古い時代の集団戦に於《お》いて定石だったという。

ただ、それは魔術が発展する前の話だ。

数百本もの矢は聖騎士たちに届くことなく失速し、虚《むな》しく地面に転がった。

――魔術師が味方にいると、こうも心強いものなのだな。

聖騎士が弓矢を使わないのは、魔術師に使ってもこうして無力化されてしまうからだ。

ただ、それくらいの情報は敵も持っているのだろう。怯《ひる》む様子もなく突撃《とつげき》してくる。

「迎え撃てー！」

ギニアスの叫《さけ》びが響《ひび》く。

ガラハット隊は果敢《かかん》に敵軍と衝突する。本陣《ほんじん》となるあの部隊にはラーファエルもいるが、量も質も向こうが上なのだ。士気が高くとも見る見る押《お》し返されていく。

当然、シャスティルの前にも敵はなだれ込んできている。

「どけどけえっ！」

先陣《せんじん》を切って突っ込んで来たのは、甲冑に身を包んだ大男だった。下手をすればラーファエル以上の巨漢《きよかん》だろうか。シャスティルとは大人と子供ほども体躯《たいく》の差があった。

だが、悲鳴を上げたのは敵兵の方だった。

「なっんだとおっ？」

甲冑をまとった大の男が体当たりのように斬《き》りかかってきたのだ。シャスティルの細腕《ほそうで》で受けられようはずもない衝撃だったが、大男の方が競《せ》り負けて吹《ふ》っ飛んでいた。

洗礼鎧《りよりよく》と聖剣によって与えられた加護は、ザガンとの力比べですら引けを取らないほどの膂力を与えてくれる。

カエルのように腹を見せてひっくり返る敵兵に、シャスティルは聖剣の腹で横《よこ》っ面《つら》をひっぱたく。兜《かぶと》が粉々に吹き飛び、敵兵は動かなくなった。

「無理に攻め込むな！　まずは敵の進撃を止めよ」

シャスティルも聖剣を振《ふ》るって叫ぶ。

敵の士気は高くない。洗礼鎧をまとったシャスティルなら十分に戦えるくらいだ。無理に攻め込まなければ、部下たちを守りながら互角《ごかく》の戦いには持ち込むことができた。

ただ、本陣が圧された影響《えいきょう》は全体へと広がってしまう。

広く展開していたシャスティルの隊も、三騎士に任せた左翼が押され後退していく。それに釣《つ》られて、シャスティルが受け持つ中央もじりじりと後退を余儀《よぎ》なくされていた。

唯一《ゆいいつ》、黒花を配置した右翼だけは英雄たちを相手に一歩も引けを取ることはなく、なんとか踏みとどまっている。

聖剣の霊力《れいりょく》を解放すれば切り崩すこともできるかもしれないが、聖騎士は魔術師ほど万能《ばんのう》ではないのだ。霊力を使えばいちじるしく消耗《しょうもう》し、戦い続けることは難しくなる。

それがわかっているから、ギニアスも【告解《こっかい》】を放てず後退を余儀なくしているのだ。

──あまり長くは保《も》たない……！

いまのところ部下の聖騎士たちも健闘《けんとう》しているが、そもそも経験で劣《おと》っているのだ。洗礼鎧と医療魔術師のおかげで目立ってはいないが、負傷も無視できなくなっている。

焦《じ》れてきたところに、蹄の音が戦場にかき鳴らされた。

「——来たか！」

敵の騎馬兵ではない。味方だった。

「よくぞ持ち堪《こた》えた！　ユーティライネン隊、リルクヴィスト隊に合流する！」

それは左翼から——右翼のシャスティルとは逆側から攻め上がったはずの、アルヴォの部隊だった。

斜線陣で左翼が右翼と合流する。　これがどういうことなのかというと——

「おい、これはマズくないか？」「くっ、いつの間に！」「なんだこれは……？」

事態に気付いた敵軍の動きが止まる。

いつの間にか、三百に満たない聖騎士が一千のシアカーン軍を完全に包囲していた。

「さすがはラーファエル殿。見事な指揮だ」

シャスティルも思わず感嘆《かんたん》の声を上げる。

魔術師との戦いでは目立った効果はないが、騎馬兵というものは平野に於いて無類の機動力を発揮する。他都市から駆けつけたユーティライネン部隊は必然的に全て騎馬兵である。その機動力を以《もっ》て、後方から一気に回り込んで敵陣を包囲したのだった。

どれほど敵が多かろうとも、包囲戦に持ち込めば戦えるのは最前列の戦力だけだ。中央に取り残された者は最前列が邪魔《じゃま》になって戦力になれない。この戦いで、弓のような飛び道具が意味を成さないのはすでに証明されているのだから。

そして英雄たちは個々ではこちらに勝るのかもしれないが、洗礼鎧をまとった聖騎士たちは決して大きく劣るものではない。お互《たが》い、対等なのだ。

――敵にまともな指揮官がいれば騎馬の動きを読まれたかもしれないが……。

だがそれらの人間はバルバロスによって根こそぎ暗殺されている。指揮官不在の軍隊にできることと言えば、ただ突撃することくらいである。ゆえにこうも簡単にこちらの術中に嵌《は》まってくれたのだった。

ラーファエルが声を張り上げる。

『敵軍に告ぐ。この戦いは貴公らにとっても不本意なものと受け取っている。降伏《こうふく》せよ。捕虜《ほりょ》としての正当な待遇《たいぐう》は保証する』

魔術によって拡声されたのだろう。平野の端《はし》から端まで届く朗々とした声だった。

――さて、どう出るか。

損耗《そんもう》したとはいえ一万の軍に対して三百弱の戦力からの降伏勧告《かんこく》。本来なら一笑《いっしょう》に付される愚行《ぐこう》だが、完全に劣勢《れっせい》が定まったいまなら可能性はある。

ザガンは敵に対して非情な王ではあるが、人として無情な男でもない。そんな主の意をくみ取ってか、ラーファエルはもっとも犠牲《ぎせい》の少ない戦い方を選んだのだった。

戦場に沈黙《ちんもく》が広がる。

風の音さえ聞き取れるほどの静けさを破ったのは、誰かの叫びだった。

「ふざけるな！　夜襲《やしゅう》をかけておいて何様だ！」

理不尽《りふじん》に抗《あらが》うのは怒りからである。怒りを原動力に戦ってきた英雄たちにとって、すでに戦いは後戻《あともど》りのできないところまで来てしまっていた。

包囲された敵軍が勢いづく。

「ふむ。まあ、やむを得んな」

ラーファエルがやったのはあくまで〝交渉《こうしょう》の席に着く〟という段階の話である。席に着いただけで交渉が通るのなら誰も苦労はしない。

ラーファエル自身もこうなることはわかっていたのだろう。それでも己の主の意向をくみ取って一度は交渉を試みたのだ。

——すまないネフテロス。いましばらく、時間がかかるようだ。

戦いはこれからだ。そして厳しく激しいものになる。

友の安否に胸を痛ませながらも、再び剣《けん》を握《にぎ》り直したそのときだった。

空から、それは墜《お》ちてきた。

敵陣後方。シャスティルたちが包囲した一千と、七千を残す本陣との間である。

それは夜闇《やあん》よりも暗い黒の鱗《うろこ》をまとい、雄々《おお》しく広げた翼《つばさ》は空を覆《おお》うほどに巨大《きょだい》で、地へと伝う尾《お》は千年樹のごとく厳《おごそ》かでさえあった。


「——黒竜《りゅう》〈マルバス〉……！」


かつてシャスティルが見たそれに比べれば小さいが、それでも戦場を震撼《しんかん》させるには十分過ぎる巨体《きょたい》と威容《いよう》を持つ黒竜がそこにいた。

『ヒュウオオオオオオオオオオオオォォォォォォォォ——』

咆哮《ほうこう》と言うにはあまりに細く、嘆《なげ》くようでさえある鳴き声が空を震《ふる》わせる。聖剣を抱くシャスティルには、それが何重にも複雑に絡《から》まり合う呪文《じゅもん》の同時詠唱《えいしょう》なのだとわかった。

「総員防御《ぼうぎょ》！」

シャスティルが叫ぶのと同時に、今度は天から光が降り注いだ。

糸のように細い光。しかし触《ふ》れたもの全てを瞬時《しゅんじ》に蒸発させる破壊《はかい》の光。

空を見上げれば、平野を覆い隠すような巨大な魔法陣《まほうじん》が幾重《いくえ》にも展開されている。その範囲《はんい》はこの戦場のみに留まらず、敵後方に控《ひか》える残り七千の軍勢の上にまで届いていた。

ああ、シャスティルはその力の名を知っていた。

広域殲滅魔術《せんめつまじゅつ》〈光輪《こうりん》〉――かつて〈魔王〉マルコシアスがその怒りに触れた者を街ごと滅《ほろ》ぼしたという光の矢である。

そして真に恐《おそ》るべきは、その光の雨を降らせてなお、誰ひとり傷を負っていない事実だろう。寸分違《たが》わず、全員の右つま先から十センチメートルの位置に、指先ほどの穴が穿《うが》たれているのだ。

神罰《しんばつ》がごとき破壊と、想像を絶する精密性。八千以上もの標的を同時に穿つ魔力《まりょく》。その力を前に、畏怖《いふ》せずにいられる者などいただろうか。

シャスティルは理解してしまった。

――嗚呼《ああ》、あの子《フォル》はとうとう〈魔王〉の頂に届いてしまったのだ。

黒竜の頭に乗った小さな少女は、その父を思わせる厳しい声で告げる。

『誰も動かないで。次は――当てる』

端的《たんてき》な要求。だが、全てを理解させてしまえるひと言。この場にある命は、例外なくこの少女の小さな手の中に握られているのだと。

英雄たちも動くことはできなかった。味方のはずの聖騎士たちであってもだ。

誰もが緊張《きんちょう》と恐怖《きょうふ》に身を強張《こわば》らせていると、竜の少女は『ふわ……』と小さくあくびを漏《も》らした。そして、そのまま黒竜の頭の上で丸くなってしまう。

「ちょっと待て！　なにか要求があるんじゃないのかっ？」

思わず悲鳴のような声を上げると、フォルは眠《ねむ》たそうな視線を向けてくる。

『ああ、いたの……しっぽ頭』

フォルとの距離《きょり》は数キロメートルはあるはずなのだが、その声はすぐ傍《そば》にいるように聞こえた。念話とは違うようだが、声を届ける魔術のようだ。

「この街を私が守らないで誰が守ると思っているんだっ？」

本当に、この少女はシャスティルをなんだと思っているのか。こんな状況ではあるが、思わず涙《なみだ》ぐみそうになって必死に堪《こら》えた。

しかし、フォルが返したのは叱咤《しった》するような厳しい眼差《まなざ》しだった。

『そうじゃない。お前がいるべき戦場は、ここなの？』

「……っ、なにを、言って」

『ネフテロスは、ここから南に下った廃村《はいそん》にいる』

シャスティルは目を見開いた。

「フォル、それは――」

『――ロリガキてめえっ！』

突然《とつぜん》黒竜の頭の上にバルバロスが現れ、フォルの胸《むな》ぐらに摑《つか》みかかる。背の小さいフォルはぷらんと足が浮いてしまうが、少女はうろたえる様子もなくその腕《うで》を摑み返した。

『――黙って、バ、ル、バ、ロ、ス。決めるのは、シャスティル』

『ぐっううぅ――ッ？』

魔力を乗せた言葉に、バルバロスが片膝《かたひざ》を突《つ》かされる。

竜の頭に足がつくと、自分の胸ぐらを摑む手を振り払《はら》って、フォルはシャスティルに目を向ける。

『ここにいても、お前にできることはなにもない。それでも街を守るというのなら、別にそれでもいい。自分で決めて』

「フォル……」

シャスティルは困ったように微笑《ほほえ》んだ。

——本当に、ザガンに似てきたな……。

この少女はただシャスティルを行かせるためだけに、ここに来てくれたのだ。

そこに黒花が駆け寄ってくる。

「行ってあげてください、シャスティルさま。ここはあたしが支えます」

真っ先にそう言ってくれたことから、黒花自身も黙《だま》っていることを気に病《や》んでいたのだとわかった。

「すまない。ここは任せる」

「はい」

それから、黒竜の頭へと目を向ける。

「それと、フォルと——バルバロスも。ありがとう」

『……けっ』

バルバロスは、どこか諦《あきら》めたようにつぶやく。

『……お前、絶対長生きできねえぞ』

「私も、そう思う」

『——ッ、てめえな！』

「でも！」

声を荒《あら》らげるバルバロスに、シャスティルは真摯《しんし》な声で語りかける。

「でも、死にたいわけじゃない。やらなければいけないことだって山ほどある。だから、大丈夫《だいじょうぶ》だから。私は、ちゃんと帰ってくるから」

沈黙。バルバロスからの答えはなかった。

代わりに、足下《あしもと》で〝影《かげ》〟が蠢《うごめ》いた。

『……おら。行くんだろ？』

「ああ！」

足下に広がった〝影〟に身を躍《おど》らせ、シャスティルもまたネフテロスの元へと向かうのだった。

「……これ、あたしたちはなにも聞かなかったことにすべき……なんですよね？」

残された聖騎士と敵兵たちの間にひたすら気まずさだけが残されたのだが、それはまた別の話である。

◇

「なる、ほど……恐るべき、は、オロバスの、娘《むすめ》、か……」

一万の軍勢が為《な》す術《すべ》もなく封殺《ふうさつ》されたことに、シアカーンは心から感嘆の声をもらした。

強大な魔力と才能は言うに及ばず、飽《あ》くなき向上心が幼竜でありながらあれほどの進化をもたらしたようだ。

この力はすでに〈魔王〉のそれに届いてしまっている。〈刻印〉を継承《けいしょう》すれば、ザガンをも凌《しの》ぐ〈魔王〉となるかもしれない。一年前には〈魔王〉の誰もこれほどの成長を見せるとは思わなかった。ただひとり、ナベリウスを除いては。

――いや、ザガンとの出会いがあの娘をこれほど強大にしたのだ。

これが銀眼の王の名を継《つ》ぐ者の力ということだろう。

シアカーンの前には四つの水晶玉《すいしょうだま》が安置されている。〈ネフェリム〉の戦場を映し出しているのは、そのうちのひとつである。

その隣の水晶《すいしょう》に目を向ければ、そこにはキメリエスの姿が映っていた。

ザガンに敗れたのちも戦い続け、実に一千もの〈ネフェリム〉を潰《つぶ》したのだ。いまは力《ちから》尽《つ》きて回復を待っているようだ。

――キメリエスも、我の想像を遙《はる》かに超《こ》えた力を見せた。

シアカーンの予想に反してキメリエスはザガンを追い詰《つ》め、〈呪爪《じゅそう》〉さえ突き立てた。

それでなお届かぬのだから恐るべき男だが、あれもまたザガンとの接触《せっしょく》による力だ。

――与える者――アルシエラはザガンが持つ〈魔王の心臓〉を指してそう呼んだ。

きっとその力も影響しているのだろう。だが、それだけではない。

他者と他者を結びつけ、本来の力を超えた力を発揮させる才能。狂信《きょうしん》とも違う。あの男が己を王と定義づけたがゆえの力だろうか。

「結ぶ、者……英雄の、資質……か」

シアカーンが生み出した〈ネフェリム〉は、いずれも過去を代表する英雄たちである。

死すら恐れず戦い、そして朽《く》ち果てた者たちである。

だが、ただ強いだけでは世界は変えられない。ただ勇敢《ゆうかん》なだけではなにも動かせない。

彼《かれ》らを導き、戦い、世界を変えるような本物が、ひとつの時代にひとりくらい現れることがある。それは共に歩む者たちまでをも英雄へと変えていくのだ。

千年前、三度目の〈アザゼル〉との戦いで必要とされ、そして現れなかった力だ。

だから、世界はこうなってしまった。

だから、ダンタリアンは存在してはならない者とされたのだ。あの時代に本物がいてくれたら、ああはならなかったのに。

嫉妬《しっと》にも似た嘆きを覚えて、シアカーンはため息をもらす。

——いなかったものは仕方がない。我は我のやり方で、救われなかった者たちを救う。

そこに、ザガンは邪魔なのだ。

「さ、て……傾《かたむ》いた天秤《てんびん》を、戻《もど》すと、しよう」

ここまで戦況《せんきょう》はザガンへと傾いている。

〈ネフェリム〉の軍勢が為す術もなく止められ、ビフロンスへの牽制に放ったアスラとバトーも、アルシエラの手駒《てごま》に成り果てた。デクスィアの裏切りにより、ザガンはすでにこの隠《かく》れ家《が》の真上にまで来てしまっている。もはや絶体絶命とも言える窮地《きゅうち》である。

シアカーンが予想した通りの展開である。

——まずは、〈ネフェリム〉たちを立て直すか。

彼らは捨て駒として生み出したわけではない。シアカーンが創《つく》る世界の最初の住人となってもらうために造ったのだ。生き抜《ぬ》いてもらわねば困る。

そうして指示をかけようとして、ふと別の水晶が目に留《とど》まる。

「おっと、天秤は、すでに、傾いていた、か」

そこに映っていたのは、〈アザゼル〉と戦うオリアスたちの姿だった。

◇

『──天の光はすべて星。あまねく輝《かがや》き堕《お》ちゆく劫火《ごうか》。慈悲《じひ》はなく、嘆きもなく、裁きのままに滅びよう。此《これ》は償《つぐな》いの祈《いの》り──破滅の流星《アステル・エクリクシス》！』

『──天の光はすべて星。あまねく輝き堕ちゆく劫火。慈悲はなく、嘆きもなく、畏《おそ》れもなく、苦しみもない。此は赦《ゆる》しの祈り──浄化の流星《アストレア・エクリクシス》！』

神霊言語《しんれい》の二重奏。全てをなぎ払う破壊の光と、全てを消し去る静かな光。相反するふたつの光が〝ネフテロス〟を包み込んでいく。

──ようやく、一枚！

〝ネフテロス〟は光から逃《のが》れようと飛翔《ひしょう》するが、その左の〈呪翼〉の一枚を削り取った。

個々で詠《うた》えば制御《せいぎょ》をもぎ取られるが、オリアスと声を重ねればはね除《の》けられる。ネフテロスを助けたいという気持ちは、ひとつなのだから。

数の劣る〈呪翼〉で対等な戦いに持ち込んでいるオリアスは、やはり〈魔王〉だった。

母がいなければ、ネフィはとうに地に倒《たお》れ伏《ふ》していただろう。

加えて、天使というものを熟知しているアスラの機転は大きい。

〈呪翼〉を砕《くだ》かれた〝ネフテロス〟は笑い声を上げる。

『いひひ、あはは、怖《こわ》い怖い。やってしまいましたわね』

「──今度こそ、捉《とら》えたぜ！」

神霊魔法《しんれいまほう》の光に紛《まぎ》れて、アスラが〝ネフテロス〟の真上へと跳躍《ちょうやく》していた。

そして、その右手の手甲《てっこう》が二枚目の〈呪翼〉を穿つ。

──これで、対等になりました！

いや、オリアスの手には〈魔王の刻印〉があるのだ。力の上では優位に立てたと言えよう。あとはこのまま〈呪翼〉を削りきって無力化できれば勝ちである。

だが〝ネフテロス〟は怯む様子もなく、その手に再び光の槍《やり》を紡《つむ》ぐ。

「ちいっ、〈呪翼〉を削ったのに力が落ちねえ。どうなってんだ？」

アスラにも未知の現象のようで、声には困惑《こんわく》が滲《にじ》んでいた。

その答えは、自《おの》ずと知れることになった。

「え……？」

その声を上げたのは誰《だれ》だったろう。ネフィだろうか。それともオリアスだろうか。

光の槍を掲《かか》げた〝ネフテロス〟の右手が、ぼそりと崩れた。

まるで土人形かなにかのようだった。崩れた手は地に落ちる前に塵《ちり》になって消えた。

――あの力、ネフテロスの命を削って生み出されている……！

そうやってすり減らされた命は、とうとう肉体の崩壊《ほうかい》という形で表に出てきたのだ。

オリアスが悲鳴のような声で叫ぶ。

「ネフテロス！」

「――避《よ》けろ女あっ！」

愛娘《まなむすめ》の体に取り返しのつかない破壊が刻まれる瞬間《しゅんかん》を目《ま》の当たりにして、平静でいられる親などいるだろうか。少なくとも、フォルの体にそんなことが起きればネフィは耐《た》えられない。それはオリアスも同じだった。

光の槍を掲げる〝ネフテロス〟に、オリアスは手を伸《の》ばしてしまった。

きっと、動揺《どうよう》したのは一瞬《いっしゅん》のことだったのだろう。

だが、腕が崩れても光の槍は消えていなかった。

そして、そのまま光の槍が放たれる。娘に向かって、手を伸ばした母へと。

「――――ッ」

取り乱したオリアスは、それを避けることも防ぐこともできなかった。いち早く気付いたアスラも、距離が遠すぎて間に合わない。

街ひとつ蒸発させるという閃光《せんこう》が、オリアスの体を貫《つらぬ》いていた。

「──お母さま！」

爆煙が晴れると、オリアスは〈呪翼〉を失い地に落ちていた。

「う……ぁ……」

なんとか息はあるものの、その体の下からじわりと赤い色をした水たまりが広がっていく。手足も奇妙《きみよう》な方向に折れ曲がり、一刻も早く手当てをしなければ危険な状態なのは明白だった。

迷わずネフィはオリアスの元へと駆け寄る。

──でも、遠い！

光の槍の衝撃《しょうげき》で吹き飛ばされたのだ。どれだけ速く走ったところで、十秒はかかる。

『きひひ、五月蠅《うるさ》い小蠅《こばえ》でしたわ。でもこれでお終《しま》い』

倒れたオリアスにトドメを刺《さ》そうと〝ネフテロス〟は崩れた腕を掲げる。その先に再び光の槍が紡がれる。

「やめてネフテロス！」

ネフィの叫びも虚しく〝ネフテロス〟はまたしても光の槍を投げ放つ。

「──チイッ」

そこにアスラが飛び込むが、地に向けて放たれた槍は直撃《ちょくげき》を避けてもその破壊からは逃れられない。そもそも、いまのオリアスは動かすのも危険な状態である。

アスラは下から掬《すく》い上げるように拳《こぶし》を突き上げ、光の槍を迎《むか》え撃《う》つ。

そんなもので防げるものではない。それは彼も理解しているのだろう。深紅《しんく》の拳は槍を正面から受けるではなく、その穂先《ほさき》を下から叩《たた》いていた。

光が鋭角《えいかく》に屈折《くっせつ》した。

大地をも融解《ゆうかい》させる光の槍は、同じ角度で空へと弾き返されていた。

「へ、へへ……千年前は失敗したけど、今度はやってやったぜ」

だが、アスラの方も無傷とはいかなかった。

魔力でできた手甲はくすんでボロボロと崩れ、その下から顕《あら》わになった右腕《みぎうで》はぐしゃぐしゃに潰れていた。

ネフィがふたりの元にたどり着いたのは、そのときだった。

こんな状況で治癒《ちゆ》などできるはずもない。そんなことはわかっているが、ふたりを助けられるのは自分しかいないのだ。

滑《すべ》り込むようにしてオリアスの体を抱《だ》きかかえると、全力で祈りを捧《ささ》げる。魔法による治癒であるが、これほどの重傷を瞬時に回復できるはずもない。

「アスラさま、手を……！」

同時にアスラの腕にも治癒をかけるが、空では三度《みたび》〝ネフテロス〟が光の槍を紡ぎ始めていた。

──間に合わない。

そして、悲劇はそれだけに留まらなかった。

「これはいったい、どういうことだ……？」

遠く離《はな》れた戦場にいるはずの、シャスティルがそこで立ち尽《つ》くしていた。

〝ネフテロス〟は、槍の狙《ねら》いを新たな闖入者《ちんにゅうしゃ》に向けた。

◇

『『おおおおおお────ッ』』

キュアノエイデスの外れの大平原。フォルによって無力化されたはずの兵士たちが鬨《とき》の声《こえ》を上げる。

「──ッ、いきなりどうしたんですか！」

声を上げて、黒花は気付いた。

——あの目、正気じゃない。

敵兵士たちは虚《うつ》ろな目をしており、自我《じが》を感じられなかった。魔術で操《あやつ》られている者によく見られる状態である。

「操った？　この人数を、一度にですかっ？」

闕の声は聖騎士が包囲した一千名だけでなく、後方に待機している本陣からも聞こえる。

恐らくはザガンたちの工作で戦闘《せんとう》不能にした者も、息があるなら同じ状態なのだろう。

これで本人は魔術師《まじゅつし》として再起不能の身だというのだから、恐るべき〈魔王《まおう》〉である。

『……可哀想《かわいそう》』

しかし天にはフォルの〈光輪〉が広がっているのだ。再び光の糸が降り注ぐ。

その、はずだった。

『グル嗚呼あアああAッああ嗚呼あぁaぁぁぁあっぁAあああぁっ』

耳を覆いたくなる不気味な咆哮が轟《とどろ》く。

常人より聴覚《ちょうかく》の優《すぐ》れている黒花は堪《たま》らず耳を押さえてうずくまった。

そして、見てしまった。

黒竜〈マルバス〉の喉笛《のどぶえ》に、醜《みにく》く爛《ただ》れた屍竜《しりゅう》が喰《く》らいかかるのを。

黒竜すらも小さく見える巨体。大きさから察するに数千年は生きた竜だろう。生前は美しい色をしていたのだろうが、いまは鱗も剥《は》げ落ち骨さえ露出《ろしゅつ》した腐《くさ》った骸《むくろ》――ドラゴンゾンビである。

〈ネフェリム〉のように完全な状態で蘇生《そせい》されていないのは術者の手に余るからか、それとも竜が持つ強大な魔術への抵抗力《ていこうりょく》に阻害《そがい》されたのか。

いずれにしろ、その屍竜は黒竜よりも強かった。

「フォルさん！」

黒竜の頭から振り落とされたフォルは、自分の翼を広げることもできずに墜ちていく。

――気絶している？

屍竜の一撃《いちげき》は見た目以上の打撃《だげき》を与えたのか、フォルは浮遊魔術《ふゆうまじゅつ》すら展開することができていなかった。それどころか、黒竜の巨体までもが崩壊を始める。

黒花は知らなかった。

この竜の存在に、フォルが〈マルバス〉を維持《いじ》できぬほど動揺させられていたことを。

その事実に気付いたのは、ラーファエルがもらした震える声を聞いてからだった。

「馬鹿《ばか》な……オロバス、なのか？」

黒花は頭から血の気が引くのを感じた。

それは一万年を生き賢竜《けんりゅう》と讃《たた》えられた偉大《いだい》な存在だった。

そして、フォルの親竜である。

「ギニアス！　ここは任せる」

「ヒュランデル卿《きょう》？」

ラーファエルは脇目《わきめ》も振り返らずフォルの元へ駆《か》け出すが、横合いから敵兵が斬りかかってくる。

「邪魔だ下郎《げろう》っ！」

普段《ふだん》の温厚《おんこう》な――外見はともかく内面は――ラーファエルからは想像も付かない激昂《げきこう》の声。容赦《ようしゃ》なく振り下ろされたその剣を、しかし兵士は造作もなく受け止めていた。

「嘘《うそ》……お父さまの剣を、止めた？」

それでも怒《いか》りを乗せた聖剣《せいけん》の力は凄《すさ》まじく、敵兵の兜を真っ二つに断《た》ち割《わ》っていた。

そこで、黒花はスンと鼻を鳴らした。

兜が割れたせいか、嗅《か》ぎ覚えのあるにおいが漂《ただよ》ってきたのだ。

――……ッ？　なんで、このにおいがっ？

そのにおいの主が誰であるか気付いて、黒花は恐怖さえ覚えた。

斬り合ったラーファエルも気付かぬわけがない。驚愕《きょうがく》に目を見開かされていた。

「まさか貴様……ッ」

「ヒュランデル卿、そいつの相手は私が――」

「来るなギニアス！」

そう叫んだときには、ラーファエルの巨体が吹き飛ばされていた。

そして誰もがその姿を目の当たりにしてしまう。

胸に穴の空いたボロボロの洗礼鎧《よろい》。エルフの祝福を受けた教会の儀礼剣《ぎれいけん》。髪《かみ》も髭《ひげ》もだらしなく伸びてしまっているが、その顔を見忘れるはずもない。

「聖騎士《きし》長ミヒャエル・ディークマイヤー卿……？」

呆然《ぼうぜん》とその名前を口にしたのはギニアスだろうか。

この男にはもうひとつ名前がある。

――〈魔王〉筆頭アンドレアルフス――

聖騎士としても〈魔王〉としても〝最強〟の男である。ただ、その顔に精気はなく、瞳《ひとみ》も他の兵士たちと同じく自我を感じることのできない虚ろなものだった。

〝最強〟が敵の手に落ちた。

この事実に、平然としていられる者は、聖騎士にも魔術師にもいなかっただろう。

「灼《や》き払え――〈オロバス〉！」

誰もが震え上がる中、ただひとり立ち向かったのはラーファエルだった。一度は吹き飛ばされたものの、その左の義手から鮮烈《せんれつ》な焔《ほのお》の吐息《といき》を放つ。

聖剣すら超える賢竜の吐息。その力は天地の摂理《せつり》すら書《か》き換《か》える竜の摂理である。この焔に灼かれて形を残せる物質は、現世に存在しない。

だが、それも絶望の上乗せに過ぎなかった。

『あー……』

なにごとかをつぶやきながら、ミヒャエルは儀礼剣を振るう。

シャンッと澄《す》んだ音を奏《かな》で、焔の吐息が真っ二つに断ち割られた。

「なんと――――ッ」

儀礼剣になにかしらの魔術《まじゅつ》を乗せた一撃だったようだが、それだけであの吐息は斬《き》れない。アルシエラにこそ届かなかったものの、八百年もの歳月《さいげつ》によって研鑽《けんさん》された〝技〟は竜の摂理すら斬り裂《さ》く域に達していたのだ。

あのザガンをして〝戦って勝てぬ相手はいない〟とまで言わしめたのだ。その力に間違《まちが》いはなかった。

――こんな化け物でも、シアカーンたちには勝てなかった。

いまさらながら、自分たちがなにと戦っているのか突き付けられたような気分だった。

そんな絶望を前にしても、ラーファエルが歩みを止めることはなかった。両手で聖剣を握り直し、人の形をした災厄《さいやく》に立ち向かっていく。

ただ、その横顔は死を覚悟《かくご》してしまった者のそれだった。

――ダメですお父さま！　そんなふうに戦ったら、帰ってこれないんです！

黒花はあらん限りの力を込めて叫《さけ》ぶ。

「剣を取れ！　ラーファエルさまをお守りしろ！　あの方が倒れたらここで終わりだ！」

その叱咤は、恐怖に硬直《こうちょく》した聖騎士たちを我に返らせた。

「た、戦え！　キュアノエイデスを守るのだ！」

聖騎士たちは果敢《かかん》に戦いを始めるが、相手は英雄《えいゆう》という以上に恐怖すら感じなくなった傀儡《かいらい》である。包囲陣《ほういじん》を敷《し》いたとはいえ、圧倒《あっとう》されているのは否《いな》めなかった。

それでも再び抵抗《ていこう》を呼んだ黒花に、ミヒャエルがどんよりと濁《にご》った瞳を向けた。

──無人島では、立ちすくむことしかできなかった。

ザガンとこの男の戦いに圧倒され、その場から逃《に》げずに踏《ふ》みとどまるだけで精一杯《せいいっぱい》だった。だが、いまここで退いたら大切なものをなにもかも失う。ラーファエルも、聖騎士のみんなも、なによりシャックスも。

「ヒュランデル卿、助太刀《すけだち》いたします！」

一番近くにいるギニアスがラーファエルの元に駆け寄るが、その前にまた新たな敵が割って入る。

ラーファエルに近い初老の騎士だった。白髪《しらが》交じりの栗色《くりいろ》の髪に同じ色の口ひげ。虚ろな瞳は緑色。どことなく、対峙《たいじ》しているギニアスと似通った顔立ちに見えた。

その顔を見て、ギニアスは青ざめることになる。

「──そんな……父、上……？」

先代聖騎士団長ギニアス・ガラハット一世――一年前、ラーファエルや賢竜オロバスと共に戦い、命を落としたという。

〈ネフェリム〉は過去の英雄たちである。

過去に死んだ者たちなのだ。一年前に死んだ者が含《ふく》まれていない理由はなかった。

いかに毅然《きぜん》として振《ふ》る舞《ま》おうとも、父を失って一年しか経《た》っていない十三の少年が、その父が敵として現れて動じぬわけがない。握った剣はガクガクと震え、ゼエゼエと音を立てて荒い呼吸を漏らす。過呼吸に陥《おちい》りかけているのがわかった。

さらには同じ場所に別の奇声《きせい》が響《ひび》く。

『ヒヒャアッ！　俺《おれ》が最強！　最強なんだあっ！』

突然《とつぜん》嵐《あらし》のような魔力が巻き起こり、敵味方何十人もが巻き込まれて吹《ふ》き飛ばされる。

「あれは、デカラビア……？」

かつてリュカオーンの無人島で遭遇《そうぐう》した狂人《きょうじん》。〈魔王〉アンドレアルフスの直弟子《じきでし》でもある魔術師だった。

一年前、その狂気《きょうき》ゆえに魔王候補からこぼれたとはいえ、その力は本物である。

ただ、その男がここに現れたことに、黒花はかすかな違和感《いわかん》を抱いた。

――〈ネフェリム〉……蘇生された英雄たち……あれ？　なんか、おかしくないですか？

だがそこに思考を巡《めぐ》らせる余裕《よゆう》はなかった。

「ダメだ。崩《くず》される」

ラーファエルの場所に強大な敵が一度に三人も現れたのだ。いや、もしかすると黒花が知らないだけで他にも何人も現れているのかもしれない。

聖騎士の顔見知りまでもが混じっていたのだろう。明らかに聖騎士たちは動揺し、包囲が突破《とっぱ》されようとしていた。

突破されれば、彼らはキュアノエイデスになだれ込む。英雄たちがそれを望まぬとしても、シアカーンはそうする。ザガンにとって一番望ましくないのはそれなのだから。

――ここを突破されたら、リリスやセルフィ、クーたちが襲《おそ》われる。

黒花は駆け出した。

「三騎士さん、ここは頼《たの》みます！　あたしはラーファエルさまたちを守ります」

ここには敵陣《てきじん》を包囲してきたアルヴォ・ユーティライネンも近くにいる。黒花が抜けた穴くらいは埋《う》めてくれるはずだ。

混沌《こんとん》とする戦場を、黒花は駆け抜ける。

斬り合う聖騎士と兵士の間に飛び込み、すれ違い様に敵兵の胴《どう》をかっさばく。その前方で競《せ》り負け、尻餅《しりもち》をついてしまった聖騎士の前に飛び込み、敵兵の顔面を踏み台にして跳躍。敵陣の真《ま》っ只中《ただなか》に飛び込みその出鼻をくじいていく。

当然、敵兵とて黙ってされるがままであるはずもなく、一斉《いっせい》に斬りかかってくる。

槍衾《やりぶすま》のような斬撃が、黒花の身を引き裂く――はずだった。

「――アーデルハイド流剣技〈朧夜《おぼろや》〉――」

その歩みに絶妙《ぜつみょう》な緩急《かんきゅう》を付けることで目に残像を焼き付ける剣技。英雄の目を以《もっ》てしても、黒花の動きを捉えることはできないのだ。

その姿は黒い嵐《あらし》のようでさえあった。

敵陣営を突っ切ったことにより、最短距離《さいたんきょり》でラーファエルの部隊の中に飛び込むと、そこでは亡《な》き父から剣を向けられ震える少年の姿があった。

「う、うわあああああああああっ――……え？」

「ちょっと失礼します」

短剣《たんけん》を握《にぎ》ったまま、ギニアスをひょいと抱《かか》え上げると黒花は先代聖騎士団長の前から救出する。

「う、後ろです！」

傀儡とはいえ先代聖騎士団長である。そんなことで逃げられる相手ではなかった。

ぴったりと黒花の背に追いつき、剣《けん》を振りかぶっていた。

「――すみません。急いでいます」

ギニアスから手を放すと、黒花は逃げるどころか背中を向けたまま相手のふところに飛び込んだ。虚《きょ》を衝《つ》かれて、先代ガラハットは間合いを崩される。

そこに黒花は振り返り様の短剣を振るう。

『ぐ、むうう』

先代ガラハットは左の短剣を受け止めるが、そのときには右の短剣が振るわれていた。

「ふうっ！」

キインッと儚《はかな》い悲鳴を上げて、その剣は半ばからへし折れた。

アーデルハイド流剣技〈刀狩《かたなが》り〉――その名の通り、相手の剣を折ることを目的とした剣技である。亡き母が得意としていた技でもあった。

傀儡でも動揺するものなのか、なにが起きたのかわからないという顔をする先代ガラハットの脇腹《わきばら》に、黒花は渾身《こんしん》の回し蹴《げ》りを放つ。

ベキンと鈍《にぶ》い音を立てて甲冑《かっちゅう》が砕け、先代は敵兵の群れの中に吹き飛んでいった。

「先代ガラハット卿を、一蹴《いっしゅう》した……？」

誰かが唖然《あぜん》とした声を漏らす。

傍《はた》から見ればほんの一瞬の出来事である。斬りかかった先代ガラハットが剣を折られて吹き飛んだようにしか見えなかっただろう。

最強の聖騎士長は紛《まぐ》れもなくミヒャエルだったのだろう。

だが黒花は最強の剣侍《けんし》なのだ。その剣はすでに、この時代の頂点に達しつつあった。

ただ、先代ガラハットとの戦闘は一瞬とはいえ、黒花の意識を敵から逸《そ》らしてしまう。

「避けろクロスケ！」

「――え」

聞こえたのはシャックスの声だろうか。

その声に反応する間もなく、ゾスッと鈍い感触《かんしょく》が体を襲う。

ミヒャエルの儀礼剣が、黒花の胸を貫いていた。

◇

「ふん。ようやくご対面といけるわけか」

ふたつの戦場が窮地に陥ろうとしているころ、ザガンはシアカーンの隠《かく》れ家《が》へと踏み込んでいた。傍《かたわ》らには道案内のデクスィアもいる。丸腰《まるごし》で放《ほう》り込むわけにもいかないため、蛇腹剣《じゃばらけん》を始め基本的な魔術装備は与《あた》えてある。最低限、身を守る程度はできるだろう。

空を見上げれば、陽が暮れようとしている。

――ネフィとの約束の時間まで、あと一日……。

一日あれば、ケリを付けられる。

ただ、問題は……。

――まずいな……。オリアスとの念話が切れた。

互《たが》いの状況把握《じょうきょうはあく》のためオリアスやラーファエルとは念話を繋《つな》げておいたのだが、その念話が突然途切《とつぜんとぎ》れたのだ。

あの〈魔王〉にとってまさかとは思うが、相手は〝ネフテロス〟――〈アザゼル〉である。万が一のことも考えられる。

先を急がなければならない。

城塞《じょうさい》都市フェオから少し外れた鉱山跡地《あとち》。鉱山といってもせいぜい緩《ゆる》やかな丘《おか》程度の高さで、採掘量《さいくつりょう》も大したものではなかったのだろう。かつては鉱夫たちが使っていたのだろう建物の残骸《ざんがい》が残っているばかりで、傍から見てもなにもない場所である。

目の前には廃鉱《はいこう》へと続く坂道が洞穴《ほらあな》のように口を開けていた。この地下に、シアカーンの魔術工房《まじゅつこうぼう》――元はビフロンスのものらしいが――が広がっているのだという。

「シアカーンさまは廃鉱中央の空洞《くうどう》にいるはずです。ただ、中は入り組んである上に迷宮《めいきゅう》

化の魔術がかけられていて……」

言いよどむデクスィアを放って、ザガンは廃鉱内へと足を踏み入れる。

「あ、ちょっと――」

「――急いでいるのだろう？　ならばさっさと進むぞ」

そう言ってザガンが足を踏み入れるのと同時に廃鉱全体が軋《きし》み上がり、そしてガラスでも割れるような音を響かせた。

「……嘘。迷宮が」

仮にも〈魔王〉が仕《し》掛《か》けた迷宮魔術が、ただの一歩で踏み砕かれる。

魔術である以上、ザガンの〝魔術喰らい〟に喰らえぬ道理はない。

シアカーンとてこんなものが足止めになるとは思ってはいないだろう。迷宮が破られたことで、すぐさま何体もの〈ネフェリム〉が飛び出してきた。

「くっ」

「――さて、仕事だ。どこへ向かえばいい？」

デクスィアは慌《あわ》てて身構えるが、ザガンは飛び出してきた〈ネフェリム〉をボールでも返すようにポンと軽く頭を撫でてやった。

『ひぎぇあっ？』

〈ネフェリム〉は飛び出した勢いのまま壁《かべ》に叩き付けられ、動かなくなる。

文字通り撫《な》でてやったわけではあるが、本当の有象無象《うぞうむぞう》はザガンの間合いに近づく前に魔力《まりょく》で押《お》しつぶされている。撫でなければならない程度には敵も力があるということだ。

面食らったデクスィアはカタカタと震《ふる》えるが、ザガンはスタスタと進み始める。

「あ、ま、待ってください。アタシが先に……」

「貴様は後ろから来い。連中は貴様の装備では荷が重い」

そう告げると、デクスィアはぽかんと口を開いた。

「……なんだ？」

「あ、いや……。守ってもらえるとは、思ってなかったから……ませんでしたから」

その言葉から、この少女が死ぬ覚悟でここにいるのだと気付いた。

ザガンは小さくため息をもらす。見殺しにするつもりならわざわざ魔術の装備など与えていない。

「俺は貴様を庇護《ひご》すると言ったぞ。死ぬつもりでここにいるならその下らん考えは改めろ。妹を救うと言っておきながら、貴様は目覚めた妹に自分の死体を突《つ》き付けるつもりか？」

「……っ、はい」

そうして坑道《こうどう》の中を進むと、ややあって拓《ひら》けた場所に出た。

そこかしこに錆《さ》びたトロッコやツルハシが放置され、要所に魔術の灯《あか》りが灯《とも》されている。

四方にはトロッコのための細い線路が延び、壁は切り出した岩で補強されていた。

小汚《こぎたな》い廃鉱の真っ只中でありながら、ぼんやりと照らされるその光景はどこか神殿《しんでん》めいて厳《おごそ》かにも見えた。どうやらここが採掘場《さいくつじょう》の中核《ちゅうかく》のようだ。

デクスィアが通路のうちのひとつを示す。

「この奥《おく》が、シアカーンさまの研究所です。結界の要にもなっている場所なので、いまのシアカーンさまはそこから動けないはずです。それから……」

また別の通路を示す。

「アリステラは、この道の奥に……」

いますぐにでも駆け出したいような声だった。

だが、ザガンはデクスィアの行く手を遮《さえぎ》るように腕《うで》を伸ばす。

「……下がっていろ。どうやら、ここを通り抜ける前に掃除が必要らしい」

「え?」

デクスィアが言葉の意味を理解する前に、暗がりから何者かが襲いかかってきた。

ザガンは拳を以てそれを迎え撃つが、拳に伝わったのは愚者《ぐしゃ》の潰れる感触ではなく、冷たい刃《やいば》のそれだった。

「……なるほど。この場に雑魚《ざこ》を配置するはずもないか」

「〈魔王〉さま、その手……」

敵を迎え撃った拳から、血が伝っていた。刃物《はもの》が相手とはいえ、〈魔王〉の拳が競り負けたのである。

襲いかかってきたのはまだ少年だった。十五、六歳《さい》ほどだろうか。どことなくギニアスやフルカスを思わせる風貌《ふうぼう》である。〈ネフェリム〉である以上、この少年もこの歳で死んだということなのだろう。

手にはバトーと言ったか、アルシエラに付き従っていた青年と同じ光の剣――〈呪剣《じゅけん》〉を携《たずさ》えている。なるほど、ザガンの拳を傷つけるだけの業物《わざもの》ではあるらしい。

その顔を確かめ、ザガンは眉《まゆ》をひそめた。

――銀眼……？

少年の瞳はザガンと同じ銀色だったのだ。そして、黒花と同じ真っ黒な髪。知るはずもない他人。そのはずだが、どうしても引っかかる特徴《とくちょう》を持っていた。

少年が距離《きょり》を取ると、それに従うようにゆらりと何人もの人影《ひとかげ》が並ぶ。

――いいや、十三人だ。

少年を含めて十三人。その全員が〈呪剣〉を握っている。

「デクスィア。離れていろ。少し手こずりそうだ」

「は、はい……」

ザガンの拳に傷を付けたのを見て、自分とは格の違《ちが》う相手だと悟《さと》ったのだろう。デクスィアは広場の外まで避難《ひなん》する。

それを見届けて――言葉が通じるのか疑問ではあるが――ザガンは十三人と向き合う。

「〈ネフェリム〉が千年前の英雄だというなら、出てくると思ったぞ――初代〈魔王〉ども」

その手に握られているのが剣であることも、ザガンの予想を裏付けるものだった。

――なるほど、これがシアカーンが正面から他の〈魔王〉どもを相手取る根拠《こんきょ》か。

かつて〈アザゼル〉さえ打倒《だとう》した歴史上最高の戦闘集団。

そして初代〈魔王〉ということは、あの男も含まれているはずなのだ。

〈魔王〉たちでさえその怒りに触《ふ》れることを恐《おそ》れ、アンドレアルフスさえも従うことしかできなかったという、あの男が。

銀眼の少年の横に佇《たたず》む老人に目を向ける。

「――《最長老》マルコシアス――」

ザガンの右手に宿る〈魔王の心臓〉の先代所持者。ネフィに首輪を嵌《は》めた張本人。そして恐らく――

たったひとりでも命を懸《か》けるほどの相手。それに比肩《ひけん》する〈魔王〉たちが十三人である。

傲慢《ごうまん》に笑い返しながらも、その頬《ほお》に一滴《てき》の冷《ひ》や汗《あせ》が伝うのを止められなかった。

『なにかがおかしいわ。こんなこと、魔術師にも聖騎士にもできることじゃないのよ』

ダンタリアンはその愛らしい顔を険しく歪《ゆが》め、親指の爪《つめ》を噛《か》む。

終わりは、突然《とつぜん》にやってきた。ほんのひと月の間に何人もの〈魔王〉が殺されたのだ。

世界が平和になれば、その秩序《ちつじょ》を乱そうとする者も現れる。そうした悪党の中には魔術師もいる。だから秩序を守るために聖騎士がいるのだ。

だが〈魔王〉だけは別格だ。ダンタリアンには及《およ》ばぬとはいえ、他の〈魔王〉たちも世界の法則を書き換えるほどの力を有するのだ。それが為《な》す術《すべ》もなく殺されるなど、考えられない出来事だった。

そして、今度はダンタリアンの師でもあるマルコシアスが狙われたのだという。当然、ダンタリアンは師を救うため、事件を解決するために出向いた。

『いいこと、シアカーン？　ひとりでもいい。生き残った魔術師を助けるのよ』

そんなことはわかっている。それでいて、この危険な任務に自分を連れてきてくれたことが少なからず嬉《うれ》しかった。

生き残りを助けることができれば、事件の手がかりが摑《つか》めるかもしれない。

そう息巻いてマルコシアスの城に向かったのだが、そこはすでに廃墟《はいきょ》と化していた。魔術師の死体が山と積まれ、息のある者はひとりとしていなかった。

『でも、マルコシアスはいない……？』

死体の中に、マルコシアスのものはなかったらしい。

『そうよね。先生がそう簡単にやられるはずないもの。どこかで図太く生き残っているに決まっているわ』

探そう。そう頷《うなず》きあった直後に、ダンタリアンは聖騎士の一団に囲まれた。

ダンタリアンはいつもの天真爛漫《てんしんらんまん》な笑顔《えがお》を消して鋭《するど》く言い放つ。

『なんのつもりかは知らないけれど、おどきなさい？　うちの顔を見忘れたわけでもないでしょう』

こんな幼い容姿をしていても、〈魔王〉筆頭なのだ。十二本の聖剣が揃《そろ》って挑《いど》もうとも、この少女には及ばない。

ここに集まったのはせいぜい百名程度で、ダンタリアンどころか自分ひとりでも一蹴できる数だった。そのはず、だった。

次の瞬間《しゅんかん》、少女は打ち倒《たお》されていた。戦ったのは、聖騎士を率いる頭目の男だった。自分の知らない顔ではあったが、ダンタリアンはその顔を見ていちじるしく動揺《どうよう》した。

『どうしてあなたが、そこに……。どうしてなの、マルコシアス……！』

ダンタリアンが勝てない相手がいるとしたら、その魔術を手解《てほど》きした師マルコシアスくらいのものだろう。聖騎士を率いていたのは、そのマルコシアスだった。

『こうなったのは貴様のせいだ。

誰《だれ》も傷つかない世界を信じて、誰よりも平和を求めて尽くしてきた少女に対して、師はそう告げた。

『どう、して……！　世界を救えって、魔術師なら、世界を癒《い》やせるって、うちに最初にそう言ったのは、あなただったでしょう？』

悲痛な訴《うった》えに、マルコシアスはため息を返す。

『世界は救うさ。だが、誰がこんなぬるま湯のような世界を作れと言った？』

『――ッ』

邪悪《じゃあく》とはこの男のようなものを指すのだろう。

『貴様に任せたのが間違いだった。聖騎士と魔術師は憎《にく》み合い、殺し合わなければならぬのだ。なのに貴様は調和を求め、あまつさえ実現させてしまった。それが貴様の罪だ』

そのあとのことは、よく覚えていない。

気が付いたときには聖騎士たちはいなくなっていて、自分もダンタリアンも死に瀕《ひん》していた。まだ息があったのは、彼女《かのじょ》が守ってくれたからなのだとわかった。

『ごめ、んね、シアカーン……。うちは、間違って、たの、かな……』

そんなわけがない。

誰かを救い、その誰かがまた別の誰かの助けになって、世界は続いていく。その理想を、自分も信じたのだ。間違っていていいわけがない。

差し伸《の》べられた手を握り返すと、鼓動《こどう》が止まろうとしているのがわかってしまった。命が消えていく。

それでも、ダンタリアンは懸命《けんめい》に言葉を紡《つむ》ぐ。

『シアカーン、うちを、食べて……』

ダンタリアンは泣きながら、無理矢理《むりやり》に笑おうとする。

『うちは、ここまで、だけど、お前は、まだ……。うちの魔力が、あれ、ば、生き、残れる……』

虎《とら》であるシアカーンは、喰った者の魔力を己《おのれ》のものとすることができる。ダンタリアンを喰えば、確かに自分だけは助かるかもしれない。

『お願い、マルコシアスを、止めて……。みんなが殺し合う世界なんて、嫌《いや》だ……』

愛する人の最期《さいご》の願いを、シアカーンは拒《こば》むことはできなかった。

◇

開戦三日目。シアカーンは車椅子《くるまいす》に揺《ゆ》られ、四つの水晶《すいしょう》を見つめていた。

ひとつ目。キュアノエイデスに向かわせた〈ネフェリム〉たちは恐怖《きょうふ》を感じることもなく邁進《まいしん》し、聖騎士の包囲を崩そうとしている。実に順調。

ふたつ目。とある廃村《はいそん》では〈アザゼル〉がオリアスを倒し、その娘《むすめ》を追い詰《つ》めている。こちらは少々〈アザゼル〉が優勢過ぎるが、問題はない。この依《よ》り代《しろ》はもう崩壊《ほうかい》を始めている。保《も》って今夜までといったところだろう。放っておいても消える。

三つ目。キメリエスを映した水晶には少々予期せぬ事態が発生している。ここであれが彼《かれ》に接触《せっしょく》するというのはシアカーンのシナリオにはないことだ。だが、むしろ手間が省けるというものである。あれはシアカーンにとって必要なものなのだから。

そして四つ目。このシアカーンの間の直上にてザガンと戦う十三人の〈魔王〉である。

「どん、な、気持ちだ？　自分が、守りたかったものを、自分の手で、苦しめる、というのは。……いや、貴様は、なにも感じぬ、のだろうな」

でなければ、ダンタリアンをあんな目に遭《あ》わせられるはずがない。彼女を裏切り、世界を滅茶苦茶《めちゃくちゃ》にしたのがあの男なのだ。

こうしてあの男をザガンにぶつけたのも、ささやかな復讐《ふくしゅう》の一環《いっかん》なのかもしれない。

車椅子の背もたれに身を預け、あの日のことを思い返す。

——全《すべ》ては、手遅《ておく》れだった。

シアカーンはダンタリアンの命を喰った。

しかし傷ついた体を引きずり、街に戻《もど》ったときにはもう終わっていた。

〈魔王〉筆頭ダンタリアンが殺されたことにより、残った〈魔王〉たちは聖騎士たちを大々的に粛正《しゅくせい》した。〈魔王〉の怒りに触れたのだ。それこそ筆舌《ひつぜつ》に尽《つ》くしがたい報復がなされた。

これにより、聖騎士は逆に〝魔術師は邪悪である〟という大義名分を得てしまった。民衆は恐ろしい魔術師《まじゅつし》よりも小綺麗《こぎれい》な聖騎士を信奉《しんぽう》し、魔術師を排他《はいた》し始めた。

シアカーンがどれだけ叫んでも、耳を貸す者などいなかった。

残ったのは、ダンタリアンが右手に宿していたこの〈魔王《まおう》の刻印〉だけ。

空虚《くうきょ》だった。

愛する者を喰い殺してまで生き延びた先には、なにもなかった。何度もこんな世界は滅《ほろ》ぼしてしまおうかと思った。

でも、ダンタリアンは世界を救いたかったのだ。

絶望の中で、シアカーンは見つけてしまった。

喪《うしな》った者を取り戻す方法を。そして誰も争わない、殺し合わない、平和な世界を作る方法を。あの日狂《くる》ってしまった歯車を、元に戻す方法を。

そして、造ったのだ。

在りし日のあの少女と同じものを。

だが、またしてもそれを失ってしまった。自分の命なんぞどうでもよかったが、マルコシアスとの戦いで少女の体を守り切ることができなかったのだ。

——だが、失った器は五年も生き延びていた。

あの器に、ダンタリアンの記憶《きおく》は入っていない。

でも、ダンタリアンと同じ体で、同じ名前を持っている。

シアカーンには、彼女をどうしてあげればいいのかわからなかった。

◇

『――君、そこの君。そろそろ起きてはくれまいか』

誰かの声が聞こえた。聞き覚えのない声。自分に言っているのだろうか。体が重くて頭が働かない。目を開けたつもりなのだが、なにも見えない。真っ暗な場所だった。

そんな世界に、ひょっこりと自分の顔を覗《のぞ》き込んでくる白い人影が浮《う》かび上がる。

『やあ。ようやく目を覚ましてくれたか。私の言っていることはわかるかね？』

「えっと、はい……」

ずいぶん大人びたしゃべり方をしているが、そこにいたのはまだ幼い少女だった。せいぜい十四、五歳ほどだろうか。

――エルフ……？

少女の耳はツンと尖《とが》ったものだった。綿菓子《わたがし》のようにふわふわとした長い髪は純白で、その瞳は湖のような紺碧《こんぺき》。厳かな装飾を施した貫頭衣のような古めかしい衣装を着ているが、〈魔王〉ザガンがこよなく愛する少女と似た容姿だった。

だがその顔を見て真っ先に思い出したのは、別の少女のことだ。

「ネフテロスさま！」

『ひゃ』

勢いよく身を起こしたせいで、少女はぺたんと尻餅をついてしまう。

そんな少女を助け起こす余裕すらなく、リチャードは我《わ》が身《み》に起きたことを思い出した。

ネフテロスの余命があとわずかだということを聞き、抱《だ》きしめたその瞬間に何者かに体を貫《つらぬ》かれたのだ。最後にネフテロスが上げた絶望の悲鳴が耳にこだましていた。

「行かなければ――」

『こらこら待ちたまえ。行くって、ここがどこなのかわかっているのかね？』

「え……？」

キュッと服の裾《すそ》を摑まれて我に返る。

見渡《みわた》す限り一面真《ま》っ暗闇《くらやみ》。足下《あしもと》もふわふわしていて、地面があるのかも疑わしかった。

「ここはいったい……？」

『そうだね。有《あ》り体《てい》に言うなら――地獄《じごく》というものかな？』

その答えを、リチャードは否定できなかった。

「私は、死んだのですか……？」

『や、そういうわけじゃないらしい。君、人望があるみたいだね。周りの人たちが一生懸《いっしょうけん》命《めい》助けてくれたおかげで、一命は取り留めたみたいだったよ。よかったね』

「はあ、それはどうも……」

なんとも要領を得ないというか、調子の狂う少女だった。本人は別にからかっているつもりはないようではあるが。

と、そこで少女がまだ尻餅をついていることに気付く。

「えっと、申し訳ありません。お怪我《けが》はありませんか？」

そっと手を差し出すと、少女は品定めでもするようにじっと見つめ返し、ややあってからリチャードの手を取った。

『うん。見た目通りの紳士《しんし》ではあるようだね。少し安心したよ』

リチャードは自分を恥《は》じた。切迫《せっぱく》していたとはいえ、自分のせいで転んだ少女に手を差し出すことすら忘れていたとは。

立ち上がった少女は思った以上に小柄《こがら》だった。背もリチャードの腹くらいまでしかない。アルシエラよりは高いかもしれないが、せいぜいそれくらいのものである。

そんな視線をどう受け取ったのか、少女はカラカラと笑う。

『ああ、そう気にしないでくれたまえ。私の種族は総じて小柄でね。それにこう見えて私は君よりもずいぶんと年上なのだよ？』

「そ、そうでございますか」

いったいここはどこで、この少女は何者なのだろう。そう考えて、はっとする。

――この少女も、ここに囚《とら》われているのでしょうか？

だとしたら、放っておくわけにもいくまい。リチャードはもう一度手を差し出す。

「私は帰らねばなりません。どこへ向かえばいいかもわかりませんが、もしよければごいっしょにいらっしゃいませんか？　ここにいるよりはよいのではないかと思います」

『おや、助けてくれるのかね？　見たところ、剣も持っていないようだが』

「剣を振るうだけが戦いではないでしょう。矮小《わいしょう》な身なれど、微力《びりょく》を尽くします」

『……なら、エスコート願おうかな』

手を握り返すと、少女はどこへともなく歩き始める。

「あの、どこへ向かわれるのですか？」

『ふふふ、ここにいるよりは動いた方がいいと言ったのは君だろう？　まあ、悪いようにはしないとも』

「はあ」

歩きながら、少女はからかうような眼差《まなざ》しを向けてくる。

『ふむ。質問攻《ぜ》めにされると思ったのだけれど、なにも訊《き》かないのかね？』

「初対面の女性を問い詰めるのは、騎士《きし》のすることではないと存じます」

『ははは、奥ゆかしいのは好感を持てるが、女には話を聞いてほしいときもあるのだよ。君、意中の相手がいるなら学んでおいた方がいい』

「えっと、難しゅうございますね」

女心というものは複雑らしい。少女はおかしそうに語り始める。

『では、これは独り言とでも思ってくれたまえ。……そうだな、どこから話そうか。ああ、そうだった。君、ここは地獄だと言っただろう？』

「はい」

『独り言に返事は不要だよ』

「………………」

面倒《めんどう》くさい少女だった。表情筋を駆使《くし》して微笑《びしょう》を返すと、少女は満足そうに続ける。

『実はね、私は罪人なのだよ。いや私が、というより我々という種そのものが、かな。それはもう、悪行の限りを尽くしたと思うよ。私にしたって無辜《むこ》の民を何度も焼いた。……本当に、何度も、何度もね』

少女の笑《え》みは空虚だった。

『毎日のように反乱が起きたし、そのたびに力で押さえつけた。嗚呼《ああ》、もっと早く滅びてしまえばよかったのだろうけどね。しかしそんな罪人どもにも家族や友がいて、守りたいものがあったんだ。そんな彼らにおとなしく滅びろとも言えなかった。愚《おろ》かだよね』

小さく落とした少女の肩《かた》は、見た目以上にか弱く見えた。

『だからね、我々は滅びるべくして滅びたし、私もいまの境遇も当然の罰《ばつ》と思っている。でも、それでもひとつだけ耐《た》えがたいことがあるんだ』

憤《いきどお》りのままに、少女の歩む足は自然と速くなった。

『これ以上、私の力を誰かを虐《しいた》げることに使われるのだけは、耐えられないのだよ』


——この方はいったい、どういう方なのでしょうか……。

あくまで一聖騎士に過ぎないリチャードには、それを考察できるだけの情報がない。ここにいたのがシャスティルや黒花《くろか》だったなら連想できただろう〝天使〟という名すらろくに知らないのだから。

それでも、この少女がネフテロスと同じように救いを必要としているのだと感じた。

『人は間違《まちが》える生き物なのだよ。それは我々でなくとも同じだった。よかれと思ったことでも誰かを傷つける。この人ならと見込んでも、道を違える。私の最後の主だった男だって、最初からああではなかった。君と同じような紳士だったんだ。でも……』

この少女はいったいなにを体験してきたのだろう。肩を震わせる少女は懸命に言葉を続けようとするが、リチャードはもう十分だと伝えるように口を開いた。

「これは独り言なのですが」

少女はキョトンとして振《ふ》り返る。

「私には愛する女性がいます。ですがいまの彼女は余命いくばくもなく、助けを必要としています。彼女を救うためなら、私はきっとどんな汚《きたな》いことでもやってしまうでしょう」

『……………』

落胆《らくたん》に肩を落とす少女に、リチャードは続ける。

「ですが、こうも思うのです。彼女がどうなったとしても、彼女に対して恥ずかしくない男でありたいと。間違いを正し、人々の模範《もはん》たり得る者でありたいと」

きっと、誰にだって良心と悪心があって、そのふたつに折り合いを付けながら生きているのだ。そして、その答えは誰かにとっては正しく、別の誰かにとっては間違いなのだ。

「人は間違える。きっとその通りなのでしょう。どうするのが正しいかなど、あとになってみなければわからないのですから」

常に正しくあれる人間などいない。一度も間違えないようなものが存在するとしたら、それは人などではなく神のような理解の及ばぬ存在だろう。

「だから私はこう思います。正しくあろうとして取った行いなら、それが間違いでもきっと誰かが応えてくれるのではないかと」

少女は苦笑《くしょう》をもらす。

『ふふ、慰《なぐさ》めてくれるのはありがたいが、世の中には明らかに間違いと断言できる非道だって存在するのだよ？』

「そうでしょうか？　あなたはいま、罪人にだって守るべき者がいたとおっしゃったではないですか。彼らのために、そうせざるを得なかったと」

『だが無辜の民を焼くような非道は明らかな間違いだ』

それでもリチャードは首を横に振る。

「その非道があったから、それを止める誰かが現れたのかもしれません。その誰かは、結果的にあなたの苦悩《くのう》に応《こた》えてくれたことにはなりませんか？」

聖騎士は魔術師を悪と呼んで討伐《とうばつ》する。それが民衆に求められた善だから。人が集まり、歴史が続けば歪みも生まれるが、最初にあったのはそこのはずなのだ。

だが、悪と定義された魔術師たちにだって家族がいて、大切なものを守ろうとしているだけなのかもしれない。

そんなものは関係ないと、悪は断ずるべきと行きすぎた善は、より大きな力によって罰せられる。かつての長クラヴェル枢機卿《すうききょう》とて、そのようにして果てたではないか。

『全てはめぐり回る、ということかな？』

「ええ。あなたの苦悩にだって、めぐり回って応えてくれる誰かがいると思います。少なくとも私はいま、あなたに応えたいと思っている」

リチャードも間違えたのかもしれない。自分が愛しているなどと言ったせいで、ネフテロスを追い詰めてしまった。

――それでも、彼女の支えになりたかった。

間違いだったとしても、こんなところに迷い込んでしまったいまでも、その気持ちだけは変わらない。彼女に、幸せになってほしいのだ。

それが間違いだったなどと、無意味なことだったなどとは言わせない。

この少女の苦悩にだって、誰かが応えるべきなのだ。

少女は呆《あき》れたようにつぶやく。

『純朴《じゅんぼく》なのだね』

「お恥ずかしい限りです」

それから、少女はどこか懐《なつ》かしそうに頷く。

『でも、そうなのかもしれないね。だから千年前の私たちは負けたのだ』

「千年前……？」

そう聞いてリチャードが連想したのはアルシエラだった。

――この少女も、あの方と同じように過酷《かこく》な時間を生きてきたのだろうか。

だとしたら、リチャードごときの言葉はなんの慰めにもならないのかもしれない。

なのだが、少女は存外に気をよくしたように頷く。

『ふふ、なかなか面白《おもしろ》い独り言だった。私の期待した答えではなかったが、悪くないよ』

くるりと楽しげにその場で一回転すると、リチャードに向き直る。

『これから君のゆく先には地獄のような困難が待ち受けているだろう。あるいは、君自身がその地獄を作ることになるかもしれない。それでも、君はいま口にした言葉を信じていられるかね』

一度重ねてしまったせいか、その振る舞《ま》いはどうしてもアルシエラのそれに似て見えてしまう。それゆえに、わかってしまった。

この問いは、生半可な覚悟《かくご》で答えていいものではないのだ。

リチャードは静かに目を閉じ、自分に問いかける。
――最善を信じた選択《せんたく》でも、間違えることはある。
それによって地獄のような災禍《さいか》を招くことだってある。
そのとき、本当に止めてくれる者などいるのだろうか。
リチャードは確信を持って微笑《ほほえ》んだ。
「はい。その程度も信じられない男に、あの方はお救いできません」
『……なら、どうか私にもその言葉を信じさせて』
救いを求めるように、少女は手を伸ばす。
その手を、リチャードは確かに握《にぎ》り返した。
『君が応えてくれるのなら、私は君の剣《つるぎ》となろう。聖剣《せいけん》〈カマエル〉は君の剣となる』
その言葉を最後に、少女の姿は暗闇に溶《と》けるように消えていた。
少女の手を握っていたはずの手に、一振《ひとふ》りの大剣を残して。
「これは――――！」
（願わくば、君の地獄を斬《き》り拓く力とならんことを）

剣を掲《かか》げると、暗闇が溶けるように剥《は》がれていく。

その先には、暗い海が広がっていた。砕《くだ》けた船の欠片《かけら》がいくつも浮かぶ暗黒の湖。その中央に、山のように巨大《きょだい》な影《かげ》が蠢《うごめ》いていた。

愛《いと》しい少女を模した〝泥《どろ》〟のような影が。

聖剣を与《あた》えられようとも、一介《いっかい》の聖騎士が挑むにはあまりに強大な絶望。

「ネフテロスさま。いま、お迎《むか》えに上がります」

それでも、リチャードは駆《か》け出した。

◇

「さて、僕《ぼく》はどちらに向かうべきでしょうか？」

肩に突き刺《さ》さった最後の剣を引き抜《ぬ》いて、キメリエスはそう独りごちた。

ここはザガンが蹂躙《じゅうりん》した敵地。周囲には無数の敵兵の屍《しかばね》。

フォルがその力によって戦闘《せんとう》を止めたのもつかの間、シアカーンの介入《かいにゅう》により〈ネフェリム〉たちは戦闘人形と化した。もはや言葉でも恐怖でも彼らを止められない。止めたければ、彼らより強い力をぶつける外ないのだ。

そんな戦場で、キメリエスは敵本陣《ほんじん》の足止めに尽力《じんりょく》していた。

聖騎士側の劣勢《れっせい》は遠目にもわかったが、キメリエスがここを離《はな》れれば残る七千の兵が彼らの下になだれ込むのだ。それゆえ、ここで戦った。

当然、その行為《こうい》の代償《だいしょう》は高くついた。斬られた数は数えるのも馬鹿馬鹿《ばかばか》しいほどで、肩のみならずその腕にも足にも背中にも、何本も剣や槍《やり》を突き立てられた。

それでも、ひとりとしてキメリエスの後ろへと抜けることのできた敵兵はいなかった。

操《あやつ》られた〈ネフェリム〉に思考力がなくとも、シアカーンという指揮官はいるのだ。何百何千けしかけようとも突破《とっぱ》は叶《かな》わぬと悟ったのか、ここにきてようやく侵攻《しんこう》が止まった。

傷の治癒《ちゆ》にはいましばしの時間が必要ではあるが、動けぬほどではない。

敵が止まったのならザガンの指示通りシアカーンの元へ向かうべきなのだろうが、しかし聖騎士たちの劣勢も無視できない。

どうしたものか迷っていると、不意に小さな足音が近づいてきた。

「この足音は……ふむ。これはいけませんね」

キメリエスの嗅覚《きゅうかく》は足音の主が誰なのか嗅《か》ぎ当てていた。

痛む体を立ち上がらせ、足音の方へと向かう。

果たして、そこにいたのは小さな少女だった。ザガンの……というよりその友であるステラの妹分らしき少女――名前はリゼットと言っただろうか――がどこへ向かっているのか足を走らせていた。

そこに、討《う》ち漏《も》らした〈ネフェリム〉のひとりがふらりと身を起こす。

「――ッ」

少女の顔が恐怖に歪むが、そのときにはキメリエスの手が敵兵の頭に届いていた。

「もうお休みなさい。あなたの戦いは、もう終わったんです」

敵兵は悲鳴を上げる間もなくその顔を地面に埋《う》めていた。

ぱくぱくと口を開かせるリゼットに、キメリエスはできるだけ優《やさ》しく微笑みかける。

「お怪我はありませんか？　ここは危険ですよ」

リゼットは恐怖で、というより息が切れているのだろう。すぐには声を出すことはできなかったが、ほどなくして小さく首を横に振った。

「私、行かなきゃ、いけないいん、です」

「行くって、どこへ……？」

息を整える間も惜《お》しむように、リゼットはその名前を口にする。

「シアカーンって人のところです」

キメリエスは厳しい表情で少女を見つめた。

――操られているわけではは、ないようですが。

この少女とシアカーン配下のデクスィア姉妹が無関係ではないだろうことは、キメリエスも聞いている。

それでも、このリゼットは非戦闘員なのだ。戦う力もない。それでいて、感情だけを理由にこんなところに飛び出すほど考えのない子でもない。

――よほどの覚悟があって、ここまで来たのでしょうね。

きっと、ザガンはこの少女がシアカーンの元にゆくことを快くは思わないだろう。

それでも、キメリエスはリゼットの勇気と覚悟を汲《く》んであげたいと思った。しゃがみ込んで少女と真《ま》っ直《す》ぐ目線を合わせると、確かめるように問いかける。

「そこは、とても危険な場所ですよ？」

「わかってる」

「きっと、行っても辛《つら》い思いをしますよ？」

「それも、わかってる」

その言葉には、微塵《みじん》の迷いも滲《にじ》んではいなかった。

「なるほど、わかりました。僕のことはご存じですか？」

「……うん。マオーの仲間の人、だよね？」

「はい。僕はこれからザガンさんのところに向かいます。あなたが会おうとしているシアカーンという男も、同じ場所にいます」

キメリエスはそっと手を差し伸べた。

「いっしょに、来ますか？」

「行く」

少女はキメリエスの手を取った。

◇

「――まっ、〈魔王〉さま！」

悲痛な声を上げたのはデクスィアだった。

初代〈魔王〉と戦い始めて、どれくらいの時間が過ぎただろう。外ではすでに陽が沈《しず》み、次の朝陽が昇《のぼ》ろうとしていた。

初代〈魔王〉とて魔術師である。それゆえ〝魔術喰《まじゅつく》らい〟は通る。魔力《まりょく》の枯渇《こかつ》こそ起きていないものの、ザガンは全身から血を流し、ついに膝《ひざ》を突《つ》いてしまったのだった。

――一人ひとりは勝てぬ相手ではない。

千年前の魔術《まじゅつ》に劣《おと》るほど、現代の魔術師が進歩していないわけではない。身体強化ひとつとってもザガンの方が数段先を行っているし、敵の魔術とて〝喰らって〟いる。

にも拘《かか》わらず、彼らはザガンの動きに後《おく》れを取ることなく反応し、あまつさえ反撃《はんげき》まで返してくる。〈絶影《ぜつえい》〉まで使っても拳《こぶし》を躱《かわ》されるのだから、悪い夢のようでさえあった。

「顔を出すな。巻き込むぞ――〈天燐《てんりん》・御雷《ミカヅチ》〉――」

ザガンを中心に黒い雷《かみなり》が降り注ぐ。

廃鉱《はいこう》を貫くような貫通《かんつう》性こそないものの、この広場を覆《おお》い尽くすように電光が駆け抜ける。〈天燐〉の雷なのだ。掠《かす》りでもすればそれで終わりである。

にも拘わらず、黒い雷がやんだそこに倒れた〈魔王〉はひとりとしていなかった。

彼らが持つ〈呪剣《じゅけん》〉とかいう剣には実体がない。魔力で生み出された刃《やいば》ゆえに、魔力を絶てば消すこともできる。〈天燐〉に触《ふ》れても柄《つか》まで上る前に消せば凌《しの》げる。

その刃で〈御雷〉を凌いだのだ。聖騎士長あたりでも真似《まね》られることではない。それはつまり、この恐《おそ》るべき〈魔王〉たちが剣の上でも全員、聖騎士長をも超《こ》えるということだ。

だが、ザガンも防がれるとわかっている〈御雷〉を悪あがきで放ったわけではない。

黒い雷が収まったときには、銀眼の前に踏《ふ》み込んでいた。

〈呪剣〉の起動は間に合わない。

ザガンの拳は容赦《ようしゃ》なくその顔面を粉砕《ふんさい》する——はず、だった。

「がはっ」

拳は銀眼の頬《ほお》をかすめて躱され、返礼に柄の打ち込みをたたき込まれていた。そこに再び〈呪剣〉を起動し終えた〈魔王〉たちがなだれ込む。ザガンは距離《きょり》を取らざるを得なかった。

そんな戦いの中心にいるのは、ふたりの〈魔王〉だった。

——マルコシアスと銀眼が崩《くず》せん。

マルコシアスだけはこの時代まで生き、魔術を発展させてきたのだ。その知識《カ》はザガンなど足下にも及ぶまい。あの老人が他の〈魔王〉たちに力を与え、癒やし、立ち向かわせているのだ。〈天燐〉による致命《ちめい》の一撃《いちげき》は防がれ、それ以外の傷は通らない。

〝魔術喰らい〟は相手の魔術を視てから模倣《もほう》するものだ。この魔術師はそこに視《み》えやすい魔術と視えにくい魔術を複雑に織り交ぜることで〝魔術喰らい〟を突破してきた。

それにも増して厄介《やっかい》なのが、銀眼の少年である。

あの少年の〈呪剣〉はザガンの拳すら斬り裂《さ》く。それでいて、マルコシアスの補助なくともザガンの〈絶影〉に反応し、逆にこちらの首さえ獲《と》ろうと反撃してくるのだ。

そしてそのふたりに一歩及《およ》ばぬとはいえ、他の〈魔王〉たちもそれに近い力を持っている。

──傀儡《かいらい》も破れん……。

彼らを操っているのは魔術であって魔術ではない。彼らを生み出したのは間違いなく魔術の所業ではあるが、その過程でシアカーンのひと言で脳の機能まで支配されるよう、生物としてそういうふうに造られているようだ。

これを解くならば脳あるいは生物としての構造を破壊《はかい》し、造り直すような作業が必要になる。理論的には可能かもしれないが、触れることすら困難な相手にできることではない。

いつしかザガンは防戦一方となり、いまや力尽《つ》きようとしていた。

だが、この劣勢には単純な力の差以上の理由があった。

「……身も知らぬ他人と思っていたはずなのだがな。存外に、揺さぶられるものらしい」

銀眼の少年。それが誰なのかわからないでいるには、ザガンは知りすぎてしまった。

──あの男が、俺《おれ》の……。

どんな男で、どんな人生を送ったのか。この男は、ザガンの存在を知っていたのか、それとも知らなかったのか。いまのザガンを見て、なにか思うのか。

関係ない。そのはずなのに戸惑《とまど》いが、憎しみが、そして自分にも形容しがたい感情がこみ上げてきてしまう。

迷うことすら許さぬように、銀眼の少年が斬りかかってくる。

「――〈絶影〉！」

影すらも置き去りにして、ザガンの体が加速する。

瞬時《しゅんじ》に銀眼の背後に回り込み、必殺の拳をたたき込むが、少年は後ろに目でもついているようにスルリと躱し、逆に〈呪剣〉を振るう。

その反応だけでも確信させられる。

この男の銀眼は、ザガンと同じなのだ。

ザガンが魔力の流れを読んで相手の魔術を上書き吸収するように、この男は魔力の流れを読んで動きそのものを予測している。だからこうもことごとくザガンの拳が躱され、あまつさえ反撃まで放たれる。

どうしようもないほど、同じ力なのだ。繋《つな》がりを、感じてしまうほどに。

そしてもうひとつ。

ギリッと歯ぎしりをする。〈絶影〉で銀眼を振り切り、後方で〈魔王〉たちを補佐《ほさ》するマルコシアスめがけて突っ込む。

「マルコシアスッ！」

どうしてもその、名、前、を呼びたくなくて、マルコシアスの名を叫《さけ》ぶ。

相手は〈魔王〉であり、千年前の英雄《えいゆう》なのだ。直線的な動きを取れば当然、すぐさま動きを読んでザガンの行く手を阻《はば》む。

真っ先に斬りかかってきた〈魔王〉の剣は軽く身を低く沈めてやり過ごし、その次に踏み込んできた〈魔王〉には拳の返礼を与える。拳は当たりはしたが、手応《てごた》えが軽い。後ろに跳《と》んで打撃《だげき》を逃《に》がしたのだろう。

それでもやり過ごすには十分。次々と立ち塞《ふさ》がる〈魔王〉たちに拳を返し、蹴《け》りを返し、あるいは躱してやり過ごし、マルコシアスの眼前まで迫《せま》る。

間合いに捉《とら》えた。

この距離ならば他の〈魔王〉たちがなにをしようとも、ザガンの拳の方が速い。

その、はずだった。

「ガッ――――はっ」

必殺の拳に、マルコシアスは優しく撫《な》でるようにそっと拳に触れた。直後、ザガンは天地が逆転して地面にたたき付けられていた。

〝技〟による受け流し。ステラやキメリエスですら、こうも鮮《あざ》やかには返せない。

それでいて、ザガンには嫌というほど身に覚えのある返し技である。

なぜなら、ザガンはこうやって〝技〟を教え込まれたのだから。裏路地で野垂れ死ぬのを待つだけのザガンに、パンを与えてくれたのはこの手だったのだから。

――わかっていたはずだ！

その可能性を考えなかったわけではない。そうでなければいいとは思った。それでも、ここに来れば出会ってしまうとわかっていたのだ。

なのに、裏切られたかのような気持ちがこみ上げてきてしまう。

そして、必殺の一撃を返されたザガンはかつてないほど決定的な隙《すき》を作ってしまった。

「あ……」

我に返ったときには、十三人の〈魔王〉がそれぞれの〈呪剣〉を振り上げていた。

噴水《ふんすい》のように、赤い滴《しずく》が噴《ふ》き上がる。

かつてビフロンスは〈魔王の刻印〉とは十二本の聖剣によって切り刻まれた〝魔神《まじん》〟の骸《むくろ》を封印《ふういん》したものだと語った。

それと同じように、十三本の〈呪剣〉がザガンの体に突き立てられていた。

◇
「——シャスティルさん！」

「大《だい》、丈夫《じょうぶ》……だ。まだ、戦える」

出合《であ》い頭《がしら》に〝ネフテロス〟の光の槍を向けられ、軽くない傷を負っていた。バルバロスが文字通り〝影〟から守ってくれなければ、生きてはいなかったろう。

そんな体でシャスティルは、ネフィたちが撤退《てったい》するために戦ってくれていた。

『いひひひっ、まだ遊んでくれるんですの？　可愛《かわい》い子。愛しい子。わたくしの子鹿《こじか》のように、いつまでも壊《こわ》れないで踊《おど》るのですわ！』

「くうっ、うぅ……やめろ、もうやめるんだ、ネフテロス！　本当に死んでしまう！」

〝ネフテロス〟の体はいまや右腕《みぎうで》に留《とど》まらず、左足までもが崩れ始めていた。

──もうこれ以上、戦わせるわけにはいきません！

なのに、止められない。

オリアスの傷は深く、一命を取り留めたものの戦える体ではない。アスラの〈呪腕《じゅわん》〉も砕かれた。彼らの治療《ちりょう》の間、シャスティルが時間を稼《かせ》いではくれたが、彼女《かのじょ》ももう限界だ。

それどころか、オリアスが命を懸《か》けて削《けず》った二枚の〈呪翼《じゅよく》〉までもが再生しつつある。

「姉ちゃん。もう十分だぜ」

「ですが……」

アスラが立ち上がる。なんとか失血は治まったものの、その右腕はとうてい使い物にはならないだろう。

「〈呪腕〉は復活した。これくらい、千年前ならどうってことなかったぜ」

そう言って、アスラは再び〝ネフテロス〟に向かっていく。

その背中を見送って、足下の〝影〟から声が聞こえる。

『……言っとくけどな、危なくなったら俺はとんずらさせてもらうぜ？　ポンコツも連れていく。命あっての物種だからな』

「ええ。シャスティルさんのこと、お願いします」

こんなところまで付き合ってくれたのだ。感謝こそすれ、その言葉を批難する気持ちなどあろうはずもない。

そんなネフィに、バルバロスは気まずそうに告げる。

『なあ、もう十分なんじゃねえの？　お前らはよくやったよ。ザガンの馬鹿《ばか》の無茶《むちゃ》にも応えた。ここで引き返したって、誰《だれ》も文句なんざ言いやしねえよ』

バルバロスは『逃げる』とも『諦《あきら》める』とも言わないでくれた。ザガンは人でなしのように言うが、やはり彼《かれ》も優しいのだと思う。

バルバロスは〝影〟の入り口を広げる。

『乗りかかった船だ。ポンコツを連れ戻《もど》すついでに、お前らも連れていってやるくらいはサービスするぜ？』

せっかくの申し出だが、ネフィは首を横に振った。

「あの子は、わたしの妹ですから」

『……ッ、あのなあ。妹っても、やつは――』

「――妹なんです」

自覚する以上に、強い口調になってしまった。

そのことで、バルバロスもわかってしまったらしい。

『……気付いてたのかよ』

ネフィは答えなかった。代わりに、微笑み返す。

「本当に優しくて可愛い、わたしのたったひとりの妹なんです。まだ誕生日だって知らない。ザガンさまの誕生日を祝って、そうしたら次はあの子の誕生日を探すんです。それで、いっしょに祝うんです。そのために、あの子は生きていなければいけないんです！」

『……はん。ポンコツと同じようなこと言いやがる』

その言葉に、ネフィは思わず微笑み返した。

「だとしたら、嬉《うれ》しいです。シャスティルさんは、わたしの初めての友達ですから」

そんなネフィの手を、そっと握る手があった。

「ネ、フィ……」

「お母さま！」

まだ重傷なのに変わりはないが、オリアスが目を覚ましていた。

「私は、もう、いい。あの子を、助けなさい」

「……ッ、はい！」

まだ治癒が必要なのは明白だったが、ネフィは頷《うなず》いた。

それから、ネフィの手に右手を重ねる。

「私は、またやり方を間違えたのかもしれない。この右手は、剣を取るためのものではなかったのかもしれない」

「お母さま……？」

「あなたが差し伸《の》べた手に、ネフテロスは反応した。あなたの手なら、届くかもしれない」

オリアスの右手の〈刻印〉が輝《かがや》き、その体から離れていく。

『お、おい、あんたなにやってんだよ？』

バルバロスが困惑《こんわく》の声をもらすが、その〈刻印〉はネフィを見ているように感じられた。

意識しなければ息をすることすら困難な重圧。ザガンもオリアスも、普段《ふだん》からこれほどの力を抑《おさ》え込んでいたのだ。こんな力、まともな人間が手にしたらまず耐えられまい。

オリアスはネフィを試《ため》すように問いかける。

「これを受け取る覚悟はある？」

「――はい」

迷いはなかった。

――それでこの手がネフテロスに届くのなら、なんだって受け入れてみせます！

両手を伸ばす。いつだったか、古城のテラスでそうしたように。あのときいっしょに手を伸ばしてくれたザガンはここにいないけれど、愛しいあの人の隣《となり》に立っていたいから。

体が押《お》しつぶされそうで、気が遠くなる。

自分を叱咤《しった》するように歯を食いしばり、〈刻印〉へと手を伸ばす。

「くうっ、おい逃げろ！　そっちに行ったぞ！」

アスラの声。目を向ける余裕《よゆう》はなかったが〝ネフテロス〟がこちらに向かってくるのがわかった。彼女もまた、この〈刻印〉に反応しているのだ。

「……ああクソッ、ほんと割に合わねえぞこんなの！」

〝影〟からバルバロスが這《は》い出し、魔術の結界を構築する。〝ネフテロス〟の四方が透《す》き通った黒の壁《かべ》に囲まれ、その動きが止まった。

いや、止まったのではない。黒の壁に触れると反対側の壁から姿を見せているのだ。空間を隔離《かくり》して閉じ込めたらしい。

ネフテロスを救う同盟——奇《く》しくもその中で最後の最後に体を張ったのは、バルバロスだった。

ただ、その壁も見る見る亀裂《きれつ》が入っていく。長くは保《も》たない。

——十分です。ありがとうございます、バルバロスさま。

ネフィの指先が〈魔王《まおう》の刻印〉に触れる。

右手が熱い。心臓がふたつになったように、体の中で魔力が暴れる。

そして、光が爆《は》ぜた。

「行きなさいネフィ。あなたが次の〈魔王〉よ。その右手で、あの子の手を摑《つか》んであげて」

ネフィの右手に〈魔王の刻印〉が輝いていた。

「——はい！」

〈アザゼルの杖《つえ》〉を手に取り、ネフィは駆け出す。

「――〈呪翼〉よ」

その背に、六枚の翼を背負って。

◇

〈魔王〉たちが振り下ろした〈呪剣〉は、容赦なくザガンの五体を貫《つらぬ》いていた。

だが、ザガンの瞳《ひとみ》は敗北に澱《よど》んではいなかった。

――このときを、待っていた!

致命傷《ちめいしょう》のようでいて、その刃は全《すべ》て急所を外れていた。

『……?』

〈魔王〉たちの顔に困惑が浮《う》かぶ。振り下ろされた剣には花弁のような光が纏《まと》わり付いていたのだ。

――〈天鱗《てんりん》・雪月花《せつげつか》〉――

精密性に特化した〈天鱗〉。それが、十三本の〈呪剣〉をわずかに逸《そ》らしていた。

筋肉を硬直《こうちょく》させ、その身を以《もっ》て〈呪剣〉を封《ふう》じる。仕留めたという確信から、隙もあったのだろう。起き上がり様に目の前にいた〈魔王〉――銀眼の少年へと拳を叩きつける。

『がはっ』

ひとたまりもなく、銀眼の少年は吹《ふ》き飛ばされていた。

――ようやく……ようやく、一撃、返せた。

立ち直る前に、ここで潰《つぶ》さなければならない。

「な――ッ、んだ、と？」

追撃《ついげき》に走ろうとして、カクンと膝が折れた。

〈魔王〉といえど、戦い続けて三日になるのだ。その身に蓄積《ちくせき》したダメージはいかに回復は身体強化を駆使《くし》しようとも誤魔化《ごまか》せぬ段階に突入《とつにゅう》していた。

――体が、動かん。

ただ、その瞬間《しゅんかん》を狙《ねら》っていたのはザガンだけではなかったらしい。

そうして銀眼が体勢を立て直そうとしたときだった。

銀眼の前に、無数のコウモリがなだれ込んできた。

「アルシエラ？」

性懲《しょうこ》りもなくこの戦いも監視《かんし》していたらしい。

コウモリの中から細い腕が突き出し、少年の顔を包み込む。そして――

なにを思ったのか、アルシエラは銀眼の少年にその唇《くちびる》を重ねた。

ガシャンッと、なにかが割れるような音が響《ひび》いた。

「さあ、お目覚めくださいまし、あたくしのあなたさま。あなたが剣を振るうべき相手は、この子ではないのですわ」

その声はどこまでも愛おしそうで、しかし嘆《なげ》くようでもあった。

果たして呼びかけが届いたのか、銀色の瞳が理性の輝きを帯びる。

ただ、ザガンにそんなものを眺《なが》める余裕はなかった。動きの止まったザガンに〈魔王〉たちは次の一撃を振りかぶっているのだ。

「ぐうッ――――〈雪月花〉！」

〈呪剣〉は聖剣と同じように傷を焼いていた。コンマゼロ一秒にも満たない刹那《せつな》、反応が遅《おく》れてしまう。

逸らしきれなかった刃のひとつが、ザガンの心臓へと迫る。

――防ぎ切れん！

そう思ったときだった。

ザガンの体はふわりと抱《かか》え上げられていた。

「――まったく状況《じょうきょう》が理解できてないのだけれど、君が誰なのかだけはわかるつもりだ」

見た目以上に若くて子供のような声だった。

ザガンは銀眼の少年に抱えられ、〈魔王〉たちから大きく離れた位置に着地していた。

銀眼の少年は――明らかにザガンよりも年下の少年は、ザガンを地面に下ろすと、その頭をそっと撫でてきた。

「ひとりでよくがんばった。君は誰よりも立派だ。いまさらこんなことを言う資格なんてないと思うけれど、僕は君を誇《ほこ》りに思う」

初対面の見知らぬ少年が、なにを偉《えら》そうに。

そんなふうに思ったはずなのに、胸の中にこみ上げたのは自分でも理解できないぐちゃぐちゃな感情だった。

目の奥《おく》がじんと熱くなってしまい、ザガンは少年の手をはね除《の》けた。

「貴様なんぞに誇られんでも、俺は自分の人生に誇りを持っている」

裏路地で意地汚《いじきたな》く生きてきた。ものを盗《ぬす》んだこともあれば、気に入らないという理由で相手を殺したことだってある。

――でも、そんな俺をネフィは愛してくれた。

ならばどれほど汚《よご》れていようとも、自分の人生を否定などできるものか。

「ふふふ、君はお母さん似みたいだね」

「……………」

そうつぶやいた少年の視線の先に誰がいるのか、ザガンは確かめなかった。

――あいつ、いままでどんな気持ちで俺の傍《そば》にいたんだ……。

ふとしたときに向けられていた、あの慈《いつく》しむような、それでいて寂《さび》しそうな眼差《まなざ》しの意味は……。

銀眼は〈呪剣〉を構えて前に立つ。

「あとは任せてくれていい。君は傷つき過ぎている」

「……余計なお世話だ。貴様がいつの人間かは知らんが、魔術は進歩したんだ」

ザガンはなんでもなさそうに立ち上がる。〈呪剣〉に蝕《むしば》まれた傷は淡《あわ》い光で埋められている。〈天鱗・祈甲《きこう》〉――〈呪爪《じゆそう》〉の傷さえ修復した力である。

ザガンが並んで立つと、少年はどうしようもなく嬉しそうに破顔した。

「そうだね。では言い直すよ。いっしょに戦おう――ザガン」

名乗ってもいないのに、少年はその名前を呼んでくれた。

「……ふん。足を引っ張るなよ」

憎《にく》まれ口《ぐち》を返しながらも、その顔に笑《え》みが浮かんでいることに、ザガンは気付いていなかった。

そんなふたりを見つめて、ひとりの吸血鬼《きゅうけつき》が静かに涙《なみだ》をこぼしていた。

◇

「どうして、お父さま……」

黒竜《こくりゅう》〈マルバス〉は一撃の下に粉砕された。その頭から振《ふ》り落とされたフォルは、自らの背にある翼の存在すら忘れて落下していた。

あの偉大《いだい》な翼も鱗も見る影もなかったが、それでもわからないわけがない。醜《みにく》く爛《ただ》れた屍竜《しりゅう》――それはフォルの父竜オロバスだった。

ザガンとネフィがいまのフォルの親だ。ふたりともフォルを本当の子供として受け入れ、愛してくれている。あるいはオロバス以上に。

そんなことは百も承知だが、目の前にこんなものを突き付けられ、あまつさえ襲《おそ》われて平静でいられるはずもなかった。

地面が近づいてきて、ようやく自分が死に瀕《ひん》していることに気付くが、翼で羽ばたくにはあまりに遅《おそ》すぎた。

死を感じたそのとき、ふわりとなにかに抱《だ》きかかえられた。

「――ご無事ですか、お嬢《じょう》さん？」

糸のように細い目をした青年だった。魔術師《まじゅつし》には見えなかったが、青年は宙で身を捻《ひね》ると落下の速度を逃がしてゆるりと着地する。見事な体捌《さば》きではあった。

「……誰？」

見知らぬ顔、見知らぬにおい。でも嗅ぎ覚えのあるにおいも混じっている。

「アルシエラのにおい……？」

「ほう、おわかりになるんですね。お察しの通り、アルシエラ殿《どの》の命で参りましたバトーと申します。微力《びりょく》ながら加勢させていただきます」

――加勢？　加勢って、戦うの？　誰と？

こんな姿になってしまっても、あれは父だ。もっとも神に近き伝説の賢竜《けんりゅう》オロバスなのだ。その偉大さは娘《むすめ》である自分が誰よりもよく知っている。

あれに、挑《いど》めと言うのか？

答えることができず、震《ふる》えていると屍竜が口を開く。

『うお雄《お》々おおお〇おぉォオおｏおおンッ――』

その口に光が灯《とも》るのを見て、頭から血の気が引くのを感じた。

竜の吐息《といき》。その顔が向けられたのは、この戦場ではなくキュアノエイデスだった。

「ダメ――」

伸ばした手は虚《むな》しく宙をかき、破滅《はめつ》の光は解き放たれてしまう。


『ヒュプノエルと銀眼の王の名の下、力を示せ――〈幽世鏡《かくりよのかがみ》〉』

『ネプティーナのアインセルフが詠《うた》います――〈綿津見滴《わだつみのしずく》〉よ』


キュアノエイデスを守るように、光の盾《たて》が広がる。

――リュカオーンの神器？

かつて呪《のろ》いに呑《の》まれたとき、フォルはこれを同じ光景を見た。

破滅の吐息と光の盾が衝突《しょうとつ》する。瞬《また》く間《ま》に盾へと亀裂が走るが、吐息もまた屈折《くっせつ》して空へと逸らされていた。

バトーが感嘆《かんたん》の声を上げる。

「あれは、銀眼の王の血族ですか？」

魔術を以て目を凝《こ》らすと、教会の尖塔《せんとう》にリリスとそれを支えるように立つセルフィの姿があった。へなへなと崩れ落ちながら、リリスは笑う。

『ふ、ふふん。どんなものよ。あとは、任せるわよ……』

魔術を使っても聞き取れる距離ではないが、リリスの唇はそんなふうに動いたように見えた。

「おう！　任せてくれ、リリス！」

そんな声と共に、オロバスの前で黒い球体が弾《はじ》ける。

「フルカス」

魔術を忘れたはずの少年は、宙を駆《か》けてオロバスへと立ち向かっていた。その手には、白い〝天使狩《が》り〟を握《にぎ》って。

「友よ。いま楽にしてやるぞ――天使【告解《こっかい》】〈メタトロン〉」

紅蓮《ぐれん》の焔《ほのお》が騎士《きし》の姿を模《かたど》る。その背に乗っているのは、誰あろうラーファエルだった。

――みんな戦ってる……。

ザガンはいまもっとも〈魔王〉に近いのはフォルだと言ってくれた。力だけなら、そうなのだろう。これは傲《おご》りではなく、事実だ。

――でも、いきなりなにもかもは、上手《うま》くいかなかった。

背伸《せの》びしても失敗するだけ。あんな姿になってしまっても、あれは賢竜オロバスなのだ。

それに挑むのは無謀《むぼう》な背伸びでしかない。

「でも……」

フォルは自分の足で地面に立つ。

「それでも、あれは私のお父さまだから……」

ザガンとネフィは自分を愛してくれて、居場所を与《あた》えてくれた。あのふたりはパパとママなのだ。

でも、フォルが竜なのも事実で、竜として自分が見上げる理想があの父なのだ。

それをこんなふうに愚弄《ぐろう》されて、どうして許せる。

「賢竜オロバスを弔《とむら》うのは、私だから」

だから、フォルも戦うのだ。

バトーは恭《うやうや》しく腰《こし》を折る。

「お供します」

竜の翼を広げ、フォルもまた戦場へと戻っていくのだった。

「あ、待ってくださいお嬢さん、いやお嬢さま！　私、飛んだりできません！」

なんだか悲痛な叫びが後ろから聞こえたような気がしたが、フォルは止まれなかった。

◇

「――クロスケ。しっかりしろ、黒花！」

時刻は前後する。

肩《かた》を揺《ゆ》すられて、黒花は目を開けた。

「――ッ、けほっ、ゴフッ」

とっさに息ができなくて激しく咳《せ》き込む。

――気絶していた？

長くとも十数秒といったところだろうか。周囲の状況に大きく変わった様子はない。

そんな黒花の様子に、シャックスがホッとした顔をする。それを見て、ようやく自分が彼に抱きかかえられているのだと気付いた。

思わず顔が赤くなるが、それも次の言葉で我に返らされる。

「ラーファエルの旦那《だんな》！　クロスケは無事だ。剣《けん》の力で防いでいたらしい」

言われて自分の胸に目を向けると、何羽《なんわ》もの虹色《にじいろ》の蝶《ちょう》が群がっていた。

――そうだ。あたし、あいつに刺《さ》されたはずなのに……。

胸を、心臓を貫かれたと思ったというのに、黒花はまだ生きている。

どうやら〈天無月《あまのむつき》〉が守ってくれたらしい。さすがに無傷とはいかなかったようで、ズキッとした痛みは残っているが。

シャックスが顔を向けた先には、ラーファエルとアンドレアルフスが斬《き》り結《むす》んでいた。焔をまとった聖剣《せいけん》が振り下ろされるが、アンドレアルフスはそれを真っ向から受け止める。両者の足下《あしもと》の大地が陥没《かんぼつ》するが、毛ほども動じる様子はなく〈魔王〉は斬り返してくる。

周囲の聖騎士たちも援護《えんご》を試みるが、このふたりの戦いに割って入るどころか近づくことさえできる者はいなかった。

「貴様は黒花を連れて下がれ！　これの相手は我にしか務まらん」

ラーファエルの剣技と魔術を阻害《そがい》する浄化《じょうか》の焔があって、ようやく互角《ごかく》なのだ。ギニアスやユーティライネン兄弟《きょうだい》でさえ、この〈魔王〉の相手は務まるまい。

――お父さま……！

短剣《たんけん》を握り、身を起こそうとすると、シャックスがギュッと肩を抱く手に力を込めた。

「……ま、お前さんは逃げちゃくれないよな」

諦めたというより、わかっていたというようにシャックスは力なく笑う。

「やれるな、クロスケ」

「はい！」

答えてから、ふと先ほどのことに気付いて黒花は視線を泳がせる。

（えっと、でもちょっと痛いので、元気が、ほしい……です）

（はあ？）

（……さっき、名前、呼んでくれましたよね？）

ラーファエルに聞こえぬよう、小声で囁《ささや》くとシャックスの顔が見る見る赤くなった。そんな顔を見られただけでも気分はいいが。

シャックスはしばらく口をパクパクさせたり赤くなったり青くなったりしていたが、やがて観念したように黒花の人の方の耳に顔を近づける。

「あのおっさんの魔術は俺がなんとかする。だからお前は思いっきり暴れてこい、黒花」

「――ッ、はい！」

ドクンッと心臓が大きく震え、頭の中がいっきにクリアになる。

――いまなら、〈魔王〉だって倒《たお》せます！

黒花は真《ま》っ直《す》ぐアンドレアルフスへと斬りかかる。

「黒花っ？」

右の短剣で儀《ぎ》礼剣《れいけん》と切り結び、左の短剣は足下から掬《すく》い上げるように放つ。アンドレアルフスはとっさに身を逸らして躱《かわ》すが、その頬がざっくりと裂けて鮮血《せんけつ》が飛び散った。

ぐらりと体勢が崩れたアンドレアルフスに、今度はシャックスが肉薄《にくはく》する。その拳《こぶし》に幾《いく》重《え》もの魔《ま》法陣《ほうじん》を重ねて、がら空きになった脇腹《わきばら》へと叩き付ける。

ボキンと鈍《にぶ》い音を立てて、アンドレアルフスの洗礼鎧《せんれいがい》が砕《くだ》けた。堪《たま》らずアンドレアルフスも地面を転がり、距離を取る。

「こいつの相手は俺とクロスケがやる。旦那はフォルの嬢ちゃんを助けてやってくれ。嬢ちゃんがやられたら、この戦い勝ち目はねえ」

「シャックス、貴様……」

怒《いか》りとも戸惑いともつかぬ声をもらすラーファエルに、シャックスは覚悟《かくご》を決めたように叫んだ。

「黒花は俺が守る。絶対にだ。なにがあってもこいつだけは死なせない！」

ボンッと顔が赤くなるのがわかった。

ラーファエルは大きく目を見開き、それから小さくため息をもらした。

「……わかった。任せる」

それから、黒花に視線を向ける。

「大丈夫《だいじょうぶ》です。いまのあたしは、誰にも負けませんから」

「死ぬなよ、黒花」

「……ふ、そうか」

そんな言葉を背中に、黒花はアンドレアルフスに視線を戻す。

もはや洗礼鎧は機能していないようではあるが、そもそも〈魔王〉が身に着けても飾《かざ》りにしかならないだろう代物《しろもの》だ。腕力《わんりょく》では勝負にならない。

——でも、速さなら！

アンドレアルフスから突《つ》きが放たれる。儀礼剣の切っ先は正しく神速に達していた。

「——その程度、なら！」

黒花はそれを紙一重《かみひとえ》で躱すと短剣を振るう。

しかし間合いの差は力量以上に埋《う》めがたい。切っ先が鎧に傷を刻むが、わずかに一歩届いていない。

そんな黒花を守るように、虹色の蝶が舞《ま》う。

「〈天無月〉……？」

先日アスラたちと交戦したときも見られた現象。黒花は、自然とその使い方がわかるような気がした。

アンドレアルフスは立て続けに斬撃を放つ。空気を裂《さ》き、間合いの外にいようとも切り刻まれるだろう剛剣《ごうけん》だった。

黒花は、あえてその連撃の中に身を投げ出す。

当然のこと、儀礼剣が胴《どう》を真っ二つに断《た》ち切る……はず、だった。

斬られた黒花の体は無数の蝶になって崩《くず》れ、アンドレアルフスのふところに出現する。

そのまま下から突き上げる一撃《いちげき》を、アンドレアルフスは倒れ込むように仰《の》け反《ぞ》って躱すが、その顎先《あご》が深々と裂かれていた。

――空間転移とは少し違《ちが》う。あたしの体が、ズレてる？

手足も短剣も確かにここにあるのに、ここではないどこかと同時に存在しているような感覚。向こう側にズレている部分を、蝶が補完しているような感覚だった。

〈胡蝶《こちょう》〉とでも名付けるべきか、自分の体を光の蝶に置き換《か》えるような力。やりようによっては短距離《たんきょり》の移動もできるようだ。

――これなら、間合いの差を埋められる！

アンドレアルフスは幾度《いくど》となく致命傷となる一撃を放つが、そのたびに黒花は〈胡蝶〉で無効化して間合いを詰《つ》める。

しかし相手も最強の名で呼ばれる〈魔王〉にして聖騎士である。黒花が放つ斬撃もまた見事に止められていた。

　虹色の蝶をまとい、最強と対等に斬り結ぶ黒花の姿に、いつしか傀儡《かいらい》さえもが戦いを忘れて魅入《みい》っていた。あるいは、魅入っていたのは彼らを操《あやつ》るシアカーン自身だったのかもしれない。

　打ち合うたびに火花が散り、蝶が舞う。

　幻想的《げんそうてき》でさえある斬り合いの果てに、アンドレアルフスが動きを変えた。

『あ――――……』

　アンドレアルフスがなにかをつぶやき、その儀礼剣が魔力《まりょく》の光を帯びる。竜の吐息すら両断した一撃が来る。〈胡蝶〉で守りに入るしかない。

　――いや、そうすることはきっと読まれる。

〈胡蝶〉を使った直後になにかを仕掛《しか》けてくるのだろう。

　――なら、逆に踏《ふ》み込む！

　黒花は左の短剣を逆手に持ち直し、右の短剣で受ける。

　当然、受け切れようはずもなく儀礼剣は振り下ろされるが、黒花の体はふわりと宙に舞い、独楽《こま》のように回って左の一撃に繋《つな》げていた。

　敵の一撃すら乗せた返し技に、アンドレアルフスも泡《あわ》を食って身を逸らす。

そこに追撃をかけるも、〈魔王〉は素早《すばや》く剣を戻して受ける。

『……ッ？』

一撃を防がれた瞬間に、もう一方の短剣を重ねる。〈刀狩《かたなが》り〉――左右から挟《はさ》み込めば名刀すらへし折る重ね打ち。

――これでも折れない……！

儀礼剣を折ることはできなかったが、その苛烈《かれつ》な一撃にアンドレアルフスの巨体《きょたい》が宙に浮いた。

「にゃあああああああっ！」

絶好の機に、左右の短剣から連撃をたたき込む。

二撃、三撃となんとか儀礼剣で防ぐものの、そこで限界だった。いかに〈魔王〉といえどいまの黒花の連撃を足場もない空中で防げるものではない。むしろ三撃まで防いだこの男を褒《ほ》めるべきだろう。

滅多打《めったう》ちにされて、アンドレアルフスが鮮血を飛び散らせる。

だが、ここには恐《おそ》るべき敵が集っているのだ。

「後ろだクロスケ！」

「――ッ」

他の兵士の剣を拾ったのだろう。先代ガラハットが斬り込んできた。

黒花はそれを短剣で受けるが、一手だけ剣を止められてしまった。その隙《すき》に、アンドレアルフスは地面に転がって黒花の間合いから逃《のが》れる。

そして、そこにさらに別の声が響く。

『ひひゃははは っ！　お前強いな？　強いな？　でも俺《おれ》が最強だあっ！』

「――ッ、デカラビア！」

かつて剣を交えたときには、黒花が後《おく》れを取った。

いまの自分なら勝てぬ相手ではないが、この三人が同時に相手となれば話は別である。

「させない――天使【告解】〈ラジエル〉！」

緑の風が吹いた。黒花とデカラビアの間に、大剣を掲《かか》げた騎士が割り込む。

『あべべっ、なんだてめえ！』

体当たりをまともに受けて、デカラビアは地面に押さえ込まれる。

――こいつ、もしかして正気なんですか……？

他の〈ネフェリム〉たちは自我《じが》を剝奪《はくだつ》され物言わぬ傀儡と化しているが、デカラビアだけは言葉をしゃべっている。まあ、そもそもがなにを言っているのかわからない相手だけに、いまもなにを喚《わめ》いているのかはわからないが。

「父上ぇっ！」

先ほどは震えて剣を取ることもできなかった少年が、果敢《かかん》に先代ガラハットと斬り結ぶ。

「こちらは私が押さえる。貴公はディークマイヤー卿《きょう》を！」

「はい！」

存外に頼《たの》もしい少年に背中を預け、黒花はアンドレアルフスへと間合いを詰める。

だが、相手は〈魔王〉でもあるのだ。それも〈魔王〉筆頭である。

その力を不動のものにした魔術《まじゅつ》が、すでに完成していた。

『――〈虚空《こくう》〉――』

世界から色彩《しきさい》が失われていく。

音も追いつくことは叶《かな》わず、無音の灰色の世界が広がっていく。

黒花を守る蝶たちでさえ、その動きを止めて古びた絵画のように色あせていく。

時間を止める――厳密には止まっているように見えるほど、自身の時間を加速させる魔術。かつてこの力を目《ま》の当たりにしたとき、黒花はそれを認識《にんしき》することもできなかった。

その光景を、黒花はいま確かにその目で見て、認識していた。

『そいつを、待ってたんだ――〈虚空〉――』

黒花の後ろで、シャックスがそうつぶやいたのがわかった。

――力は与えた。俺は貴様ならできると考えたから話した――

これは黒花の知ることではないが、戦いが始まる前、ザガンはシャックスにアンドレアルフスがここに現れるだろうことを予見し、そう告げたのだ。

ザガンが与えた力こそが、いまのこの状況である。

シャックスは〈魔王〉の力の象徴《しょうちょう》たる〈虚空〉を使ったのだ。それもただ使ったのではなく、一瞬《いっしゅん》よりもさらに短い刹那の瞬間を見抜《みぬ》いて、黒花にこの世界を見せた。

この男の力もまた、〈魔王〉に届いたのだ。

『遠慮《えんりょ》なくぶちかませ！』

シャックスの声に背中を押され、黒花はいま一度〈魔王〉と斬り結ぶ。

〈魔王〉の鎧は剥《は》がされた。

黒花は地を這うように身を低く伏《ふ》せて一気に踏み込む。

儀礼剣のひと太刀《たち》が振り下ろされる。黒花はそれを真っ向から迎《むか》え撃《う》ち、逆に押し返す。

そのたった一度の衝突で大地が裂け、膨大《ぼうだい》な魔力が放電現象を引き起こした。

速度は力なのだ。

そして、黒花の剣はアンドレアルフスよりも速かった。この〈虚空〉の静止空間で自分よりも速い相手というのは、いかに〈魔王〉といえど初めての経験だろう。

――でも長引かせるとマズい！

時間が止まって見えるほどの速度で打ち合えば、その衝撃《しょうげき》は周囲へと破壊《はかい》を広げる。静止空間が解《と》ければ、聖騎士も兵士たちも問答無用で巻き込まれるだろう。

黒花はぺたんと腰を落として、アンドレアルフスの足下を掬うような蹴《け》りを放つ。突然《とつぜん》の足払《あしばら》いに、アンドレアルフスも虚《きょ》を衝《つ》かれて体勢を崩す。

その勢いのまま上体を捻って、短剣を見舞《みま》う。

狙うは剣を握る手首。だが、アンドレアルフスもそれを見抜いていたように左腕《ひだりうで》を突き出していた。

ぐしゃりと左手が潰れ、千切れた指が宙にぶちまけられる。

――片腕《かたうで》を犠牲《ぎせい》にした？

指の欠けた左手で、アンドレアルフスはそのまま黒花の短剣を握り締《し》める。動きを止められてしまったのだ。

儀礼剣を握る右手は健在。この間合いでは、短剣を捨てても回避《かいひ》は間に合わない。〈胡蝶〉もこの空間では発動しない。

渾身《こんしん》の一撃が振り下ろされる。

とっさにもう一方の短剣で受けるも、受けきれずに短剣を取り落としてしまう。

鮮血が舞う。胸元《むなもと》から脇腹までバッサリと斬られていた。

――でも、まだ！

〈魔王〉とハイエルフの祝福を受けたのがこの衣《ころも》なのだ。斬られても黒花にはまだ動く力が残されていた。

摑まれた短剣を力任せに引き抜《ぬ》き、最後の力を振り絞《しぼ》って一閃《いっせん》する。

儀礼剣を握った腕《うで》が、肘《ひじ》から先を引っ付けたまま宙を舞った。

そこで〈虚空〉が解ける。世界に色と音が戻《もど》り、激痛が体を襲った。

「かはっ――」

血を吐《は》く。膝《ひざ》に力が入らない。立ち上がれない。傷もさることながら、時間の停止した世界に挑んだ負荷《ふか》は容赦《ようしゃ》なく黒花の身にのしかかっていた。

それでも、アンドレアルフスはまだ立っていた。指も残っていない腕を振り上げ、黒花へとたたき付ける。

――避《よ》けられない！

身を強張《こわば》らせたそのときだった。

「黒花に、手出しはさせねえ！」

幾重にも魔法陣をまとったシャックスの拳が、アンドレアルフスの顎を砕いていた。そのまま周囲の兵士たちを巻き込んで、〈魔王《まおう》〉の巨体は地面を激しく転がる。

土煙《つちけむり》が晴れると、幾多《いくた》の屍《しかばね》の上にアンドレアルフスはなおも立っていた。

「まだ、立つんですか……！」

黒花はもう立ち上がれない。〈魔王の鉄拳《てっけん》〉を放ったシャックスの腕も無事ではない。

シャックスが死を覚悟するように黒花を背中に庇《かば》うと、ぐらりとアンドレアルフスの巨体が揺れる。

『が……ぐ、あ……』

ぐるんと白目を剥《む》き、アンドレアルフスが頭から地面に倒れる。

今度こそ、恐るべき〈魔王〉は動かなくなっていた。

だが勝利の余韻《よいん》を感じる間もなく、シャックスが黒花の肩を抱いた。

「クロスケ！　傷を見せろ」

言われてから、自分が斬られたのだと思い出す。しかし――

「あれ？」

存外に、黒花の傷は浅かった。衣服こそざっくり裂かれているものの、肌《はだ》に刻まれた傷はさして深くもない。ダメージとしては〈虚空〉の負荷の方が大きかった。

それから、黒花が刎《は》ね落とした儀礼剣に目を向ける。

儀礼剣は、半ばからへし折れていた。残った刀身にしても、刃毀《はこぼ》れだらけでもはや棒切れと変わらぬ有様だ。何度も斬り結ぶうちに〈天無月〉は儀礼剣を破壊していたらしい。

シャックスがへなへなとへたり込む。

「はは……。ボスめ、どれだけ防御魔術《ぼうぎょまじゅつ》を織り込んだんだよ」

この服にはネフィから洗礼鎧の力を付与《ふよ》されているのと同時に、ザガンからも防御魔術を組み込まれていたらしい。

ホッとしていると、やがてシャックスの顔が真っ赤に染まった。それから、なにやら慌《あわ》てた様子で外套《がいとう》を脱《ぬ》ぎ、黒花の肩にかける。

一歩遅れて、黒花もその行為《こうい》の意味がわかってしまう。

傷を診《み》るということは、服の下を見るということなのだ。

「だ、だだだ大丈夫だ。傷は浅いし、誰《だれ》にも見られてない」

「わ、わわわ、わかってます！　わかってますから、改めて言わないでくださいよ！」

最強を降《くだ》したふたりは、戦場のど真ん中で縮こまり、赤面するのだった。

その後ろで、アンドレアルフスの右手から〈魔王の刻印〉が離《はな》れ始めていることにも気付かずに。

そして、アンドレアルフスと斬り合う間、黒花の瞳が銀色に染まっていたことにも気付かずに。

◇

ひとつの決着が付こうとしているころ、同じ戦場でギニアスは父と向き合っていた。

「父上……」

物心ついたころには、家に父の姿はなかった。常に職務に忙殺《ぼうさつ》され、家に帰ることなど年に一度あるかないか程度だった。

先代聖騎士団長にして、自分と同じ名前を与えてくれた偉大な父。ギニアスが知っているのは、寡黙《かもく》で聖騎士を率いる背中だけだった。思えば、言葉を交《か》わしたことすら数えるほどしかなかった。

それでも、誕生日には——会ってくれなかったとしても——必ずプレゼントを贈《おく》ってくれたし、手紙を書けば返事もくれた。多少、時間はかかったとしても。

そう、手紙だ。

父との会話はこの手紙でのやりとりに終始していた。

手紙の中の父は聖騎士団長などという偉人《いじん》ではなく、どこにでもいる優《やさ》しくて少しかっこ悪い、そんな普通《ふつう》の男だった。よくよく上司——きっと当時の教皇だろう——が無理難題をふっかけるから大好きな蒸留酒《ブランデー》も飲めないなどとこぼしていた。

ギニアスが新しいことができるようになれば言葉の限りを尽《つ》くして褒めてくれたし、悩《なや》みを打ち明ければ、ずいぶん考えてくれたのだろう、不器用な言葉で励《はげ》ましてくれた。

会えることは希《まれ》だったが、愛してもらっているのだと感じることができた。

最後にもらった手紙は、なんでもない日常の話だった。

この任務が終わったら少し休暇《きゅうか》を取れそうだから、いっしょにご飯を食べようと書いてあった。末尾《まつび》には、いつも通りに『愛してる』のひと言を添《そ》えて。

先代ガラハットと斬り結ぶ。〈ラジエル〉の風をまとってようやくまともに戦える程度。父が同じ聖剣を持っていたなら、きっと勝負にすらならないだろう。

でも、それでも……。

「父上、私は、ここまで来ました。父上と同じ剣を持ち、父上と同じ地位まで来ました。私は……僕《ぼく》は！　やっと父上と並べるところに来たんです！」

自分を見てほしい。

そんな誰かに操られた人形みたいな目ではなく、ちゃんと見てほしいのだ。

『がぎぎっ、こいつ、うぜえんだよおっ！』

【告解】で押《お》さえつけていたデカラビアが拘束《こうそく》を破り、横合いから突っ込んでくる。

「父子の語らいを、邪魔《じゃま》するなあっ！」

その顔面に、ギニアスは拳をたたき込んでいた。

先代聖騎士団長と元魔王候補のふたりを一度に相手取る――ギニアスが聖騎士長序列一位の座にいるのは、家柄《いえがら》が理由ではなかった。

『い、いいいぃいぃいい痛《いて》えじゃねえかああっ！』

だが、デカラビアとてあのザガンに手傷を負わせた魔術師である。頬骨《ほおぼね》が陥没するような重傷も瞬時《しゅんじ》に再生し、再びギニアスに殴《なぐ》りかかってくる。

「戻れ〈ラジエル〉！」

【告解】に呼びかけるが、一歩間に合わない。

ギニアスの無防備な背中にデカラビアの拳が迫《せま》った。

「ごめんねー。ちょっと寝坊《ねぼう》しちゃったみたいだ」

造作もなく、その拳は別の手によって受け止められていた。

シャスティルと同じ緋色《ひいろ》の髪《かみ》と緋色の左目。しかし右の瞳《ひとみ》は銀色の義眼。拳を止めたのは右手で、左手には聖剣が握られている。洗礼鎧はなく、その破れた礼服の隙間《すきま》からは、いかにも病室から飛び出してきたという様子で、包帯が見え隠《かく》れしていた。

「ステラ殿！」

思わず歓喜《かんき》の声を上げてしまうギニアスに、しかしステラは顔に困惑《こんわく》を浮《う》かべる。

「……兄貴？」

「え？」

――兄貴って、兄上さまがいたのですか？

〈ネフェリム〉の中にいるのだから、その人も亡《な》くなっているのだとわかる。

聖剣を地に突き立て、前髪《まえがみ》をかき上げると銀色の右眼を晒《さら》す。

「違う。兄貴はここにいる。……じゃあ、これはなんだ？」

それから周囲を見渡《みわた》す。

「こいつら……ああ、そういうことか。ひどいことするな……」

哀《あわ》れむような、悼《いた》むような、その瞳に浮かんだのはギニアスが見たこともない悲哀《ひあい》の色だった。

「ギニアス。そっちは任せるよ。あたしはこいつの相手をしてあげなきゃいけない」

「……お任せください」

物憂《ものう》げに微笑《ほほえ》むステラの横顔に、胸の奥《おく》が痛んだ。

ステラが向き直ると、デカラビアは狂喜《きょうき》の笑みを浮かべる。

『女あっ！　お前強いな？　滅茶苦茶《めちゃくちゃ》強《つえ》えな？　ならお前を倒せば俺が最強だあっ！』

拳を掴《つか》まれたまま、強烈《きょうれつ》な上段蹴りを放つ。

だが、ステラはその蹴りを避けなかった。側頭部を直撃《ちょくげき》し、額が切れて鮮血が飛び散る。

「……大丈夫だよ。最強なんかにならなくたって、君は強い。あたしは、ちゃんと守ってもらえたよ」

『なに言ってんのかわかんねえよっ！』

デカラビアはさらに蹴りを放ち、拳を振《ふ》るうが、それにひとつとしてステラは防御《ぼうぎょ》の仕草さえ見せなかった。

「だからもう、いいんだよ」

そう語りかけるのと同時に地から聖剣を抜き、デカラビアへと突き出す。

「だからもう、おやすみ。ここにはもう、君が戦わなきゃいけない相手なんていないよ」

不思議そうに、自分の腹に突き刺さった聖剣を見下ろすデカラビアを、そっとステラは抱きしめる。

『あれ……？　おかしいな。俺、なんで最強になりたかったんだっけ……ああ、そうだ。妹だ。妹がいるんだ。俺、強くなって、妹に美味《うま》いもん食わして、綺麗《きれい》な服着せて、いい暮らしさせて――……』

デカラビアが事切れるまで、ステラはなにも言わずに抱きしめていた。

狂人《きょうじん》の最期《さいご》というには、その死に顔はあまりに安らかなものだった。

ステラが決着を付けようとする間も、ギニアスは父と剣を交わしていた。

――ステラ殿が辛《つら》い戦いをしているのに、醜態《しゅうたい》なんかさらせない！

地を蹴り、上段から渾身の一刀を振り下ろす。先代ガラハットはそれを真っ向から受けつつ、切っ先を地面に向かって下げる。傾《かたむ》いた刀身を滑《すべ》って、ギニアスの剣は受け流されてしまう。

そうして生まれた隙に、鋭《するど》く横薙《な》ぎの一撃が迫る。それはどこか生真面目《きまじめ》過ぎるギニアスの欠点を指摘《してき》するかのようでもあった。

――ギニアスの剣はさあ、素直《すなお》過ぎるんだよ。だからカウンターがすぐ入るんだ――

ああ、その欠点は何度も指摘してもらった。

ギニアスは流された剣を引き戻し、柄《つか》を持ってその一撃を受ける。

――あは、上手にできたじゃん。そうだね、柄で受けるって選択肢《せんたくし》もあるよね――

そう言って、あの人はぐしゃぐしゃと荒《あら》っぽく頭を撫《な》でてくれた。

柄という鉄塊《てっかい》を強打して、先代ガラハットも呻《うめ》いて後ろへ飛び退《の》く。

――ああ、ダメダメ。相手が退いたからって追わないの。誘《さそ》いってこともある――

ギニアスはその場に踏みとどまり、【告解】を呼び戻す。その隙に、先代ガラハットの手からナイフが投げ放たれる。

正道の極みたる聖騎士団長とは思えぬ奇策《きさく》。だが正面からぶつかるだけが戦いではないと叱咤《しった》するようでもある一撃。踏み込んでいたならまともに受けていただろう。

ギニアスは落ち着いてナイフを弾き、【告解】を差し向ける。緑の大剣は容赦なく先代ガラハットを打ち据《す》える。

――【告解】は強いし便利だよね。でも過信しちゃダメだよ。ザガンとか避けるし――

相手は先代聖騎士団長なのだ。【告解】すら操っていた可能性がある。ならば、その弱点や隙とて熟知していて然《しか》るべきだ。

果たして、先代ガラハットは【告解】の一撃を見事しのぎ、剣を突き出してくる。

ギニアスは、それを真っ向から迎え撃った。

キンッと澄《す》んだ音を響《ひび》かせ、折れた切っ先が宙を舞う。

聖剣〈ラジエル〉は、先代ガラハットの肩から胸へ深々と突き刺さっていた。

「父上……」

『ああ……。見事だ。本当に、強く、なったの、だな』

真っ赤に濡《ぬ》れた手で、父は息子《むすこ》の頬《ほお》に触《ふ》れた。

「父上、意識が！」

『馬鹿者《ばかもの》。戦場で、そんな声を上げる者がいるか』

こみ上げてきた涙《なみだ》を、歯を食いしばって堪《こら》える。

『それでいい。ここにいるのは、お前の父などではない。ただの敵だ。お前は立派に責務を果たし、敵を倒したのだ。胸を、張りなさい』

そう言って、最後に父は笑った。

崩れ落ちる父を見送っていると、不意に柔《やわ》らかいものに包まれた。

「前にも言ったろ？　そんなお利口でいるもんじゃないって」

ステラだった。

その大きな胸に包まれ、堪えていたものがみるみる解かれていってしまう。

「この人は、父だったたん、です」

「うん」

ステラが来てくれた瞬間《しゅんかん》、ぐちゃぐちゃだった頭の中が驚《おどろ》くほど澄み切った。

そして、ギニアスに任せると言ってくれたのだ。

その言葉に応《こた》えたかったから、ここまで戦えたのだ。

なのに、こんなふうに優しくされたら、もう我慢《がまん》することはできなかった。

「僕は、もっと、父上と、話したかった……もっと、褒めてほしかった……うああああああああああっ」

「……うん。がんばったね、ギニアス」

聖剣も手放し、ただただ縋《すが》り付いて泣くことしかできなかった。

◇

聖騎士《きし》たちの戦いに決着が付き始めたころ、フォルもまた戦っていた。

屍竜《しりゅう》の口に、再び破壊の光が灯《とも》る。

「させないぞ！」

フルカスの〝天使狩《が》り〟が放たれる直前の吐息《とい》《き》の光を穿《うが》つ。

いかに強大な力とて、放つ前ならば止めることができるのだ。

それを指示するのは、足下で駆《か》け回る糸目の青年だった。

「畳《たた》みかけて次を撃たせないでください！　少年は距離《きょり》を保って吐息に備えよ」

フォルは翼《つばさ》を広げて滑空《かっくう》すると、ラーファエルの前に滑り込む。

小さく息を吸うと、ラーファエルがその背中を支えながら左の義手を突き出す。

直後、二条《ふたすじ》の苛烈な閃光《せんこう》が放たれる。フォルと〈オロバス〉の吐息は混ざり合い、灼熱《しゃくねつ》を超《こ》えて第四物質《プラズマ》化する。

しかし、閃光が収まると屍竜は未《いま》だ悠然《ゆうぜん》と佇《たたず》んでいた。

「魔術で防がれたか！」

動く死体《リビングデッド》と化してなお、その強大な魔力は魔術の行使さえ可能にしていた。それも、二重の吐息すら完封《かんぷう》するほどである。そもそも竜という種は魔力への高い抵抗力《ていこうりょく》を持つ。

恐らく、バトーがフルカスを前面に立たせず吐息の相殺《そうさい》に専念させているのも、これが理由だろう。

「飛び道具は届かない」

「なれば、直接攻撃《こうげき》あるのみ！」

直接攻撃においてラーファエルを超える者は、世界に五人といまい。

――でも、ラーファエルひとりじゃ届かない。

屍竜とはいえ、世界でもっとも偉大《いだい》な竜なのだ。〈魔王〉とて単騎《たんき》で敵《かな》う存在ではない。

「――直接攻撃。手伝う」

聞き覚えのある声が、空から響く。見上げると、拘束服に両腕《りょううで》を封《ふう》じられた娘《むすめ》が落ちてきていた。

「レヴィア？」

ザガンの配下のひとりだ。アルシエラと魔王殿《まおうでん》に遊びに行ったとき、何度か話したことがある。セルフィと同じセイレーンゆえ、印象に残っていた。

「レヴィア。三分だぞ」

「わかってる」

落ちてきたのはふたりだった。こちらは拘束帯で顔を覆《おお》った男である。確かベヘモスという名である。男は娘の胸にある錠前《じょうまえ》に鍵《かぎ》を差し込むと、その拘束服から解き放つ。

『──グルアアアアアアアアアアアアアアッ』

絶叫《ぜっきょう》とともに、レヴィアの体は異形へと変貌《へんぼう》する。

それは、蛇《へび》のように長い胴を持った竜だった。

ベヘモスが夜になると異形の獣《けもの》へと変貌するように、レヴィアは昼の間異形と化す。その姿が、この竜の姿だった。

「あれは、海竜《かいりゅう》だと？」

海竜と化したレヴィアは屍竜の喉元《のどもと》に喰《く》らい付く。落下の衝撃もある。屍竜は堪らず地面に転がった。

屍竜は爪《つめ》と尾《お》を振り回して激しく抵抗《ていこう》するが、海竜はその長い胴を巻き付かせて屍竜の巨体を締め上げる。メキメキメキッとなにかがへし折れる音が響いた。

だが相手は魔術を操る屍竜である。

「いけません！　離れるのです」

バトーが叫《さけ》ぶ。

しかし海竜はその拘束を解こうとはしない。耳を貸さないというよりも、我を忘れているかのように見えた。

「レヴィア！　時間だ。戻れ！」

彼《かれ》らは呪《のろ》いの時間、自我を失った怪物《かいぶつ》と化すのだ。レヴィアが正気で戦える時間がその三分だったらしい。ベヘモスが駆け寄るが、一歩だけ遅《おそ》かった。

屍竜が低く唸《うな》り、その身から電光を放つ。

『ぎあッ？』

電撃《でんげき》をまともに浴びた海竜は、全身から煙《けむり》を噴《ふ》いて地に崩れる。

「レヴィア！」

そんな海竜の体を、鎖《くさり》と拘束帯が覆う。その体は見る見る縮んでいき、数秒と経《た》たずにフォルが知るレヴィアの姿へと戻っていた。

「……ごめん。これで、精一杯《せいいっぱい》」

「大丈夫。よくがんばった」

レヴィアに感謝の言葉を贈り、フォルも屍竜の真上へと飛翔《ひしょう》する。

「……ったく。無茶《むちゃ》するなよ」

「でも、あの子の、力になってあげたかった」

「……まあ、それに関しては同意見だよ」

ベヘモスに抱《だ》きかかえられて、レヴィアは戦線から後退していった。

海竜の捨て身の攻撃を受けては、屍竜とてただではすまなかったようだ。よろめきながら身を起こすと、大きく翼を羽ばたかせる。

「お嬢《じょう》さま、空に逃《に》げます！」

「わかってる！」

飛び道具が効かない以上、空に逃げられたら手出しのしようがなくなる。

上空から急降下し、黒竜の爪で屍竜の翼を引き裂く。骨もむき出しで穴すら空き、とうてい風を摑めるとは思えぬ残骸《ざんがい》の翼だ。

竜という種は本来、その翼で飛んでいるわけではない。幼竜程度ならともかく、屍竜ほどの巨体を宙に浮かせるには、その翼は小さすぎるのだ。

ならばなぜ竜は空を舞うのか。

答えは、その翼が魔力の渦《うず》を巻き、風ではなく魔力の流れに乗ることができるからだ。

片翼を失った屍竜は浮上《ふじょう》すること叶わず、それどころか制御《せいぎょ》を失った魔力に巻き込まれて大きく姿勢を崩す。しかし――

「跳《と》んだだと？」

腐《くさ》れた四肢《しし》で地を踏みしめ、乱れた魔力に乗って屍竜の巨体が宙へと跳躍《ちょうやく》していた。

十数メートルに及《およ》ぶこの巨体の落下は、それだけで絶望的な破壊をもたらす。直撃を免《まぬが》れたところで、そこから飛散する土砂《どしゃ》や衝撃から逃れることはできない。それでいて、いかに聖剣《せいけん》や〝天使狩り〟といえどこの質量を削《けず》りきるのは不可能である。

フォルは屍竜の落ちる先へと舞い降《お》りる。

「逃げよフォル！」

ラーファエルが吠《ほ》えるが、フォルは首を横に振る。

「ダメ。私が受け止めないと、みんな死ぬ――〈天鱗〉！」

両手を掲げ、とっさに紡《つむ》いだのは〈雪月花〉ではなく、基本の型の〈天鱗〉だった。型を持たず、ただ硬《かた》いだけの盾《たて》である。

フルカスが目を瞠《みは》る。

「アニキの魔術か？」

「だが、あれでは止められん！」

だが〈雪月花《せつげつか》〉ではこの質量は止められない。

屍竜が〈天鱗〉に衝突《しょうとつ》する。その魔力を喰らって瞬く間に巨大化《きょだいか》するが、衝撃に耐《た》えきれずみるみるひび割れていく。そうなるのはわかっていたが――

「――〈天鱗・三連《さんれん》〉！」

〈天鱗〉の重ね打ち。無敵の盾が三枚に重ねられる。

一枚目が砕《くだ》ける。その飛び散った魔力を吸収して、二枚目、三枚目がさらに大きく広がり、強度を増す。

「耐えられるのですか……？」

二枚目が砕ける。最後に残された三枚目が、二枚目の魔力でさらに強固に紡がれていく。

巨体の落下が、止まったかのように見えた。

だが、屍竜もただ落ちるのを待つだけではなかった。

『ガアアアッ』

骨もむき出しになった前足を〈天鱗〉に叩き付ける。すでに限界が近かった〈天鱗〉に亀《き》裂《れつ》が走った。

「フォル！　もういい！　我らは逃れた！」

ラーファエルたちは待避《たいひ》できたようだ。

――でも、もう間に合わない。

落下から逃れても、屍竜は追撃《ついげき》を放つだろう。フォルにはもう、それを避ける余力がない。ならば――

「いいえ、迎え撃つのですお嬢さま！」

そう、迎え撃つしかないのだ。

二度目の爪撃でついに最後の〈天鱗〉が砕ける。

そのときには、フォルはキュッと握《にぎ》った拳《こぶし》を突《つ》き出していた。黒竜〈マルバス〉ではなく、自分自身の拳――ザガンから教えてもらった拳を。

幼竜とはいえ、竜の姿に戻れば屍竜から逃れることはできたかもしれない。

それでも、フォルが選んだのは人の姿だった。

――これが、いまの私だから！

小さな拳は、屍竜の爪を真っ向から打ち砕いていた。

『ゲアアッ？』

その衝撃は屍竜の巨体を再び宙へと弾《はじ》き飛ばす。

翼を羽ばたかせ、フォルはさらにその上へと抜ける。両手を組み、渾身の力を以《もっ》て屍竜の背中に叩き付ける。

草原を破壊しながら屍竜は大地へとたたき付けられた。

しかし死体に痛覚などあろうはずもなく、すぐさま起き上がって吐息の光を灯らせる。

「させねえよ！」

フルカスの〝天使狩り〟がまたしても吐息を阻《はば》む。

「少年、残弾《だん》は！」

「あと二発！」

すでにここに来てからフルカスは五発を放っていた。強大な力を振るう〝天使狩り〟だが、弾数という制約があるのだ。もう無駄《むだ》弾は撃てない。

『グルルアア大おぉォォお0お雄《お》おぉっおぉぉ０ぉおっ！』

耳が壊《こわ》れるような絶叫。それは歪《いびつ》な魔術の詠唱《えいしょう》でもあった。

「あ……」

空にいたフォルには見えてしまった。

〈光輪《こうりん》〉――フォルが八千の軍を止めるために放った広域殲滅魔術《せんめつまじゅつ》。それが禍々《まがまが》しい魔力《まりょく》とともに、戦場の空に広がっていた。

「やらせない！」

フォルがなぜ自分の戦場にここを選んだのか。

もちろん、シャスティルにネフテロスを助けに行かせたかったという理由もある。だがそれはここに留《とど》まる理由にはならない。

――ここが一番、人が死ぬから。

人が死ねば、きっとザガンもネフィも心を痛めるから。

だから、ここで戦うと決めたのだ。

「お願い――〈雪月花〉！」

光の欠片《かけら》が戦場を舞《ま》う。破滅《はめつ》の雨を止めるにはあまりに儚《はかな》い光。それでも、フォルのために改良されたそれは戦場を覆うほどに広がっていく。

そして、光が降る。

光の花弁は果敢に光を弾くが、その全《すべ》てを防ぐには至らない。


「踊《おど》れ――〈ガブリエル〉！」

「舞え――〈サンダルフォン〉！」


戦場に水流と冷気の渦が放たれる。衝突するふたつの力は氷塊《ひょうかい》を紡ぎ、〈雪月花〉が取りこぼした光の雨を受け止めていた。

ユーティライネン兄弟《きょうだい》。フォルとは面識がないが、このふたりもまた聖剣を携《たずさ》えた聖騎士長なのだ。戦況《せんきょう》を把握《はあく》し、聖騎士たちを守ってくれていた。

殺戮《さつりく》の一撃《いちげき》を止められ、屍竜の動きが止まる。

そこに疾駆《しっく》したのは、ラーファエルだった。

「ゆくぞオロバス！」

焔《ほのお》の騎士の背に乗り、屍竜へと肉薄《にくはく》する。

『ガオッ』

爪の残った前足でそれを迎え撃つが、そこにラーファエルが義手を突き出す。

「灼《や》き払《はら》え――〈オロバス〉！」

義手から吐息が放たれる。飛び道具とはいえ、至近距離からの一撃は屍竜の前足を貫《つらぬ》いていた。これで、前足はふたつとも失われた。

だが屍竜は肉体の崩壊《ほうかい》すら意に介《かい》さず、その巨大《きょだい》な顎《あご》で焔の騎士に喰らい付く。【告解《こっかい》】はその口に剣《けん》を突き立てるが、牙《きば》までは防げずにかみ砕かれてしまう。

「ラーファエル！」

フォルが叫んだときには、ラーファエルは空にいた。

――【告解】を囮《おとり》に、跳んだの？

その手に握った聖剣には、浄化《じょうか》の焔が灯っていた。

「オロバスゥウウッ！」

屍竜の眉間《みけん》に、聖剣が突き立てられる。

その澱《よど》んだ瞳から光が消え、活動が止まる。

すでに死した竜から、血は流れなかった。

ただ、静かに巨体《きょたい》が傾き、屍竜はその哀れな肉体を地に横たわらせる。

かつてフォルはこの老人を仇《かたき》と信じ、命を狙《ねら》った。そしていま、この男は紛《まぐ》れもなくフォルの父竜を屠《ほふ》ったのだった。

「ラーファエル……」

そこに、怒《いか》りはなかった。

生涯《しょうがい》の友を斬《き》った老人は、ただ静かに涙をこぼしていたのだから。だが――

「まだです！　まだなにか仕掛《しか》けてきます！」

バトーが叫ぶ。

そうなのだ。これはシアカーンが対アルシエラの切り札として用意した駒《こま》なのだ。ただ強大なだけでは、あの少女には届かない。なにかが仕掛けられているはずなのだ。

見れば屍竜の体から破壊的《はかいてき》な光があふれ出していた。

「なに、これ……」

「自爆《じばく》されます！　トドメを！」

「……ッ！」

全員に緊張《きんちょう》が走った。

屍とはいえ賢竜《けんりゅう》オロバスの肉体である。こんな姿であっても、その身に宿した魔力は人《じん》智《ち》を超えている。それが暴走し、自爆したとなれば果たしてどれほどの破《は》壊《かい》を招くか。敵味方どころではない。キュアノエイデス、あるいはそれ以上の範囲《はんい》が巨大な穴へと変えられかねなかった。

「【告解】――〈メタトロン〉！」

いま一度ラーファエルが【告解】を紡いで屍竜に斬りかかる。しかし、その肉体はあまりに巨大。なにより、暴走する魔力を前に阻まれ刃《やいば》は届いていなかった。

「チイィッ、ならば灼き払え〈オロバス〉！」

竜の吐息は屍竜の体に穴を穿つが、それでも暴走は止まらない。

「ごはっ」

「ラーファエル！」

ついにラーファエルが血を吐き、膝を突いてしまう。

――竜の血が体を蝕《むしば》んでる。

力を使い過ぎたのだ。

そこに、フルカスが駆け寄る。

「うおおおおっ！」

〝天使狩り〟は魔力の表層を削り取るが、屍竜の本体には届かなかった。

「……あと、一発」

ここでもう一発撃《う》っても、無駄弾にしかならない。

だが、この戦いを見ていたのはフォルたちだけではなかった。

「天使【告解】〈ラジエル〉！」

「天使【告解】〈ザラキエル〉——からの〈対極旋波〉！」

ギニアスとステラだった。それぞれの戦いに決着を付けた彼らは【告解】を紡いで屍竜に突っ込む。

三方向からの【告解】による同時攻撃。それでもなお、屍竜に刃は届かなかった。

「この三人で、届かぬか！」

いいや【告解】は確かにじわじわと屍竜の障壁《しょうへき》を破りつつある。

それでも、間に合わない。刃が届くよりも早く、屍竜の魔力は臨界を超えてしまう。

フォルは翼を広げ、屍竜へと急降下する。

「お嬢さま、なにを——」

「——〈天鱗・雪月花〉」

屍竜の周囲を光の花弁が取り囲む。

そして、フォルは両腕を広げて静かに唇《くちびる》を震《ふる》わせた。

「――〈神音《かのん》〉――」

音もなく、世界が震えた。

黒竜〈マルバス〉とフォル自身の咆哮《ほうこう》が〈雪月花〉の中で共振《きょうしん》する。その衝撃《しょうげき》は物体の固有振動《しんどう》を揺《ゆ》さぶり、膨張《ぼうちょう》する魔力をも打ち砕く。

――でも、足りない！

いくら表層の魔力を削《そ》いだところで、屍竜という魔力炉《まりょくろ》がある限り暴走は止まらない。

フォルは両手を前に突き出し、空を圧するように握り締《し》めた。

「――〈天燐《てんりん》・流星《りゅうせい》〉――」

それはザガンの〈天燐〉ではない。フォルが作ったフォルだけの〈天燐〉だった。

――ザガンは基本の型を教えてくれた。

キメリエスの〈颶風《ぐふう》〉。ゴメリのゴーレム。ザガンは己《おのれ》の配下たちに惜《お》しげもなく〈天燐〉を与《あた》えた。〈魔王《まおう》〉すらも殺す刃を与えたのだ。

だが、それでも最初の〈天鱗〉――全ての基礎《きそ》となった型だけは教えなかった。

なぜなら、ザガンはここから始めたからだ。

この〈天鱗〉を組《く》み替《か》え、発展させることで全ての型を作ったからだ。

これを知ってしまえば、ザガンに教えを請《こ》わずとも〈竜式《りゅうしき》〉も〈右天左天《うてんさてん》〉、あるいはそれ以上の力さえ紡ぎうる。当然、それを裏返した〈天燐〉さえもである。

〈天鱗〉は〈魔王〉の秘密《ブラックボックス》でなければならない中核《ちゅうかく》なのだ。

――なのに、ザガンはそれを与えてくれた。

ザガンは〈天鱗〉を教えてくれても〈天燐〉は教えてくれなかった。

いまなら、その理由がわかる。必要なかったのだ。ザガンは〈天燐〉も〈天輪《てんりん》〉さえをも自分で紡げる秘密を与えてくれたのだから。

フォルの咆哮を増幅共振《ぞうふくきょうしん》させた〈雪月花〉が黒く染まる。

そして、屍竜めがけて降り注ぐいだ。

〈天燐〉は周囲の魔力を喰らって再現なく燃やし続ける魔術《まじゅつ》なのだ。フォルの咆哮に、屍竜の暴走する魔力。喰らうべき餌《えさ》は無限に存在し、儚い鬼火《おにび》は隕石《いんせき》のごとく燃え上がって屍竜を打ち据える。その様は、流星と呼ぶ他ない光景だった。

屍竜の体が穴だらけになる。もはや崩壊しているのだ。竜の形すら失いつつある。

――なのに、それなのに！

魔力の暴走が止まらない。

ラーファエルたちの【告解】も屍竜を切り刻むが、それでも足りないのだ。

「ダメ……もう、みんな、逃げて」

これ以上、フォルにはどうすることもできない。そう思ったときだった。

「――遅くなって申し訳ないのですわ」

バサバサと羽音を立てて、無数のコウモリが襲来《しゅうらい》した。

「アルシエラ？」

「フォル、違《ちが》うのですわ。その力は――破滅の力は、こうやって使うのです」

虚空《こくう》から現れた吸血鬼《きゅうけつき》の少女は、フォルの手に自分の手を重ねる。

〈流星〉の動きが変わる。屍竜の体を貫いてなお止まらず、一点に収束していく。魔力の核《かく》たる心臓へと。しかし――

「ダメ……やめて、アルシエラ。こんなの、抑《おさ》えきれ、ない……！」

収束した〈天燐〉は互《たが》いの魔力を喰らい合い、どこまでも膨張していく。それがいずれ屍竜の自爆以上の力へと高まっていくのが、フォルにはわかった。

なのに、アルシエラは〈流星〉を止めない。

「これでいいのです。一点に収束した〈天燐〉は高密度の質量を持ち、やがてその質量にすら耐えきれなくなって、大きく弾ける。星々の終焉《しゅうえん》のごとく」

怖《こわ》かった。フォルにはわかってしまった。これは、在ってはならない力だ。

ザガンでさえ到達《とうたつ》していない……いや、到達しているのかもしれないが、形にはしなかったのだろう。真の意味でなにもかもを滅《ほろ》ぼしてしまう力だ。

「どうか、怖がらないで。あたくしが最後の戦いのために紡いだ神殺しの力。貴姉なら、きっと扱《あつか》いこなせる。あたくしよりも、正しく使える」

そう語るアルシエラの横顔は、決して恐《おそ》ろしい破壊者《はかいしゃ》のそれではなかった。

ただただ、友への慈愛《じあい》と信頼《しんらい》を込めた眼差《まなざ》しを返してくる。

震えが、止まった。

――そう。アルシエラは、託してくれてるの……。

もう残り時間の少ない彼女《かのじょ》が、託《たく》そうとしてくれているのだ。たったひとりの友達の願いに応えられなくて、なにが友だ。フォルは自分の意志で〈流星〉を制御する。

「――ッ、総員待避！　全力でこの場から離《はな》れるのだ！」

オロバスの血ゆえか、ラーファエルはこれから起きることを感じ取ったらしい。悲鳴に近い声で叫ぶ。その様子に、ステラたちも屍竜の傍《そば》から離れていく。

フォルはアルシエラを見ると、小さく頷《うなず》いた。

「――〈天燐・崩星《ほうせい》〉――」

黒い光が弾ける。

だが、そこに恐れていたような激しさはなかった。ただただ虚無《きょむ》の色をした光が天に向かって延び、そして静かに消えていく。

あとには、なにも残っていなかった。

あれだけ巨大だった屍竜も、緑に覆われた大地も、大気さえも。

風が吹《ふ》く。

「――っ、くぅ」

爆風《ばくふう》のような風が、後ろから吹き付けてきた。

――違う。爆心地《ばくしんち》に向かって吹いてる。

〈崩星〉を放ったフォルにはわかる。あの場所から、世界が消滅《しょうめつ》したのだ。だから、消えてしまった世界を埋《う》めるように、周囲のものが引き寄せられている。

――これが、アルシエラが本来持っていた力……。

かつてアトラスティアで〝ネフテロス〟と戦ったアルシエラは〝天使狩り〟を用いずと

も〈天燐〉と同種の、あるいはそれ以上の力を操《あやつ》っていたのだ。

それが、フォルを守ろうとしたがゆえに失われた。

あまりの力に呆然《ぼうぜん》としていると、アルシエラが肩《かた》を抱いてきた。

「フォル……。あの方を見送って差し上げるのですわ」

「え……？」

すり鉢《ばち》状に刳《く》り抜《ぬ》かれた大地の中心に、ひとつの光が残っていた。

人でも竜でもない、ただの光の球体。輪郭《りんかく》さえも曖昧《あいまい》で、風に吹かれれば消えてしまいそうな儚い光。フォルには、それがなんなのかわかった。

「お父、さま……」

肉体はすでに消滅している。魔力さえも残っているはずがない。ここにあるのはたった二十一グラムの、偉大な竜の最後の欠片なのだ。

アルシエラに支えられ、ゆっくり降下していくとフォルはその光に触れる。

「あったかい……」

そこから流れ込んできたのは、ただただ優《やさ》しいぬくもりだった。

この父もまた、ザガンたちと同じようにフォルを愛してくれていたのだ。

それをもう一度確かめることができたから、フォルは笑顔《えがお》で応えることができた。

「私も大好きだった。さようなら、お父さま」

胸に抱きしめた光は微笑《ほほえ》み返すように明滅《めいめつ》し、やがて消えていった。

「さようなら、なのですわ」

フォルの肩を抱くアルシエラもまた、父親を見送るように儚く微笑んでいた。

◇

死に別れたいくつもの父と子が決着を付けるころ、別の場所では出会えるはずのなかった父と子が戦っていた。

「アミー、オセ、カイム、ウィネ、ノロベ」

銀眼は〈魔王〉たちの名を呼びながら、剣を振《ふ》るう。剣の腕《うで》に大きな差はないはずだ。にも拘《かか》わらず、五人もの〈魔王〉は為《な》す術《すべ》もなく圧倒《あっとう》されていく。

――いや、これはこいつらの本来の力なのだろう。

いかに生前の力と記憶《きおく》を持っているとしても、傀儡《かいらい》ではそれ以上の力を引き出すことはできない。

だが、英雄《えいゆう》とやらは自分の力量以上の力を平然と振るう厄介《やっかい》な連中なのだ。そのトリガーは精神である。平たく言うと、英雄を英雄たらしめる最後の鍵は根性《こんじょう》なのだ。

五人を一度に相手取る銀眼だが、さすがにそこで足を止められてしまう。そこに、六人目の〈魔王〉が斬りかかってくるが。

「見え見えだ、愚《おろ》か者《もの》」

その横《よこ》っ面《つら》に、ザガンの拳が突き刺《さ》さる。

殴《なぐ》り倒《たお》された〈魔王〉の手から〈呪剣〉が離れる。それを、銀眼は左手で受け止めた。

「借りるよ、ストラス」

二本目の〈呪剣〉を手にした銀眼は、斬り結《むす》ぶ一本目へとその一撃を重ねる。斬り結んでいた数人が吹き飛ばされ、道が切り開かれる。

その剣は、なるほど黒花のそれとよく似ていた。

「――〈右天左天〉――」

巨大な〈天鱗〉の手甲《てっこう》を左右に従え、その道をザガンは駆け抜ける。

正面から迫《せま》る〈魔王〉のひとりを〈右天〉の手の平で叩《たた》き潰《つぶ》し、次に迫るひとりを〈左天〉で振り払う。〈呪剣〉で防ごうが関係ない。〈天鱗〉の直撃《ちょくげき》を受けた〈魔王〉たちは今度こそ動かなくなった。

「ファラス、ベリト。それから、アイニ」

ザガンの後ろから飛びかかってくる〈魔王〉の胴《どう》を、銀眼が一閃《いっせん》する。

「ブネ、イポス」

ひとりを倒した隙《すき》に、また新たにふたりの〈魔王〉が銀眼を襲《おそ》う。その剣閃は鋭《するど》く重く、二刀を以てしても受けるので精一杯《せいいっぱい》だった。

だが、それによってザガンに丸腰《まるごし》の背中を晒《さら》すことになる。

「邪魔《じゃま》だ」

〈右天〉でなぎ払えば、ふたりの〈魔王〉は受け身を取ることすら叶《かな》わず壁《かべ》にたたき付けられていた。

同じ銀眼を持つがゆえに、互いの動きは手に取るようにわかる。

出会ったばかりの父子は、生涯を共にした戦友のように互いを理解していた。

そして、最後のひとり。

「マルコシアス！」

銀眼は正面からマルコシアスと斬り結ぶ。

相手は《最長老》――千年もの長きにわたって〈魔王〉たちの頂点に君臨した男である。

銀眼の二刀さえも受け流し、互角《ごかく》に斬り結んでいた。

――だが、ふたりなら。

〈右天〉と〈左天〉の拳に加え、ザガンは己の拳も振るえるのだ。

信じがたいことにマルコシアスは〈右天〉ですら受け流してザガンへと返すが、ザガンはそれを〈左天〉で受け止める。

「そう何度も喰らって堪《たま》るか！」

銀眼の二刀を受けながら〈右天〉まで捌《さば》いて手が足りるはずもない。ザガンの拳が老人の顎を捉《とら》え、胴へ、顔面へと弾幕《だんまく》のような拳が襲う。

「よそ見をしている暇《ひま》はないぞ」

ザガンの拳へ注意を割《さ》かれれば、今度は銀眼の二刀が止められなくなる。

『――ッ――ッッ？』

最古の〈魔王〉だかなんだか知らないが、ふたりの銀眼の王を相手に戦える者など、歴史上にも存在しなかった。

銀眼がマルコシアスの〈呪剣〉を跳《は》ね上げ、ついにマルコシアスにも隙が生まれる。がら空きになった胴を〈右天〉の拳が穿つ。

――このまま終わらせる！

ザガンが追撃しようとすると、その行く手を銀眼の剣が遮《さえぎ》る。

「行け！　君の戦場はここじゃないはずだ」

「……ッ、お前」

後ろを振り返れば、再び〈魔王〉たちが立ち上がろうとしていた。幾人《いくにん》かは倒したようだが、依然《いぜん》として半数以上が残っている。

一度は膝《ひざ》を折ったマルコシアスも、すでに立ち上がって剣を握ろうとしていた。

銀眼とふたりがかりとはいえ、この全員を倒すのは一刻やそこらで済む話ではない。だから銀眼は、それをひとりで引き受けると言っているのだ。

「君にはわかっているんだろう？　僕《ぼく》たちはオリジナルと同じ体、同じ力、同じ記憶を与えられている。でも、それだけなんだよ。僕たちは――オリジナルとは、違う」

「…………」

ザガンは、答えなかった。

それは魂《たましい》の在処《ありか》の如何《いかん》とも言える問題だった。

果たして、オリジナルとまったく同じ体、同じ記憶を持った人間を作ったとして、それは本人たり得るのか。

人の思考を記憶が作るのだとしたら、この問いへの答えはイエスである。

その誰《だれ》かはオリジナルとすり替えても同じ生活を送り、本人を含《ふく》めて誰ひとり違和感《いわかん》を抱くことなく生きていくだろう。

だが、それは本人がなにも知らなかった場合の話だ。

真実を知ってしまったら、作られた別人はオリジナルを憎悪《ぞうお》する。自分が自分であると受け入れられない。

オリジナルが生きた場合を考えればよい。彼らは同じ記憶を共有していても、いまの思考を共有しているわけではないのだ。それで、お互いを自分自身とは認識《にんしき》できない。

少なくとも、銀眼は自分を自分とは認識できなかったのだ。

シアカーンが世界を救うなどと言いながらわざわざ無辜《むこ》の民を皆殺《みなごろ》しにするのは、これも理由かもしれない。オリジナルが生きていたら、〈ネフェリム〉は不具合を起こすのだ。

——理解していたのか……。

恐らく、戦っているうちになにか違和感を抱き、気付いてしまったのだろう。ザガンと彼の銀眼は、魔力の流れの全てが見えてしまうのだから。

銀眼はマルコシアスと切り結びながら続ける。

「いまはいい。でも、時間が経てばオリジナルとはどんどんズレていくだろう。偽《にせ》の記憶を持って生きる僕たちは、何者にもなれない。だから、ここまででいい」

ザガンは、その命題に答える言葉を持っていなかった。

だから答える代わりに、ザガンはふところからキ・セルを取り出す。

戦場で堂々と火を入れると、ひと息で刻みタバコを焼き付くさんばかりに深く吸った。

「戦って、他人に背中を預けるのがこうも心地《ここち》よく感じたのは、初めての経験だ」

自分がどう動くのか理解してくれて、自分にも理解できる。

バルバロスのように、しょっちゅう殴り合っているからわかるのでもない。口を利《き》いたこともなく、互いのことも知らなかったはずなのに、必然のようにわかってしまえる。それは、安らぎにさえ似た心地だった。

あるいは、それが父子というものだったのかもしれない。だから、ザガンはこう告げる。

「貴様が何者だろうと、友として受け入れることはできるだろう」

銀眼は目を丸くし、それから少年らしく無邪気《むじゃき》な笑顔を浮《う》かべた。

「友か……。うん。それはいいな。また会おう、友よ。……それと」

言いにくそうに、銀眼は告げる。

「できれば、彼女のことを、頼《たの》む。オリジナルは……いや、僕は、彼女に辛《つら》いことを全部押《お》しつけてしまった」

それが誰のことを言っているのかわからぬほど、ザガンは無知ではなかった。

——なかなか受け入れがたいものだが……。

だが、気付く手がかりがなかったわけでもない。にも拘わらず、ここに来るまで気付かなかったのは、やはり認めたくなかったからなのだろう。

ザガンはため息とともに紫煙《しえん》を吐《は》き出した。

「……ふん。余計なことは気にするな」

「ありがとう。友よ」

それを別れに、ザガンは背中を向けた。

「〈魔王〉さま！　こっちです！」

デクスィアが通路のひとつから呼んでくる。この戦いの中でも、じっと息をひそめて待っていたのだ。

「急いで！　崩《くず》れ始めてます」

ザガンと十三人の初代〈魔王〉——そしていま、銀眼と残る〈魔王〉たちとの戦いから、坑道《こうどう》は崩落《ほうらく》を始めていた。

それでも、ザガンは足を速めることはできなかった。

父だったかもしれない男との別れを惜しむように、あるいは初めて友と呼んだ男の最後の瞬間《しゅんかん》を見届けてやるように。

——たとえまがい物だとしても、あのとき頭を撫《な》でてくれた手は、あたたかかった。

ザガンがデクスィアの待つ通路に足を踏《ふ》み入れるのと同時に、坑道の広場は崩れて埋まった。

◇

「シアカーンさま……」

デクスィアが震えるようにその名を呼ぶ。

薄暗《うすぐら》い坑道の最奥《さいおう》。資材でも置く空間だったのか、少し拓《ひら》けたそこにシアカーンはいた。

背後には魔術装置らしき石柱が聳《そび》え、そこに石像と化したゴメリの姿がある。

「久しぶり、と言うべきか？　貴様がシアカーンだな」

キイッと車椅子《くるまいす》を軋《きし》ませ、ゆっくりとザガンに向き直る。

「いか、にも。我《われ》が、シアカーン、だ」

それから、デクスィアに目を向ける。

『戻《もど》って、くるが、よい。デクスィア』

「ひっ——」

魔力を込めた言葉が、デクスィアへと流れ込んだ。

パンッと軽い音を立てて、魔力が弾ける。デクスィアへと届く前に、ザガンは拳で魔力を打ち払っていた。

「胸くその悪くなる真似《まね》をするな。こいつはこいつの意志で貴様に立ち向かった。それを踏みにじることは許さん」

当然のことではあるが、他の〈ネフェリム〉と同じくデクスィアにも強制的に従わせる仕掛けが施《ほどこ》されている。それはひと目見たときにはわかっていた。

それゆえ、この少女を庇護《ひご》すると宣言してザガンが真っ先に行ったのが、その支配から守る処置だった。

——一度操られたやつは止められんが、これから告げられる命令は防げる。

すでに命令を下されてしまった個体に干渉《かんしょう》することは難しい。〝戦え〟と命じられた〈ネフェリム〉からその命令を取り除くことは、ザガンの〝魔術喰《まじゅつく》らい〟でも不可能だ。アルシエラでさえ、邪魔の入らない状況《じょうきょう》を作るまでは手出しができなかった。

だが、新たに下される命令なら防げる。デクスィアに与えた装備にはシアカーンの魔力を拒絶《きょぜつ》する結界を施してあった。

シアカーンは小さくため息をもらす。

「残念、だ。それも、大切な、配下なの、だが……」

「……だったら」

デクスィアは呻《うめ》くようにつぶやく。

「だったら、なんでアリステラをあんな姿にしたのよ！」

血を吐くような声でデクスィアは叫《さけ》ぶ。

「アリステラは死にたくないって言った！　道具みたいに使い捨てられるのは嫌《いや》だって泣いてたのよ！　なのに、どうして！」

シアカーンは、さも心外そうに問い返す。

「あれも、あとで造り直せばよい。案ずる、な」

〈魔王〉とそうでない者とでは、あまりに概念《がいねん》が違い過ぎた。

へなへなと、デクスィアはへたり込む。

「シアカーンさまには、わからないの？　アタシは、ここにいるアタシやアリステラの意思には、代わりなんてない。……同じものを造ったって、いまのアタシたちは、なにも救われないのよ」

それは造り直された側にも言えることなのだろう。

先代銀眼の王とて、いまの自分がかつての自分であるとは受け入れなかった。これは造られた者にとって、なんの救いにもならないのだ。

ザガンは、そんなデクスィアの頭をポンと叩く。

「それでいい。よく吠《ほ》えた」

ザガンはデクスィアの前に出る。

挑発的《ちょうはつてき》にキ・セルを掲《かか》げ軽くひと口紫煙をくゆらせると、どういうわけかシアカーンが懐《なつ》かしそうに目を細めた。その感情の意味は読みあぐねたが、ザガンは静かに告げる。

「貴様は歪《ゆが》んでいるな」

その言葉に、シアカーンはおかしそうに肩を揺らす。

「まさか、同じ〈魔王〉から、そんな言葉を、聞くと、は……」

「そうだな。貴様は歪んでいるが――正しい」

デクスィアが耳を疑うような顔をするが、ザガンは続ける。

「貴様がなにを失ったのかは知らん。だが、大切な誰かを失って、それを取り戻せるかもしれない方法があるなら、試《ため》さずにはいられん。それが人間だ。俺《おれ》でもそうするだろう」

ネフィやフォルを失ったとしたら、ザガンとて同じことをするかもしれない。いや、間《ま》違《ちが》いなくやる。そう確信できるから、歪んでいるとしてもこの男の思想を否定することなどできるはずがない。

ゆえに、ザガンは惜しむように語る。

「こんな形でなければ、酒でも交《か》わしながらその是《ぜ》正《せい》について語らいたかったくらいだ」

いまの方法における問題点を洗い出し、改善策を模《も》索《さく》する。〈ネフェリム〉にしたってもっと完成度を高められたかもしれない。その方法を確立させたとして、そこに去来するのが達成感なのか、それとも虚《むな》しさなのか。

実行するかどうかは別として、魔《ま》術《じゅつ》師《し》としてこれほど探究心がくすぐられる課題はそうはない。きっと夢中になれる時間だったはずだ。

シアカーンは驚《おどろ》いたように顔を上げる。

「そう、か……。キメリエスが、言っていた。貴様は、我の、理解者となる、だろうと」

「そうだな。今日は、友となれただろう者と、よく出会う」

そして、別れもだ。

「貴様は正しいが、あいにくとそれは俺の王道を土足で踏みにじっている」

だから、見逃《みのが》すわけにはいかない。

「配下が与えられた苦痛には、報《むく》いを与えねばならん。実に、残念だ」

「我も、残念に、思う、よ。貴様は、我が、生涯の友と、なり得た」

その言葉を合図に、周囲の暗がりからいくつもの人影《ひとかげ》が現れる。

「初代〈魔王〉を、退けたその力、実に、見事で、あった。ここにいる、のは、二代目、以降の〈魔王〉たち、だ」

その数は五十を超《こ》えるだろう。

「ま、〈魔王〉さま……」

デクスィアが震える声をもらす。

「恐れる、な。貴様も、造り直す。我が友と、共に、な」

シアカーンの言葉に、ザガンは意味がわからないというように首を傾《かし》げた。

「なにを言っている？　俺は〈ネフェリム〉なんぞ造るつもりはないが？」

「な、に……？」

ギッとなにかが焼けるような音が伝う。

「なん、だ……？」

それは、天井《てんじょう》から落ちてきたように見えた。

ギッ――またギッと、その音はいくつも降ってくる。

「やはり、時計というものがほしいな。ネフィの誕生日プレゼントはこれでいこう」

「いったい、なんの話を、してい、る？」

ザガンは仕方がなさそうに肩を竦《すく》める。

「刻限ということだ。俺は配下たちに、今日の日没《にちぼつ》に全《すべ》てを終わらせると告げている。ここからでは陽の位置は見えんが、いまが日没なのだろうな」

ギッ――ギギッ――ギッ――と、降り注ぐ音は数を増していた。

「――〈天燐・鬼哭驟雨《きこくしゅうう》〉――」

◇

「陽が落ちる」

朱《しゅ》に染まった空を見上げ、そうつぶやいたのはフォルだった。

「聖騎士《きし》たちを集結させろ！」「無理だ。もう戦う力なんて残ってない」「だからって街を見捨てろって言うのか？」

聖騎士たちが口々にわめき立てる。

包囲した〈ネフェリム〉との戦いは、聖騎士が勝利した。屍竜《しりゅう》も倒し、アンドレアルフスも黒花とシャックスが討《う》ち取ったという。

その戦いで、みんな全ての力を使い果たしてしまった。

アンドレアルフスと正面からぶつかった黒花は重傷。【告解《こっかい》】を連発したラーファエルたちももう戦えない。フルカスも〝天使狩《が》り〟を使い切ってしまった。フォルにしたって、もはや飛行魔術ひとつ組み立てる力も残っていない。

それでも、まだ七千――キメリエスによって相当数が倒されたはずだが――の敵兵が残っているのだ。

戦《いくさ》という舞台《ぶたい》に於《お》いて、八百年を生きるシアカーンの上を行くことなどザガンですら不可能だったのだ。

なのだが、うろたえているのは平の聖騎士とギニアスくらいのものだった。

ラーファエルがなんとか身を起こし、指示を飛ばす。

「聖騎士たちよ。負傷者を回収し、撤収《てっしゅう》を開始せよ。敵兵も、正気の者は救助してやれ。

いれば、の話だが」

「ヒュランデル卿《きょう》！　なにを悠長《ゆうちょう》な。敵軍がすぐそこまで迫っているのですよ？」

異を唱えるギニアスに、ラーファエルはうっかりしていたように目を丸くする。

「……そうか。伝令に〝共生派〟を使ったからな。貴様には伝達が届いていなかったか」

「なんの話です？」

そこで、ステラがカエルでも踏み潰したような声を上げる。

「うえっ、あれなに？　ザガンの魔術？」

「え……？」

ステラが見上げた空には、いつしか巨大《きょだい》な魔法陣《まほうじん》が広がっていた。

「この戦、我が王が始めたにしては魔術師が少なすぎるとは思わなかったか？」

「そ、それは街の防衛や負傷者の治療《ちりょう》に割いていたのでは……？」

それもなくはないが、ザガンの配下はまだ三十名いるのだ。中にはシャックスやレヴィアのような元魔王候補にも引けを取らないような者もいる。彼《かれ》らが参戦していれば、この戦いはもっと有利に進められていたはずだ。彼らはいったいなにをやっていたのか。

ラーファエルは空の魔法陣を見上げる。

「刻限だ。この戦は、もう終わった」

その言葉を肯定《こうてい》するように、ぽつりとなにかが降ってくる。

「雨……？」

そう。それは雨としか表現のしようがないものだった。

ただ、禍々《まがまが》しくも黒い雨。

まるで、フォルが放った〈流星〉のように。

それでいて〈流星〉とは異なり、雨のような密度で。

上空二千メートルから、矢のように放たれる。


「――〈天燐・鬼哭驟雨〉――ザガンが全部を滅ぼすために作った力」


形あるもの全て、いいや形なき魔力《まりよく》や霊力《れいりよく》すらも完膚《かんぷ》なきまでに破壊《はかい》する破滅《はめつ》の力。

黒い雨に打たれた者たちが絶叫《ぜつきよう》を上げる。鬼が哭《な》くように。

だが、その雨は戦場にあまねく降り注いでいながら、聖騎士やザガンの配下たちには一滴《てき》として掠《かす》りもしていなかった。

ザガンは、この戦いを終わらせると言ったのだ。

〈魔王〉のその言葉は、敵性勢力の完全消滅を意味する。シアカーンに与《くみ》する一切合切《いっさいがっさい》を残さず滅ぼすということなのだ。

「だから、ボスはシアカーンの戦力を一兵残らず引きずり出す必要があったんだよ」

レヴィアを抱《だ》きかかえて、べへモスが語る。

この戦は、シアカーンの〈ネフェリム〉をひとり残らず滅ぼすのが目的なのだ。

それでいて、この戦場にザガンはいない。

この〈鬼哭驟雨〉は、魔王殿《まおうでん》に残した三十名からなる魔術師たちによる合作である。その起動こそザガンの承認《しょうにん》が必要だが、かの〈魔王〉はすでに配下全員に〈天燐〉を与えていた。

――できれば、これを使われる前に食い止めたかった。

だからフォルは〈マルバス〉を解放してまで戦を止めに入ったのだ。とはいえ、〈魔王〉相手にそれを成すには、あまりに準備不足だった。

虐殺《ぎゃくさつ》の空を見上げて、アルシエラが戸惑《とまど》いの声をもらす。

「これが、銀眼の王の所業ですの……？」

「アルシエラは、許せない？」

「…………」

アルシエラは答えなかった。

フォルはそっとたったひとりの友達に寄り添《そ》う。

「私は、これもひとつの答えだと思う。敵対者に慈悲《じひ》は与えないけれど、従う者は誰ひとり見捨てない。絶対に守る。その証明。だから、こんな力だって与える」

「……結ぶ者……これも、ひとつの在り方だということですの？」

「きっと、そう」

殺戮《さつりく》の驟雨は、ほどなくしてやんでいた。

あとには、なにも残っていなかった。一万の兵など、初めからいなかったかのように。

フォルはぎゅっとアルシエラの手を握《にぎ》る。

「誕生日、祝うの嫌になった？」

「……それこそ、まさかなのですわ」

「じゃあ、ちゃんと準備しておいて。そろそろザガンも気付く。アルシエラが、本当は誰なのか」

その言葉に、アルシエラは困ったように笑うばかりだった。

「ああ、それはとても困難な話なのですわ。本当に……」

赤い空は、夜の色と混ざり合って淡《あわ》い紫紺《しこん》に染まっていた。

◇

〈天燐《てんりん》〉の雨は廃鉱《はいこう》を貫《つらぬ》き、地深くに存在するシアカーンの間をも焼いていた。

配下たちに組ませた〈鬼哭驟雨〉はあくまでキュアノエイデスの空である。この〈鬼哭驟雨〉はザガンがこの坑道に到着《とうちゃく》してから、初代〈魔王《まおう》〉と戦いながら丸一日かけて紡《つむ》いだものである。

十三人の〈魔王〉相手にふたつまでしか〈天鱗《てんりん》〉が使えないというのは、なかなかのハンディキャップではあったが。

――まあ、終わったことだ。

恐るべき〈魔王〉たちが為す術もなく崩れていく。

「この戦は、どう転んでも貴様の土俵だ。魔術師ならば、相手の土俵に上がるような愚策《ぐさく》を冒《おか》す者などいない」

配下の命を預かる王としても、勝ち目のない戦に駆《か》り出すなど愚《ぐ》の骨頂である。ならば、初めから勝負になど乗らなければよいのだ。

つまり、ザガンは戦局ではなく盤面《ばんめん》をひっくり返して殴りにきたわけである。

――だが、シアカーンの手駒《てごま》を取り逃《に》がすわけにはいかんからな。

だから、ザガン自らここまで踏み込む必要があった。

「まあ、まさか歴代〈魔王〉まで蘇《よみがえ》らせているとは思わなかった」

初代〈魔王〉をぶつけてくるだろうことまでは予測できたが、ここまでやるとは思っていなかった。まともに勝負していたら、ここで敗れていただろう。

これが、敵地の真《ま》っ只中《ただなか》でキ・セルなんぞ吹《ふ》かしている理由だった。

「恐ろしい、男、だ。引きずり込まれたのは、我の方だった、ということ、か」

そんなシアカーンに、ザガンは手の平を上に向けて腕を伸《の》ばす。

「立て。貴様ほどの男が、この状況になにも備えておらんなどとは思っていない」

一切合切を滅ぼす〈鬼哭驟雨〉だが、シアカーン自身には一滴として触《ふ》れてはいなかった。

ザガンが避《さ》けてやっているわけではない。この男もまた〈魔王〉だということだ。

「それすらも、見越《みこ》している、か」

シアカーンの体から、無数の糸が這《は》い出していた。それが身代わりとなって黒い雨を受け、焼かれては新たな糸を紡いでいるのだ。

――ビフロンスに仕《し》掛《か》けた〈天燐〉から対策されたか。

もちろん、無限に糸を放出できるわけでもないだろう。このまま〈鬼哭驟雨〉で打ち付ければ、じきに力尽《ちからつ》きる。

だが、友となれたかもしれない男に、そんな有象無象《うぞうむぞう》のような死は与《あた》えない。

魔力の糸はシアカーンの体に突《つ》き刺さり、その皮膚《ひふ》の下へと潜《もぐ》り込む。

「一分。マルコシアスに破壊されたこの身は、一分だけ動かすことができる」

その身に潜り込んだ糸はシアカーンの全身をめぐり、神経へと溶《と》け込み筋繊維《きんせんい》と融合《ゆうごう》していく。痩《や》せ細《ほそ》っていた手足には若返ったかのような精気が満ちあふれ、鋼のような筋肉が復元されていた。

これは傀儡だ。数多《あまた》の〈ネフェリム〉を操ってきたこの〈魔王〉は、その自分自身すらも傀儡として操る術を編み出していたらしい。

ゆっくりと、車椅子から立ち上がる。

フードを脱《ぬ》いだその顔には、とうてい再起不能の男とは思えぬ闘争心《とうそうしん》にあふれた眼差《まなざ》しがあった。

「一分だけなら、我はいまでも《虎《とら》の王》だ」

ザガンはシアカーンを見据《みす》えたまま、デクスィアに語りかける。

「これより貴様の復讐《ふくしゅう》が成る。一瞬《いっしゅん》たりとも見逃すなよ」

「……はい」

ザガンはキ・セルを逆さに掲げる。

「ちと惜《お》しいが、一服はここまでのようだ」

トンッとキ・セルを叩くと、火皿からまだ燃えている刻みタバコが落ちていく。

そして、ふたりの〈魔王〉は同時に地を蹴《け》った。

「ぬうんっ！」

《虎の王》が右腕《みぎうで》を振るう。その手から突き出したのは凶悪《きょうあく》な爪《つめ》だった。

――〈呪爪〉の変種か？

触れただけでその身を蝕《むしば》むだろう呪《のろ》いの力を感じた。

「無駄《むだ》だ！」

「――ガッ？」

ザガンはその爪を、真っ向から殴り砕《くだ》いた。

ぐしゃりと丸太のような腕がひしゃげる。

シアカーンは右腕が潰れてもものともせず、左の爪を振るう。対するザガンは、この後に及《およ》んで右手にキ・セルを握っている。嫁《よめ》からのプレゼントを放り出すなど一考にすら値せぬ選択《せんたく》である。

ザガンはさらに前に踏み込むと、肘《ひじ》を以《もっ》て左の手首を砕く。

だが、間合いを詰《つ》めすぎたザガンにシアカーンがその牙《きば》を剥《む》く。

——避けられんか。

そう確信するや否《いな》や、ザガンはキ・セルを握った右腕を差し出す。シアカーンの噛《か》みつきは、右腕の肉を貫き骨すらも砕いていた。

だが、そこまでだった。

ザガンは右腕に渾身《こんしん》の力を込める。

「ぐ……ッ？」

右腕に深々と突き刺さった牙は、張り詰めた筋肉によって固定され抜《ぬ》けなくなる。両腕《りょううで》を砕かれ、噛みつきによって動きすら封《ふう》じられた。

「終わりだ」

その無防備な胸に、ザガンの左の拳《こぶし》が突き刺さる。

胸骨をへし折り、気管を貫き、脊椎《せきつい》をも砕いてその拳は背へと突き抜けていた。

「……見、事」

その言葉と共に、シアカーンは大量の血を吐く。

ゆっくりと膝を突くシアカーンの前で、ザガンは噛み砕かれた右腕を振るう。

――牙にも呪いか。恐《おそ》ろしいな。

そう認識しながらも、キ・セルの具合を確かめるその腕にはもはや傷は残っていなかった。〈祈甲《きこう》〉による治癒《ちゆ》である。

地に伏《ふ》したシアカーンは、またしても懐かしそうな眼差しでつぶやく。

「キ・セルを片手に、一蹴《いっしゅう》、か……。あなたは、いつも、そうだ……った」

「……？　なんの話だ？」

シアカーンは、答えなかった。ただ、そうつぶやいた《虎の王》は、少年のように安らかな表情に見えた。

それから、ふと思い出してシアカーンを見下ろす。

「おっといかん。俺が貴様を倒さねばならん、最たる理由を告げるのを忘れていた」

「なん、だ、と……？」

ここにアルシエラあたりがいたら『後生ですからやめて差し上げるのですわ』とか言って止めてくれたのだろう。だが不幸なことに、この戦いの見届け人はデクスィアひとりしかいないのだ。

ビシッと人差し指を突き出し、ザガンはこう告げた。

「貴様のおかげで何度ネフィとのデートがおしゃかになったと思っている。それが、貴様が死なねばならん理由だ」

あまりに残酷《ざんこく》な宣告に、シアカーンも唖然《あぜん》とする。

「デー……ト、だと……？」

「知らんのか？　愛《いと》しい者と遊び歩く行為《こうい》のことだ。心が満たされる。実に有意義だぞ」

シアカーンは、空虚《くうきょ》に笑う。

「は、はは……。なんと、まさかそんな理由で、討たれる、とはな……」

それから、なぜか妙《みょう》に納得《なっとく》したようにつぶやく。

「嗚呼《ああ》、なるほど、それが理解できなかったから、貴様の戦う理由が読めなかったから、我は勝てなかった、のだ、な……」

〈魔王〉がデートしたさに殺しに来るなど、誰が読めるものか。せいぜいバルバロスくらいのものだろう。

「〈魔王〉ザガン……我の、敵《かな》う相手では、なかった」

それが、長きにわたった〈魔王〉シアカーンとの戦いの、幕引きだった。

◇

『――其は太陽を司《つかさど》る者――災禍《さいか》を退け矢を放つ者なり――』

箒《ほうき》にまたがり、神霊魔法《しんれいまほう》を詠《うた》いながらネフィが飛ぶのはシャスティルの元だった。

「ネフィ？」

手を伸ばせば、シャスティルはすぐに意図を汲《く》んで握り返してくれた。

くるりと身を捻《ひね》り、箒の後ろへとまたがる。

当然ながら〝ネフテロス〟も神霊魔法に気付くが、歌を重ねることなく困惑《こんわく》を顔に浮かべる。

『ひひ……。〈陽神の弓矢《アポローン・ディアトリトス》〉……？　なんのつもりですの』

ネフィひとりならもぎ取ることもできただろう神霊魔法を、しかし〝ネフテロス〟はそうはしなかった。いや、できなかったのだ。

代わりに、崩れた右手にまた光の槍《やり》を紡ぐ。

『愚《おろ》かなのですわ。おぞましいのですわ。ただただ消えるがよいのです』

「ネフィ、来るぞ！」

光の槍が放たれる。

ネフィは巧《たく》みに箒を操《あやつ》り〝ネフテロス〟の直上に抜けて射線から逃《のが》れるが、光の槍は向きを変えて追ってくる。

──躱《かわ》せない。だったら！

ネフィはシャスティルに視線で合図を送ると、そのまま天高く高度を上げていく。

『──その竪琴《たてごと》は神々さえも魅了《みりよう》し、その言葉は未来を詠うだろう──』

太陽に向かって上昇《じようしよう》するネフィの周囲に、黄金の輝《かがや》きが広がっていく。

強すぎる陽光が灼熱《しやくねつ》と化すように、その輝きは光の槍を削《けず》り取る。

「ネフテロスゥゥウッ！」

そして、その光に紛《まぎ》れてシャスティルも箒から飛び降りる。

『浅ましい！』

左手からも光の槍を紡ぐが、その手までもが崩れる。いや、崩壊《ほうかい》は手首だけに留《とど》まらず、前腕《ぜんわん》を飲み込み、二の腕へと上っていく。

「お願い──〈アズラエル〉！」

宙で身を捻り、グルリと振《ふ》り回すように聖剣《せいけん》を振り下ろす。その刀身に、戦い続けて傷ついたシャスティルの血が伝っていることに気付かず。

かくて、聖剣から放たれた浄化《じょうか》の光はひとりの騎士を模《かたど》る。

「これは――」

純白の鎧《よろい》をまとい、細剣と盾《たて》を掲げた騎士だった。

天使【告解】――シャスティルとて伝説の聖騎士オベロンから剣を学び、〈魔王〉ザガンと共に幾多《いくた》の死線をくぐり抜けてきた戦士なのだ。自覚はなくとも、その力はすでに【告解】に至っていた。

だが、その姿を見て真に驚愕《きょうがく》したのは〝ネフテロス〟の方だった。

『姉様……』

それは無意識なシャスティルの意図によるものか、あるいは【告解】自体が意思を持って行動したのか。

白い騎士は、優《やさ》しく〝ネフテロス〟を抱きしめていた。

その背中に、シャスティルは着地して叫ぶ。

「戻ってこい、ネフテロス！」

聖剣を握らぬ左手を差し出し、変わり果てた友の頬《ほお》に触れる。

『――月桂樹《げっけいじゅ》の冠《かんむり》を戴《いただ》き、鹿《しか》と狼《おおかみ》を従え、夜へと巡《めぐ》る者。月を姉妹とし、その弓は疫病《えきびょう》にして薬。猛毒《もうどく》にして癒《い》やし。万物《ばんぶつ》に降り注ぎ、恵《めぐ》みと破壊を振り撒《ま》く――』

シャスティルが〝ネフテロス〟へとたどり着くのを見届けながら、ネフィもまた箒から手を放して自由落下を始める。

輝きに眩《くら》まされて狙《ねら》いを見失ったのだろう。光の槍はネフィを外れて空の彼方《かなた》へと消えていった。

腕を伸ばすと、そこに〈杖《つえ》〉が戻ってくる。

落ちながら、ネフィは箒の上に立つ。両手が必要なのだ。

左手を前に突き出し、右手を顎《あご》の下まで引く。

『――此《これ》は破壊にして癒やし――〈陽神の弓矢《アポローン・ディアトリトス》〉――』

その手に紡がれたのは、神霊魔法による弓と矢だった。

そして、〈陽神の弓矢《アポローン・ディアトリトス》〉は〝ネフテロス〟へと降り注ぐ。

『いひひひっ、なにをとち狂《くる》っているんですの？』

その矢に、破壊の力はなかった。

なぜなら、ネフィはネフテロスを救いに来たからだ。

悪《あ》しき者を祓《はら》い、浄化を促《うなが》す癒やしの矢に貫かれ〝ネフテロス〟の崩壊が止まる。

――でも、癒やせない！

癒やしの矢ですら、崩壊を止めるのが精一杯《せいいっぱい》だった。

シャスティルの【告解】の背に降り立つと、ネフィは右手を伸ばす。

「ネフテロスを、返しなさい……！」

その手を見上げるネフテロスの瞳《ひとみ》は、確かにネフィが知るそれだったように見えた。

もはや肘から先も失った腕を、ネフテロスは伸ばす。

それを、ネフィとシャスティルは確かに摑《つか》み返した。

『――ッ、汚《けが》らわしい！　わたくしに、触《さわ》るなあっ！』

再び暴れ始めた〝ネフテロス〟に、白い【告解】が振り解《ほど》かれる。

それでも、そんなことで諦《あきら》めるふたりではなかった。

「絶対に――」

「――離《はな》さない！」

どれだけ暴《あば》れ狂い、殴《なぐ》られ、魔力を叩《たた》き付けられようとも、ふたりの少女は〝ネフテロス〟の体を離しはしなかった。

――絶対に、死なせない！

魔法《まほう》による治癒の光がこぼれる。暴れれば暴れるだけ〝ネフテロス〟の肉体は崩壊を進める。それを、ネフィは必死に押し止《とど》めていた。

『離せ——離して——離しなさい、よおっ！』

喚《わめ》くネフテロスの瞳には、涙《なみだ》が浮《う》かんでいた。

『もう、嫌よ。どうせ、みんな死んじゃう、じゃない。愛してるって、言って、くれたのに……。どうして、私なんか助けようとするのよおっ！』

「妹だからです！」

「友だからだ！」

ネフィとシャスティルの答えは、見事に重なった。

『嗚呼……。どうして、こんなところまで…………』

その言葉は誰《だれ》に向けられたものだろう。

ネフテロスの瞳には、ネフィたちは映っていなかった。

◇

そこは真っ暗なところだった。

少女は、膝《ひざ》を抱《かか》えてうずくまっていた。

名前も思い出せない。自分は誰で、どうしてこんなところにうずくまっているのだろう。

ぴちゃんと水の音が響《ひび》いて、どうやら周りは水に囲まれているらしいことに気付く。

湖だろうか。かなり広くて深いように思う。

そんなところに、またぴちゃんと水の音が響く。

耳障《みみざわ》りだなと思った。静かにしてほしい。なんだか知らないけれど、無性《むしょう》に眠《ねむ》たいのだ。

『――――――』

水の音が激しくなる。

なんだか声のようにも聞こえた。

別に眠っていたって誰にも迷惑《めいわく》はかけないだろう。

――ああ、そうだ。いつも誰かに迷惑をかけていた気がする。

そのせいで、取り返しのつかないことになったのではないだろうか。

――やだ。思い出したくない。

膝の間に顔を埋《うず》め、水の音から耳を背《そむ》ける。

『――ロス――ネフ……ス――ネフテロスさま――！』

やめてほしい。名前なんて呼ばないでほしい。どうせ誰かと関わったって、また迷惑をかけてひどいことになるのだ。

生きていたって、他人を不幸にするだけなのだ。そんな自分に、どうして生きる意味などあるものか。

『私は、諦めません。必ず、あなたを取り戻《もど》してみせる！』

水の音が大きくなる。

なんで静かにしてくれないのだろう。

なんであたたかい声なんてかけるのだろう。

もう、あんなものは見たくないのに。

——あんなものって、なんだっけ……。

それ以上、考えてはいけない。そんなことはわかっているはずなのに、でもそれは忘れてはいけない大切なことだったような気がする。

『——ネフテロスを、返しなさい……！』

また違《ちが》う水の音が聞こえる。

返すってなんのことだろう。返してほしいなら、勝手に持っていけばいいのに。

『絶対に——』

『——離さない！』

また、水の音が増える。

いやだ。もう聞きたくない。思い出したくない。わかりたくない。
私だって、きっと好きだったんだ。大好きだったんだ。
いっしょに来ないかと言ってもらえて、嬉《うれ》しかった。
私のために泣いてくれて、救われた。
愛してると言ってくれて、受け入れたかった。
なのに、全部ダメになったのだ。
なのに、どうしてまだ私なんかを助けようとするのだ。
『妹だからです！』
『友だからだ！』
ああ、本当にうるさい。
あまりにうるさくて、少しだけ目を開けてみた。
開けなければよかったと後悔《こうかい》した。
私の体は泥《どろ》みたいに汚《きたな》くて、ぼろぼろと崩《くず》れ始めていて、もうどこが自分の体なのかも
よくわからなかった。
――あのときみたい……。
主に捨てられ、おぞましい〝泥〟に取り込まれ、消えるのを待つだけだったあのとき。

思えばあれから悪夢に苛《さいな》まれるようになったのだ。自分を助けてくれた偉大《いだい》な〈魔王〉は泥を滅《めっ》してはくれたが、精神を蝕む泥は消せなかった。

いまや自分はもう泥なのか人なのかすらもわからない。

そんな汚らしい私に向かって、ひとりの男の人が手を伸ばしていた。

『何度でも言います。私はあなたを諦めない。愛しているんです。返事も聞いていないのに、手放してなんてやりません！』

傷だらけで、血まみれで、どうしてこの人はこんなに必死なんだろう。

『君は愛されているということだよ。妬《や》けるね』

いつの間にか、隣《となり》に見知らぬ女の子がいた。

誰だろう。知らない子だ。

『なに、私のことは気にしないでくれたまえ。まあ、あれだ。これは夢みたいなものだろう？　なら妖精《ようせい》のひとりやふたりいてもいいじゃないか』

なにを言っているのかはわからないけれど、この人は私を傷つけに来たわけじゃないらしい。

『ふふふ、私だけじゃないよ。あそこで必死に手を伸ばしている彼も、外でずっと君を呼んでいる者たちも、誰も君を傷つけたりはしない』

じゃあ、なんで私はこんなに辛《つら》いのだろう。

『そうだね。君はたくさん辛い想《おも》いをしてきたのだろう。でも、だからこそ、ちゃんと幸せになった方がいいと思うよ』

どうしたら幸せになれるのだろう。

『なに、難しいことじゃないさ。向こうは手を差し伸べてくれているんだから、ちょっと握り返してやればいいだけさ。簡単だろう？』

どういうわけか、頬がべちゃべちゃに濡《ぬ》れていた。

なんで濡れているのだろう。

拭《ぬぐ》ってみたら、それは真っ赤だった。

――嗚呼、そうだった……。これは血だ。リチャードの血だ……。

私なんかを愛していると言ったせいで死んだリチャードの血だ。

だからもう、私は消えないとダメなんだ。

『ネフテロス！』

彼の口からこんな強い口調で名を呼ばれたことは初めてで、びっくりして顔を上げてしまった。

『私は帰ってきましたよ。約束したでしょう？　私は、あなたを独りにはしません』

その声はどこまでも優しくて、つい手を伸ばし返してしまう。

伸ばした手は、手の形をしていなかった。

それでも、その人は手どころか体ごと抱き寄せてくれた。

問答無用で抱きしめられ、どうしようもなく胸の奥《おく》があったかくなる。

――私も、ずっといっしょにいたいよ、リチャード……。

もう言葉を発する口すらあるのかもわからなかったが、その人は愛おしそうに頭を撫《な》でてくれた。

『帰りましょう、ネフテロスさま』

その人はもう片方の手に、剣を握っていた。剣なのに、それはさっきまで隣にいた女の子のようにも見えた。

『――此は破壊にして癒やし――』

女の子は歌を口ずさんでいて、それに応《こた》えるみたいに光が落ちてきて、真っ暗なその場所は真っ白に染まっていった。

◇

「――ネフィ。もう十分だ。あなたの方が死ぬぞ！」

ネフテロスの体の崩壊を止めるため、ネフィはずっと魔法をかけ続けていた。

「ダメ、です。いま手を離したら、もう止められない」

〈陽神の弓矢《アポローン・ディアトリトス》〉を受けて、〈アザゼル〉の気配は消滅《しょうめつ》した。根拠《こんきょ》はないけれど、もうネフテロスの体に現れることはないだろうと確信できる。

だが、そのためにネフテロスの体はボロボロになりすぎた。ザガンはきっとネフテロスを助ける手段を講じてくれているはずだが、彼が来るまでネフテロスの体は保《も》たない。

そして〝ネフテロス〟と戦い続けたネフィにも余力は残っていなかった。

「ネフィ！」

ぐにゃりと目の前が歪《ゆが》んで、とうとうネフィは地に伏していた。

「お願い、消えない、で……」

「ネフィ……」

それは、初めてシャスティルがネフテロスから意識を逸《そ》らしてしまった瞬間《しゅんかん》だった。

『この瞬間を、待っていたよ』

ずぞぞと砂のような結晶《けっしょう》の群れが押《お》し寄せてくる。

「――ッ、ビフロンスか！」

『ひひっ、遅《おそ》いよ』

シャスティルは聖剣を振るうが、ビフロンスは一撃《いちげき》を掻《か》い潜《くぐ》ってネフテロスの体をかっさらう。

「――させねえよ！」

だが、ここにはもうひとりビフロンスを警戒《けいかい》している者がいたのだ。

アスラはボロボロになった手甲《てっこう》を、ネフテロスに纏《まと》わり付く結晶に振り下ろす。

〈呪腕〉の一撃は、結晶化《けっしょうか》したビフロンスにも届く。そのはず、だった。

「――悪いわねえ。黙《だま》ってこの子を、行かせてあげてくれないかしらあ？」

アスラの一撃は、筋肉質な腕に止められていた。

「なんだてめえ！」

「〈魔王〉ナベリウス。アルシエラともお友達よう？」

「ふざけんな！」

だが、アスラは動けなかった。がっしりと掴まれた〈呪腕〉は、いまのアスラの力では振り解くことができなかったのだ。

『……まさか、君が手を貸してくれるとは思わなかったね』

「あらあ、言ったでしょう？　あたしはアンタのこと、気に入ってるって」

『…………』

それ以上なにも答えず、ビフロンスは消えていった。

ネフテロスを連れたまま。

「ダメ……返して……ネフ、テロス……！」

死力を尽《つ》くした。持てる限りの力を尽くして、妹を取り戻せたと思った。

だというのに、最後の最後でなにもかも奪《うば》われていった。

✡ エピローグ

「ひひひっ、あー、楽しかった」

愛しい人形を引きずって、ビフロンスは己《おのれ》の隠れ家《かくが》へと戻っていた。

ザガンに撃《う》ち込まれた〈天燐《てんりん》〉はいまや右半身を飲み込み、その顔すらも半ばまで浸蝕《しんしょく》してしまっている。

それでも立って歩いているのだから異様だ。

——勝ったのは、僕《ぼく》だ。

アルシエラもビフロンスを阻《はば》む駒《こま》を送り込んできていたのだ。ナベリウスに助けられたのは癪《しゃく》だが、それを出し抜いたときは本当に快感だった。

と、そこで人形が地面に投げ出されてしまう。

摑んでいた髪《かみ》の毛《け》が千切れたのかとも思ったが、千切れたのは自分の左腕《ひだりうで》の方だった。

「ああ、とうとうこっちも取れちゃったか……。ま、別にいいか」

残しておいた右手の手首も、先ほど〈魔王の刻印〉を譲渡《じょうと》したのを最後に崩れてなくなった。まあ〈アザゼル〉をおびき寄せるまで保ってくれればよかったのだ。もう用はない。

目的の場所にはたどり着けた。

ビフロンスの研究室だ。その中央には人ひとりがすっぽり入れるような大きさのガラスの容器が立てられている。

霊薬《エリクシル》で満たしたその容器の中には、ぼんやりとひとつの人影《ひとかげ》が浮かんでいた。

銀色の髪をカーテンのように広げ、浅黒い肌《はだ》をした少女。それは、紛《まぎ》れもなくネフテロスそのものだった。

「シアカーンの〈ネフェリム〉は不完全だった。最後までケット・シーの血が手に入らなかったからね」

魔法銀《ミスリル》の魔力《まりょく》で無理矢理《むりやり》作ったあれらは、結局従来のホムンクルスよりも少し強力なだけでそれを超《こ》えるものではない。〈アザゼル〉化したアリステラの細胞《さいぼう》を組み込むことによってかなり完成には近づいたが、それでも完全ではないのだ。

魔力の供給がなくとも活動できるが、寿命《じゅみょう》はせいぜい四、五十年。大きな力を行使すればそれだけで寿命を縮めていく。とうてい、神霊魔法など扱《あつか》える器ではない。

——五年前には、それも克服《こくふく》できてたみたいだけどね……。

だが、マルコシアスによってそれも破壊《はかい》された。ただ一体を除いて。

なにより、彼《かれ》らはシアカーンという創造主に刃向《はむ》かえるようにはできていない。シアカーンが死んでも、いつかはそのシステムを利用する誰かが現れる。そこに未来という可能性はない。だから、ザガンも彼らをせめて戦士として死なせることしかできなかった。

だが、一時的にとはいえ、黒花《くろか》を手駒に置いていたビフロンスは彼女《かのじょ》の細胞を確保してある。〝アリステラ〟とデクスィアの細胞もである。

つまり、ビフロンスの前にあるこの器こそが、シアカーンが目指して到達《とうたつ》できなかった完全体の〈ネフェリム〉なのだ。

「ネフェリアの複製を〈ネフェリム〉で造るというのも、因果な話だね」

おかしそうに笑って、ビフロンスは最後の作業を始める。

魂魄《こんぱく》の移植。ホムンクルスに用いるその手法は何百年も前に確立されているのだ。散々ホムンクルスをいじくり倒《たお》してきたビフロンスなら、目を瞑《つぶ》っていてもできる。たとえもう両腕がなくなっているとしてもだ。

そう、重要なのは魂《たましい》の在処《ありか》だ。

シアカーンは軽視していたが、魂というものは自己の証明なのだ。記《き》憶《おく》を丸ごとすげ替《か》えられても変えられぬ、存在そのものに刻まれた記録《レコード》である。

だからビフロンスはシアカーンの〈ネフェリム〉を認めていない。記憶を入れ替えれば他人になれるような手軽《インスタント》な道具が人であってたまるか。使い捨てのホムンクルスの方が幾《いく》分《ぶん》か可愛《かわい》げがあるというものだ。

――その点、アリステラとデクスィアの姉妹はなかなかよかったね。

そんな〈ネフェリム〉でありながらシアカーンの思惑《おもわく》に逆らい、ほんの小さなものではあるが奇跡《きせき》を見せてくれた。もっと追い詰めてあげたら、もっと素敵《すてき》な奇跡を見せてくれたかもしれない。

だが、ビフロンスがいま見たいのはそっちではない。

ネフテロスに寄生していた〈アザゼル〉の意思は、あのハイエルフたちが取り除いてくれた。ホムンクルスのネフテロスの体は、もうグズグズに崩れ始めている。それ以上に崩《ほう》壊《かい》しているのがビフロンスの体だが、別にかまいやしない。

最後にザガンもシアカーンもアルシエラさえも出し抜いて、ひとり勝ちしたのはこのビフロンスなのだ。

――本当に、最高に楽しいゲームだった。

その代償《だいしょう》が死だったとして、なんの文句があるだろう。これから何百年生きたところで、これほどの充足《じゅうそく》感を味わえるとは思えない。

やがて、魂魄の移植が完了《かんりょう》する。

「さて、これでもう、やることは全部終わったね」

壁《かべ》に背中を預け、ずるずるとへたり込む。すぐ隣にはネフテロスだったものの残骸《ざんがい》が転がっているが、ビフロンスの足が触《ふ》れてしまったせいで、最後に残っていた人の残滓《ざんし》も崩れてわからなくなった。

容器の中からエリクシルが排出《はいしゅつ》され、新しいネフテロスが小さく呻《うめ》く。

――さあ、どんな顔を見せてくれるんだい？

もう、いまのネフテロスに創造主《ビフロンス》という〝首輪〟はない。その気になればビフロンスの首を絞《し》めることだってできるのだ。果たして枷《かせ》から解き放たれた彼女はなにを思ってどう行動するのだろう。

その口から飛び出すのはありきたりな罵倒《ばとう》だろうか。それとも意地を張って無視しようとするだろうか。たぶん、ビフロンスの従僕《じゅうぼく》に戻ろうとするのが一番つまらない。だったらホムンクルスのままでいいのだから。

できれば、ビフロンスが思いも寄らないことを言ってもらいたいが。

身勝手な愛情を向けるビフロンスの前で、ついにネフテロスが目を開ける。

「――ッ？」

目覚めにトラウマ《ビフロンスの顔》を目の当《ま》たりにして、ネフテロスは思わず顔を強張らせる。とても可愛らしい反応に、ビフロンスはまるで悪意がないような笑顔《えがお》を返してあげた。

それから、ガラスの容器に入っているという自分の状況《じょうきょう》に気付いたのだろう。ぺたぺたとガラスに触れて様子を確かめると、小さく息を吸って腕を伸《の》ばす。

ガシャンとやかましい音を立てて、ガラスの棺《かん》は粉々に砕け散った。

ビフロンスはせせら笑う。

「やあ、目覚めの気分はどうだい、ネフテロス？　可愛い君のために、また新しい体を造ってあげたよ」

その体がどんなものか理解したのだろうか。ネフテロスはギリッと歯を食いしばる。

それから、なぜかとうとつに体を脱力《だつりょく》させる。

「……あんた、死ぬの？」

それが、目覚めたネフテロスの最初の言葉だった。

——ふふふ、最初から想定にない問いだね。

ビフロンスは肩《かた》を竦《すく》める。……竦めたつもりだが、そうする肩ももう残っていなかった。

「ひひひ、ザガンは容赦《ようしゃ》がないからね。さすがに手痛いしっぺ返しを受けたよ」

ネフテロスは怒《いか》りがこみ上げるように大きく足を踏《ふ》み鳴らす。そのまま殴りかかってくるかと思いきや、なにやら呆《あき》れ果てたように深いため息をもらす。

それから、なにも言わずにビフロンスの隣に座《すわ》り込んだ。

「……君、なにをしてるんだい？」

視線も合わせず、ネフテロスは仕方なさそうに答える。

「死ぬんでしょ？　最期《さいご》くらい、看取《みと》ってあげるわ」

これこそ、まるで予期しなかった言葉でビフロンスは目を丸くした。

「おやおや、ずいぶんと優しくなったものじゃないか」

「……別に。ただ、お義兄《にい》ちゃんが言ってたわ。どんな悪党にだって、一度くらいやり直すチャンスがあってもいいって」

それから、ビフロンスに軽侮《けいぶ》とも悲哀《ひあい》ともつかぬ眼差《まなざ》しを向ける。

「あんたにはもうそのチャンスすらないみたいだから、いっしょにいてあげるわ。……こういうときに独りって、結構辛いもの」

ビフロンスは感動さえ覚えた。

——ああ、本当に素晴《すば》らしい……。

三百年を生きた〈魔王《まおう》〉ビフロンスが、この少女の行動をひとつとして読めなかったのだ。

そこに去来したのは、どういうわけかこの少女が自分の手から巣立っていったのだという、寂《さび》しさにも似た喜びだった。

——そうか。この子は、真の意味で人になったのか……。

なんだか気分がよくなって、ビフロンスは語る。

「ふふふ、君のその新しい体だけど、安心してくれていいよ。もうメンテナンスも魔力供給も必要ないし、セックスだってできる。理論上は、子を孕《はら》むことだってできるはずだ」

「……あんたって、本当に無神経ね」

「おやおや、喜んでくれると思ったのだけれど。それより、こうも完全な状態で自我《じが》が残っているとは思わなかった。どうやって復元したんだい？　詳《くわ》しく報告しなよ」

「あんたには理解できないようなことよ」

「あはは、だから知りたいんじゃないか。ほらほら、もったいぶらないで教えてよ」

他愛《たあい》のない話が続いたのは、ほんの数分ほどだった。

「ビフロンス……？」

いつしか、ビフロンスがいた場所には砂のような塊《かたまり》が残されていた。

くしゃりと砂の山を崩し、ネフテロスは囁《ささや》くようにつぶやく。

「あんたのこと大《だい》っ嫌《きら》いだけど、私は生まれてきたことを、後悔したりしないわ」

その記憶を最期に、〈魔王〉ビフロンスの意識は消滅していった。

◇

「これが、お前の妹か……？」

肉塊《にっかい》に埋もれた部屋に、ザガンは立っていた。

シアカーンとの決着を付けたのち、すぐさまアリステラの救出に向かっていた。

後ろにはデクスィアはもちろんのこと、その隣にキメリエスと彼に抱《だ》きかかえられたゴメリの姿もある。石柱から解放したゴメリは重傷だったが、〈祈甲《きこう》〉にて処置は済ませてある。じきに意識を取り戻すだろう。

——リゼットを連れてくるとは思わなかったが。

いまごろ、彼女はシアカーンの最期を看取っているのだろう。

デクスィアが小さく息を呑《の》む。

「アタシが脱出《だっしゅつ》したときは、ここまで広がってはいなかった。……アリステラ」

どうやらこの肉塊は増殖《ぞうしょく》しているらしい。

――〈ネフェリム〉どもの母胎《ぼたい》か。

この世の終わりのようにおぞましい光景である。

ザガンは部屋の中に踏み出す。特に防衛魔術《まじゅつ》は組み込まれていないようで、なんの抵抗《ていこう》もなく踏み入ることができた。

正面の肉塊を引きちぎる。ピンク色の体液が吹《ふ》き出し、吐《は》き気《け》をもよおすような肉のにおいが立ちこめた。

そこから一メートルほど掘《ほ》り進《すす》んだ先に、ようやく見覚えのある顔を見つけた。

『……ア……………うぁ……あ…………』

「アリス、テラ……？」

惨《むご》い姿だった。

なんの治癒《ちゆ》もなされていなかったのだろう。肉塊に埋もれているが、アルシエラの〝天使狩り〟に削られた胴体《どうたい》も、引きちぎされた腕《うで》も、最後に見たときのままだった。

その体に手足はなく、胸から上だけが残っているばかりである。その喉《のど》が肉塊の脈動に呼応して、ときおり喘《あえ》ぐような声をもらしている。ぼんやりと開かれた眼は金色で、なにも映っていない。とうてい自我が残っているようには見えなかった。

果たして、これを生きていると呼べるのだろうか。

――だが、デクスィアは生きていると確信している。

ならば、応えてやる外ない。

アリステラの首に触れてみると、鼓動《こどう》を感じることはできた。この肉塊は生命維持《いじ》装置にもなっているようだ。ならば肉体の蘇生《そせい》は可能だろう。

問題は、自我である。

この少女は〈アザゼル〉に喰《く》われたのだ。最後に戦ったときは、とうてい自我が残っているようには見えなかった。

――だがあのとき、デクスィアはアリステラの魂魄をつなぎ止めようとしていたな。

双子《ふたご》ゆえの共鳴のような反応を利用した魔術に見えた。あのとき本当に自我の崩壊をつなぎ止められていたのだとしたら、まだ可能性はある。

「……やれやれ。ネフテロスのために作った力なんだがな」

本来の目的を果たせていないのに、いったい何度使っただろうか。

少女の薄《うす》い胸に手を当てる。

「――〈天鱗《てんりん》・祈甲〉――」

失われた四肢《しし》を、臓腑《ぞうふ》を、神経を、骨と肉を、こと精緻《せいち》に創《つく》り直していく。

――さすがに、ほぼ人間ひとり分ともなると、骨が折れる……。

それでも数分と経《た》たずに失われた肉体は復元されていた。

急ごしらえのこの〈天鱗・祈甲〉だが、予期せぬ治験を繰《く》り返したかいあってこれで完成と見ていいだろう。

ザガンはその哀《あわ》れな少女を肉塊の中から引きずり出す。紡《つむ》ぎ直されたばかりの手足は、未《いま》だ透《す》き通って〈天鱗〉の色をしていた。

――だが、肉体的には蘇生は成った。

心臓は動いている。呼吸も戻った。

あとは、魂魄だけだ。

「アリステラ！」

地面に横たわらせると、デクスィアがすぐさま抱きかかえる。

「あとは貴様の仕事だ。呼び戻せ」

「はい！」

デクスィアはアリステラの手を握《にぎ》ると、祈《いの》るようにつぶやく。

「お願い。戻ってきて、アリステラ」

デクスィアはアリステラに唇《くちびる》を重ねる。

ふたりの間に〝通り道《パス》〟が開く。デクスィアの体からアリステラへと魔力に似た光が流れ込んでいくのが、ザガンの目には視《み》えた。

これが魂魄の形というものなのかもしれない。その色は作りものの命と言うにはあまりに透き通って、純粋《じゅんすい》な色をしていた。

「アリステラ……」

デクスィアが呼びかけると、アリステラの瞼《まぶた》がピクリと震《ふる》えた。

うっすらと開かれたその眼は、澱《よど》んだ金色ではなく、確かに少女と同じ紺碧《こんぺき》だった。

「アリステラ。アタシのこと、わかる？」

「デ、ク……スィ……ア……」

掠《かす》れた声で、しかし確かにその名前を口にした。

わなわなと唇を震わし、デクスィアは堪《こら》えきれなくなったように妹を抱きしめる。

「アリステラ……アリステラ……うわああああんっ」

大声で泣き始めるデクスィアに、アリステラは仕方なさそうに透き通ったままの手で頭を撫でて返した。

――これで、こっちはひと安心だな……。

それから、ザガンは彼女たちと同じ顔をしたもうひとりを想う。

◇

「リゼット……」

地面に横たわった虎《とら》の獣人《じゅうじん》は、リゼットが名乗らずともその名前を呼んだ。

胸には大きな穴が空き、もう助からないのがわかる。

――この人は、たくさん悪いことをしてきた。

軽く聞きかじっただけでも、耳を覆《おお》いたくなる話だった。

でも、それでもリゼットのことを知っている人だ。

恐《おそ》る恐る、問いかける。

「あなたは、私のこと知ってるんですよね……？」

デクスィアたちはこの人に創られたのだと言っていた。

――私も、やっぱりそうなのかな……。

人間ではないのだろうか。元々路地裏を這《は》いずって生きてきた自分が人間であろうとなかろうと、些細《ささい》な問題なのかもしれない。

たぶん、作りものでもいいのだ。

自分が誰なのか、その存在証明が欲《ほ》しい。

虎は小さく笑った。

「お前は、我《われ》が拾った、孤児だ」

その答えは、予期しないものだった。

「孤児《こじ》……？」

「ああ。お前は、ある娘《むすめ》に、よく、似ている。だから、手元に、置いて、おきたかった。それ、だけだ」

震える手が、リゼットの頬《ほお》に伸ばされる。

その手を握り返すと、どういうわけか前にも同じようなことがあったような気がした。

――違う。あのとき、手を伸ばしたのは私の方だった。

彼はいまと同じように傷ついていて、でも助けられるかもしれなくて、ひどく残酷《ざんこく》な提案をしたのではなかったか。

だが、覚えのない記憶はそこまでで、その先はどう掘り起こそうとしても思い出せはしなかった。

リゼットの頬に、涙《なみだ》が伝う。

「ごめんなさい。私は、あなたのことを知ってるはずなのに……。あなたと、いっしょにいてあげなきゃいけなかったはずなのに……。なのにごめんなさい。思い出せない」

本当に、この人のことが大好きだったはずなのだ。

ぶっきらぼうで、放っておけなくて、だから与《あた》えられるものを全《すべ》て与えてあげるはずだったのだ。

――わからない。こんなの知らない。でも……。

でも、大切なことだったはずなのだ。

顔を覆って、リゼットは嗚咽《おえつ》を上げる。

「愛してあげるって言ったのに。間違《まちが》ったら、止めてあげるって、言ったのに」

その言葉の意味はリゼット自身にもわからなかったが、シアカーンは目を見開いた。

「なぜ、お前が、それを……」

それから、どこか納得《なっとく》したように息をつく。

「そうか……。魂の在処……。あなたは、約束を、守って、くれて、いた、のか……」

虎は愛《いと》しげに微笑《ほほえ》む。

「お前は、お前だ。どうか、幸せに、生きて……」

リゼットの頬に触れた手が、力なく地に落ちる。

その死に顔は、大虐殺《だいぎやくさつ》の悪党と言うには、あまりに安らかだった。

◇

魔王殿《まおうでん》に戻るころには、次の日の朝になっていた。

街への被害《ひがい》は最小限に抑《おさ》えられたとはいえ、戦闘《せんとう》中は街道《かいどう》を閉鎖《へいさ》して外部との流通を断《た》たれていたのだ。三日も外部との交流を断たれれば食料を始めとする物資は疲弊《ひへい》する。戒《かい》厳令《げんれい》を敷《し》けばそれだけで街は被害を受けるということである。

聖騎士《きし》たちは慌《あわ》ただしく駆《か》け回っており、ギニアスやステラとも顔を合わせることはできなかった。

配下たちに労《ねぎら》いの声をかけているころ、ネフィたちが帰ってきた。傍《かたわ》らにはオリアスだけでなく、シャスティルの姿もある。結局、この少女もネフテロスのことを知って助けに行ってくれたらしい。

ただ、三人とも浮《う》かない顔をしていた。

「ザガンさま……」

「お帰り、ネフィ」

思えばザガンからネフィに『お帰り』と言うのは初めてかもしれない。だいたいネフィは街から帰ると厨房《ちゅうぼう》に直行するし、そうでなければザガンが出かける側だ。

少しむずがゆい気持ちで言ってみると、ネフィは泣き出しそうな顔でザガンを見上げた。

「ど、どうしたネフィよ？　こちらは約束通り、三日で全て片付けておいたぞ？」

そう告げると、とうとうネフィの頬に涙が伝った。

「ごめんなさい、ザガンさま……。ネフテロスが……ネフテロスが……」

ザガンはきょとんとしてまばたきをした。

「ネフテロスなら、先に帰ってきているぞ？」

ザガンが示した先に、ネフテロスは居心地《いごこち》の悪そうな顔をして立っていた。その隣には、いつの間に目を覚ましたのかリチャードも寄り添《そ》っている。

――ヴァリヤッカの聖剣《せいけん》は、リチャードを選んだか。

行方《ゆくえ》不明になっていた聖剣が、リチャードの腰《こし》に下がっていた。

「えっと、ただいま」

「「ネフテロス！」」

「ひえっ？　うわぷっ」

ネフィとシャスティルは躊躇《ちゅうちょ》なくネフテロスに抱きついていた。ネフテロスはそのまますっ転び、バタバタと暴れる。

ザガンが魔王殿に戻《もど》って少し経ったこと、ネフテロスもここに帰ってきたのだ。

その体はホムンクルスのものではなく、どうやら〈ネフェリム〉のもののようだ。

――ビフロンスに出し抜《ぬ》かれたか……いや、アルシエラめやつを利用したな？

どこで察したのかは知らないが、アルシエラはビフロンスの計画を知っていたのだろう。

だから、それを利用してネフテロスに新しい体を与えたのだ。

肝心《かんじん》な心の方の問題はというと……。

「どうやら、あの子のことはもう心配なさそうだ」

オリアスが苦笑《くしょう》する。

彼女の視線の先では、ネフテロスがネフィとシャスティルのふたりにもみくちゃにされていて、それをリチャードが微笑ましそうに見つめている。

「ち、ちょっとあんたたち、離《はな》しなさい」

「嫌《いや》だ！　もう絶対に離さないぞ」

「そうです。わたしたちがどれだけ心配したと思ってるんですか！」

「いや、苦し……死ぬ。リチャード、助け……」

ただ、そんなネフィの手には〈魔王の刻印〉が輝《かがや》いていた。

「……すまない。あれをネフィに与えた」

正直、納得はいかない。だが……。

「あなたがそうせざる得なかったのなら、本当にどうしようもなかったのだろう」

ネフテロスを救うために必要な代償だと言うなら、責められるはずもない。

――いったい、何人〈魔王〉が交代したのだ……？

負傷者の手当てに奔走《ほんそう》しているシャックス、そしてネフィに駆け寄ってくるフォルの右手にも、同じ〈刻印〉が宿っていた。

フォルがネフテロスを助け起こして何事かをささやく。

（ネフィ、もう時間）（あ、いけません！　どうしましょう。まだあれも受け取りに行けていないのに……）（大丈夫《だいじょうぶ》。代わりがある）（本当ですか？）（え、ちょっとなんの話？）

（ネフテロス、実は……）（はあ？　ちょっと私なにも用意してないわよ）

少女たちはなにやらささやき合い、それからザガンの前に並んだ。リリスやセルフィまでもが引っ張り出されている。

「ほら、アルシエラも」

「……本当に、やらないとダメなんですの？」

「往生際《おうじょうぎわ》が悪い」

どういうわけか、一番前に前に立たされたのはアルシエラだった。

「……いったい、なんの話だ？」

「ほら、ザガンが困ってる。早くして」

容赦なくフォルに追い立てられ、アルシエラはかつてない苦境に立たされたかのように渋面《じゅうめん》を作る。

それでも、ほどなくして観念したらしい。唇を震わせるように囁く。

「ぎ、銀眼の王さ――ほぎゅっ」

アルシエラの脇腹《わきばら》に、フォルの肘《ひじ》が容赦なくめり込んだ。

――あいつ、あそこ怪我《けが》してなかったっけ？

死にはしないだろうが、さすがにザガンでも同情した。

「ア、ル、シ、エ、ラ？」

「わ、わかりましたわよ！」

涙ぐんで叫《さけ》ぶと、アルシエラは不死者のくせに小さく深呼吸をした。そして――

「ザ、ガ、ン」

初めて、ザガンの名前を口にした。

それから、途方《とほう》もない罪でも犯《おか》したかのように、言いにくそうに口を開く。

「今日は、貴兄《きけい》の……誕生日、なのですわ」

これにはザガンも大きく目を見開いた。

「……事実か？」

「ええ」

どう反応すればいいかわからず、ザガンは頭をかく。

「……そいつはまた、ずいぶんととうとつだな」

「あたくしにも事情があったのですわ……」

それから、恐る恐るそっと抱きしめてきた。


「誕生日、おめでとう……ですわ」


きっと、この言葉を真っ先に送りたかったのはネフィだろう。だが、それをアルシエラに譲《ゆず》ったことから彼女もその理由を察しているのだとわかった。

――なら、邪険《じゃけん》にも扱えんか……。

とはいえ、どう返せばよいものなのか。

「……ああっと、礼を、言うものなのか？」

「どうぞ、お好きなように」

「そうか。なら……」

戸惑《とまど》いながら、ザガンはアルシエラの頭を撫《な》でて返した。

「……ありがとう」

そこに、ネフィが躊躇《ためら》い勝ちに口を開く。

「あの、ザガンさま。アルシエラさまは……」

「あー……まあ、うん。知ってる」

正直、突然《とつぜん》過ぎてどう受け止めればいいのかわからない気持ちの方が大きい。

ただ不幸なことに、ここには事情をわかっていない上にそもそもまったく空気の読めない人間がひとりいた。

「あれ？　ねえ、リリスちゃん」

（しー、どうしたのよセルフィ）

まるで悪気のない様子で、セルフィはこんなことをのたまった。

「もしかして、アルシエラさんってザガンさんのお母さんなんスか？」

ぼひゅうっとリリスが噴《ふ》き出した。

「あ、ああああんたなに言っての？　そんなわけ……え？」

その言葉を否定しようとしたのは、リリスだけだった。

ネフィは『ああ、やっぱり』と言わんばかりに口元を覆い、オリアスは苦笑しながら見守っている。フォルにいたってはようやく言ってくれたかと言わんばかりに、生暖かい視線を送っている。

どうやら、みんな薄々《うすうす》気付いてはいたらしい。

――これでいいのか？　友よ。

一度だけすれ違《ちが》った、父であって父ではない友との約束。

――できれば、彼女のことを、頼《たの》む――

その言葉がなければ、ザガンはまず拒絶《きょぜつ》していただろう。

ただ、そうしてアルシエラの頭を撫でていると、なにやらネフィがやきもきしたようにスカートをいじり始めた。

「あの、アルシエラさま……？　そろそろ、よろしいのではないでしょうか？」

――こんなときに独占欲《どくせんよく》示しちゃうネフィ可愛い……。

ザガンの胸をただならぬときめきが襲《おそ》うが、アルシエラは命の危険でも感じたようにビクッとしてザガンから離れた。

自分の言動に気付いてかネフィは顔を覆うが、それでも果敢《かかん》にザガンの前に立つ。

「ザガンさま、誕生日おめでとうございます。なのにその……まだプレゼントを受け取りに行けていなくて」

「ああっと、それなら、ひとつ欲《ほ》しいものがあるんだが、かまわんか？」

「はい！　なんなりと」

花が開くように微笑むネフィを、ザガンはそっと抱き寄せた。

そして、そっとその桃色《ももいろ》の唇に口づけをする。

ネフィは驚《おどろ》いたように目を見開くが、そのままキュッとザガンの背に手を回した。

初めて知る誕生日というものは、なるほど幸せを感じられるものだった。

◇

誰《だれ》もいなくなった坑道最奥《こうどうさいおう》。《虎の王》だった男の亡骸《なきがら》を見下ろすふたりの魔術師《まじゅつし》がいた。

片方は仮面の奥《おく》にひとつだけの瞳《ひとみ》を持つ男。もう片方は老人だった。

「ギキキ、待ってたわよう。まさか、本当に帰ってくるとはねえ」

もうひとりの魔術師は答えない。

「まったく、相変わらず愛想《あいそ》がないわねえ。まあ、いいわ。注文の品よ」

そう言って手渡《てわた》されたのは、丸いメガネだった。

老人がメガネをかけると、その姿は見る見る若返っていく。

「あなたのこと、なんて呼べばいいのかしら？　偉大《いだい》なる《最長老》マルコシアス？　それとも……」

「昔みたいに、マルク、とでも呼ぶ？」

軽口に一瞥《いちべつ》も返すことなく、若者の姿になった老人は右手でメガネの位置を修正する。

その手には、禍々《まがまが》しい魔力を放つ紋章《もんしょう》――《虎の王》の右手に刻まれていた〈魔王の刻印〉が、いまはそこに刻まれていた。

あとがき

みなさまご無沙汰しております。『魔王の俺が奴隷エルフを嫁にしたんだが、どう愛でればいい？』十三巻をお届けに参りました手島史詞でございます。

今回でシアカーン編完結！　というわけで語りたいことがたくさんあるのですがページがない！　というわけで重要なことだけ！　今回本当に分厚くて申し訳ありません！

まずは今回コミック魔奴愛七巻と同時発売になっております。こちらは夜会編完結までのおまけページも充実してるのです！

次。コミックにて魔奴愛スピンオフ企画進行中でございます。主人公はどういうわけかバルバロス！　作画は双葉ももさまに担当していただきます！　今冬予定となっておりますので続報をお楽しみにです！

今回もお世話になりましたみなさま、本書を手に取ってくだったあなたさま、ありがとうございました。あと魔奴愛立ち上げからお世話になってきた担当K氏。お疲れ様でした。

二〇二一年八月　寮から子供帰ってきて本格的な夏休み開始の夜に　手島史詞

HJ文庫
956
http://www.hobbyjapan.co.jp/hjbunko/

魔王の俺が奴隷エルフを嫁にしたんだが、どう愛でればいい？13

2021年9月1日　初版発行

著者――手島史詞

発行者―松下大介
発行所―株式会社ホビージャパン

〒151-0053
東京都渋谷区代々木2-15-8
電話　03(5304)7604（編集）
　　　03(5304)9112（営業）

印刷所――大日本印刷株式会社

装丁――世古口敦志（coil）／株式会社エストール

Printed in Japan

ISBN978-4-7986-2577-5　C0193

ファンレター、作品のご感想お待ちしております

〒151−0053　東京都渋谷区代々木2−15−8
(株)ホビージャパン HJ文庫編集部 気付
手島史詞 先生／ COMTA 先生